讚啦！我成為印尼語司法通譯了！

Mantaplah! Saya sudah menjadi peterjemah hukum bahasa Indonesia!

那是最美好的時代，也是最糟糕的時代（雙城記）
Saat itu adalah waktu terbaik, sekaligus waktu terburuk (Kisah Dua Kota)

目錄(Isi Buku)

I1	II2	III3	IV4	V5	VI6	VII7	VIII8	IX9	X10	L50	C100	D500	M1.000

前言 Pengantar
推薦序 Prakata Rekomendasi

黑暗過後便是光明 Habis Gelap, Terbitlah Terang

前言 (Pengantar)

Peterjemah Hukum(司法通譯)

Gedung Artha Graha, Jakarta
AG 大樓(雅加達)

作者：**小 K** (*Kalajengking*)

> ## 台灣人學好印尼文，還是印尼人學好中文，哪個比較容易成為印尼語司法通譯呢？

「司法通譯(Peterjemah Hukum)[1]」是指在司法案件進行中，對兩種不同語言的法律用詞作語言轉換的一種傳譯行為，除涉及到語言轉換外，還必須考慮不同法律制度下，法律思想的觀念傳遞和溝通，理論上司法通譯需要熟諳法律相關知識、開庭與訴訟流程等，以台灣及印尼為例，台灣屬大陸法系(Sistem Hukum Eropa Kontinental)或稱民法法系國家，而印尼則是大陸法系融合了海洋法系(Sistem Hukum Anglo-Saxon/Anglo Amerika)又稱普通法系與回教法系(Sistem Hukum Islam)的混合法系國家，所以司法通譯人員要如何在不同法系語際上作「法律思維及觀念」的轉換，又能兼顧「信、達、雅」，同時讓不同程度的被通譯對象都能夠理解譯者所傳譯的法律用語，這才是高度專業的司法通譯人員最重要的目的，也是最困難的地方。

印尼人口 2 億 7,000 多萬人(2021 年統計)，世界排名第 4，印尼也是世界上最大的回教國家，其實印尼文非常容易上手，文法規則也相對簡單，單字跟中文一樣沒有過去式、現在式及陰陽性等時態變化，印尼文拼字使用 26 個英文字母，有 5 個母音(Vokal)與 21 個子音(Konsonan)，僅少數字母發音與英文有異需要注意，加上沒有聲調變化，相對於泰語 44 個字母、越南語 29 個字母，因為印尼文句型結構相對單純，理論上學習印尼文的速度是可以比其他語文快的。但是法律用語必須用字遣詞非常嚴謹，對文法上的要求相對較高，台灣人必須對印尼文各種文法變化大致瞭解，單字量也要足夠，才能勉強因應印尼文法律用語要求，反之亦然，印尼籍人士的中文聽說讀寫程度也必須達到一定的程度。

所以本書適合對兩種語文及雙方法律都有一定瞭解程度之台灣人及印尼人，才能掌握原意，譯出專業精髓，畢竟，法律用語本身較艱澀難懂，擔任司法通譯者更要了解本國法律、外國語文和外國法律用語，在 3 者間建立轉譯橋樑，輔以適當的專業名詞及一般口語補充說明，例如台灣判決書上常見到的「扞格」、「齟齬」、「盱衡」、「睥睨」等用語，這連以中

---

[1] 「Peterjemah」是專指「專業或職業的」通譯人員，而「Penerjemah」則是泛指「一般性或業餘的」翻譯人員，兩者應有所區別，詳見「OOO-OO 延伸閱讀」。

文為母語的台灣人，都不一定能全然念出及理解這些艱澀的法律用語，更何況一般人以及中文非母語的外籍人士，他們要如何理解中文原意後，還能忠實地翻譯成標的語，讓教育程度與知識背景迥異的當事人充分知悉？

據統計，因工作、依親或就學等事由在台居留及永久居留者，加上因婚姻來台歸化取得國籍和印尼新二代，人數合計已超過 30 萬人，理論上台灣對印尼司法通譯的需求應該很大，實際上從事相關工作者應該也不少，可是台灣坊間卻很少有相關專業書籍，實屬可惜。

作者筆名「小 K (Kalajengking)」，曾在印尼工作過幾年，2021 年通過印尼語導遊考試後，順便出了 1 本專業的印尼語導遊考試書籍，其中內容有提到官方及法律相關的印尼文用語，但因不是導遊考試的重點，所以並未特別分類整理，直到 2022 年 2 月上了「台灣司法通譯協會」舉辦的 30 小時司法通譯人員培訓課程，從中學習到很多，才有了出書的構想，以造福更多人，朝向建立台灣司法通譯良善制度之路邁進。

第 1 章「通譯概論」封面的那一張海報「淚。累」是筆者的最愛之一，那是移民署多年前製作的防制人口販運文宣海報，道盡了「被害者」與「執法者」的心聲，在此借來一用，司法通譯人員的心聲是否也是如此呢？

非常感謝「台灣司法通譯協會」創辦人及「司法通譯 - 譯者的養成與訓練」作者陳允萍先生無私地同意本人引用該書相關內容。筆者試著將個人過去在國內、外的工作實務經驗，以及從「司法通譯」課程所學之相關知識，將印尼文相關用語彙整成冊，期拋磚引玉，希望能有更多先進、專家投入此領域。

國立臺灣師範大學翻譯研究所曾有 1 篇學位論文「權利告知口譯之困難：以中文譯入印尼語為例」，有興趣者可以上網參考，網址如右：

權利告知論文

本書章節編排是依照印尼法規條文書寫的基本架構「Bab(章)→Pasal(條)→Ayat(項)→Artikel/a(款)→Butir/1(目)」，書目按照「I_通譯概論→II_國家機器→III_訴訟實務→IV_補充資料」等順序。外語是工具，就看你會不會用，多學一種外語就多打開一個認識外國的窗戶，為你的人生打開了更多的機會與未來，與大家共勉。

想深入學習進階印尼文的台灣人，以及想暸解中文法律專業用語的印尼人，
～來挑戰自己的實力吧！～

例句

➢ Bahasa Indonesia sungguh membuat kita semakin belajar semakin menarik.
印尼文真的是越學習越吸引人。

推薦序(Prakata Rekomendasi)

1. Antonius Agoeng (KDEI 前職員)

Pertama-tama Saya ingin mengucapkan selamat dan terima kasih kepada "小 K" yang telah mengeluarkan buku Peterjemah Hukum ini, karena dengan hadirnya buku ini, akan membawa keadilan yang merata bagi seluruh warga asing terutama Warga Negara Indonesia yang menghadapi atau membutuhkan bantuan hukum.

Teringat beberapa tahun silam ketika Saya masih bertugas di Kantor Dagang dan Ekonomi Indonesia di Taipei (KDEI), saat itu menjabat sebagai Asisten untuk Kepala Bidang Keimigrasian dan Kekonsuleran, Alm Erwin Azis. Kami bertanggung jawab untuk memfasilitasi Pekerja Migran Indonesia dan Warga Negara Indonesia yang terlibat dalam masalah, baik hanya sekadar permasalahan gaji hingga kasus yang paling berat seperti narkoba hingga pembunuhan.

Dalam sebuah kasus pemeriksaan terhadap 6 ABK yang tersangka atas kematian Kapten Kapal Taiwan, Saya ditugaskan untuk hadir untuk mengamati perjalanan sidang di Kejaksaan Negeri Kota Kaoshiung. Sungguh terkejut dan kecewa saat mendengar kemampuan penerjemah yang disediakan oleh Kejaksaan Negeri Kota, karena sama sekali tidak mengerti apa maksud dari tersangka sehingga jawaban yang ditanyakan oleh hakim maupun pengacara tidak tersampaikan.

Saya yakin, ini hanyalah 1 dari banyak kasus yang tidak terungkap di publik, sehingga entah berapa banyak kasus yang disidangkan dalam keadaan ketidakadilan. Buku ini sangat Saya rekomendasikan kepada Anda yang memiliki kesadaran tinggi atas Keadilan Sosial di mata hukum.

Saya sangat berharap dengan kehadiran buku Peterjemah Hukum ini dapat menjadi bagian penting serta kontribusi bagi hukum di Taiwan dan sebaliknya juga di Indonesia.

Salam Optimis

Antonius "Agoeng" Sunarto
Eks asisten untuk Bidang Tenaga Kerja, KDEI
Penerjemah dwibahasa negeri Taiwan dan Indonesia
Pewarta/pemimpin bahasa Indonesia radio-radio di Taiwan
Ketua/PT Teknologi IsheEra
(AgoengTaiwan) Selebriti internet Indonesia di Taiwan

首先我想表達對"小 K"出版這本司法通譯書籍的祝福和感謝，因為這本書的出現，將會對全部的外來人口，尤其是為面對或需要司法協助的印尼人帶來了全面的公平性。

想起幾年前，當我還在駐台北印尼經濟貿易代表處工作時，當時擔任移民與領務組組長 Alm Erwin Azis 的助理，我們負責對遇到問題的印尼移工及印尼公民提供協助，不論只是工資問題還是最嚴重的比如毒品和殺人案件。

在 1 起台灣籍船長死亡的案件，對 6 名涉案船員調查時，我被指派參加高雄地檢署的調查會議，以密切觀注審訊的進行，當我聽到地檢署準備的通譯人員能力時，真的讓人吃驚並感到失望，因為完全不懂嫌犯的意思，以至於不論是法官還是律師所訊問問題的回答都無法被傳達。

我確信這只是眾多不能被公開的案件之一，以至於不知道有多少案件是在不公平的情形下被開庭審訊，我很推薦這本書給對司法領域裡的社會公平性擁有高度意識的您。

我很期望司法通譯這本書的出現，能夠對台灣司法有所貢獻並成為重要部分，換句話說，希望印尼也能如此。

樂觀者 敬啟

吳俊星
駐台北印尼經濟貿易辦事處勞工組前專員
台印尼國家雙語翻譯員
台灣數家知名廣播電台印尼語主持人
星業科技實業有限公司負責人
印尼在台網路紅人

----

2. Hengki (TETO 前職員)

"小 K" adalah seorang profesional yang teliti dan bijak bekerja sesuai dengan bidang nya, selain itu juga banyak menghabiskan waktu mempelajari hal-hal terkait pekerjaan dan di sekitarnya.

"Malu bertanya sesat di jalan", adalah pantangan bagi beliau. Oleh karena itu banyak hal-hal perbandingan tata bahasa, bahasa hukum, bahasa umum yang biasa dan menarik yang jarang diperhatikan orang lain, yang telah menjadi wawasan beliau ditumpahkan dalam menulis buku ini.

Pengalaman menangani langsung setiap kasus-kasus yang rumit adalah guru yang mengajarkan ilmu yang tak ternilai, dari bahasa formal di peraturan, undang-undang hingga detail imbuhan setiap kata, adalah setiap detail yang pernah menjadi tanda tanya besar bagi banyak orang asing, akan dikupas dan dibandingkan cara pakainya.

Semoga ilmu dari buku ini dapat menambah wawasan-wawasan dalam menerjemah mandarin ke Indonesia dan juga sebaliknya.

Dalam setiap pertemuan yang indah pasti akan berakhir dengan sebuah perpisahan, tapi aku yakin akan pengalaman yang mengajarkan kepada kita wawasan yang tak terpisahkan. Semoga sukses selalu.

Hengki
Eks asisten untuk Kantor Dagang dan Ekonomi Taipei di Jakarta, Indonesia (TETO)
Logistics manager, PT Hanaqua Corpindo Indonesia

"小 K"是一位細心又聰明的專業人士，符合單位的要求。除此之外，也花了許多時間學習工作和相關的事情。

"羞問路，迷於途"，他牢記在心，因此，許多事情比如文法、法律用語、官方用語這些平常很少引起其他人注意的，都已經成為他的知識，充分寫在這本書之中。

直接處理過的每一個複雜案件的經驗可以傳授無法衡量的學問，從法律、規定裡的正式語言到每一個字的詳細字首尾，每一個小細節對許多外國人來說都曾經是大問號，"小 K"將用他的方法來分析與比較。

希望這本書的知識能夠提升中文翻譯成印尼文的品質，另一方面，也能增加印尼文翻譯成中文的程度。

"天下無不散的筵席"，但是我確信這些經驗會傳授給我們不會分開的觀念，希望永遠成功。

林永興
駐印尼台北經濟經貿代表處前職員
印尼 Hanaqua Corpindo 公司物流經理

----

3. <u>Anton Lie</u> (印尼雅加達都會區警察局現職特約司法通譯)

Pertama saya ucapkan selamat atas terbitnya buku "小 K".

Saya adalah seorang penerjemah bahasa Mandarin ke bahasa Indonesia & sebaliknya, saya warga negara Indonesia keturunan Tionghoa Ayah turunan Khek, ibu Hokian, lahir di Indonesia, sangat kagum & senang diajak ikut Prakata Rekomendasi.

Awalnya pekerjaan sekitar 10 tahun lalu hanya 1-2 kasus dalam waktu satu tahun jadi penerjemah, dengan berjalannya waktu sampai puluhan kasus kepolisian yang perlu diterjemah dalam sebulan.

Dengan terbitnya buku ini semoga membantu warga Taiwan maupun Indonesia & mempererat hubungan kedua pihak.

Lie Kie ling
Penerjemah dari Jakarta Indonesia.

首先我要祝賀"小 K"出版了這本書。

我是印尼語的中文翻譯，我是父親有客家血統的印尼華裔公民，母親祖籍福建，出生在印尼，非常感動和高興被邀請寫推薦序。

10 多年前開始當翻譯，最初 1 年內只有 1、2 個案件，一路走來，現在 1 個月需要翻譯幾十個警方案件。藉由這本書的出版，希望能對台灣人或是印尼人有所幫助，加強雙方關係。

李麒麟
印尼雅加達警方特約翻譯員

第 1 章 Bab 1

通譯概論
Pembukaan Perterjemah

pro(贊成) vs
kontra(反對)

一命還一命/血債血還 Hutang nyawa, balik nyawa

Bab 1_通譯概論 (Pembukaan Peterjemah)

Pasal 1-1. 何謂司法通譯

　　每個國家法律用語都有其特殊性及差異性,有時別國沒有這個用法時,就很難直接翻譯,如何兼顧「信、達、雅」,翻譯必須花一番功夫考究,印尼文法規條文書寫的基本架構為「Bab(章)→Pasal(條)→Ayat(項)→Artikel/a(款)→Butir/1(目)」,因國內外學術界已有相關書籍與論文,所以本書並不探討通譯的專業理論,而是直接以實務為導向,建議讀者採用比較適宜的應用模式。

口譯 Penerjemah Lisan	直譯,逐字翻譯 Terjemahan Harfiah/Lurus
司法通譯 Peterjemah Hukum/Kehakiman	翻譯,筆譯 Terjemah
多語通譯(人員)Penerjemah Multi-bahasa	翻譯人員 Juru Bahasa, Penerjemah

　　「司法通譯(Peterjemah/Penerjemah Hukum)」必須在不同法律制度下,作法律思想觀念的傳遞和溝通,通譯的策略,考量實務需求,應以「功能對等論(直譯法)」,也就是原法律用語為基礎,兼顧不同被通譯對象的理解情形(生理反應、知識水準、教育程度、成長背景及職業特性)等差異,以「目的論(意譯法)」為手段,適當地調整用語,也就是要有「換句話說」的能力,才能達到擔任司法通譯的最終目的,不能一成不變的以專業的法律用語來翻譯。例如姓名、地理名詞、情狀與案情描述等簡單易懂的詞語,儘量以「直譯法」進行,而比較難以理解的訴訟程序、法律用語等部分,則應以「意譯法」的方式去傳譯,因為有的句子內容並不一定要照著翻,只要正確表達出法律上的意涵,讓被傳譯對象能聽得懂就足夠了,譯者不要一直拘泥於文字或句子的翻譯對等,並未考慮被傳譯對象的理解能力,反而會失去司法通譯的真正目的。

　　「以直譯法為基礎,意譯法為主幹」這種轉譯策略,應也適用「對外華語師資」教學之用,畢竟教印尼學生中文時,即便使用專業印尼文名詞「直譯」對等介紹「狀聲詞」、「條件複句」、「藏詞」、「修辭格」等,應該也沒幾個印尼人瞭解,還是必須以「換句話說」的意譯來講解,才能達到教學的目的。

例句

➢ Pelaksanaan sidang itu akan merujuk pada aturan kode etik profesi Polri kepada yang bersangkutan.
(法院)庭訊的進行會參考適用各關係人的印尼警方專業倫理規範。

➢ Tidak baik bagi saya untuk menunggu di sana.
在那裏等待,對我而言並不好。

➢ Anda kadang menghadapi kendala dalam menginterpretasikan istilah Mandarin ke bahasa Indonesia.
對於翻譯中文專業術語為印尼語,偶爾會成為你的障礙。

延伸閱讀(Peterjemah/Penerjemah 差異)

有許多人問筆者，為什麼「司法通譯」要用「Peterjemah Hukum」而不是「Penerjemah Hukum)」呢？這就牽涉到「專業」和「業餘」的差別，本書為強調司法通譯的專業性，所以採用「Peterjemah」這個字。印尼曾有人討論過相同字根的「Me 動詞」名詞化和「Pe 人格化名詞」的差別，基本上是根據字根的首字母是否為「p,t,k,s」等鼻音(Bunyi Nasal)變化來區別，意義可分成 2 類，詳如下表：

類　　型	詞性/意義	範　　　　　　　　　　　　　　　　例
專業	「Pe-人格化名詞」變化，<u>專業或職業從事某動作者</u>	golf 高爾夫→pegolf 高爾夫選手 judo 柔道→pejudo 柔道選手 sepeda 自行車→pesepeda 自行車選手 sulap 魔術,戲法→pesulap 魔術師 tenis 網球→petenis 網球選手 terjemah 翻譯→**peterjemah 通譯(人員)** tinju 拳擊,拳頭→petinju 拳擊手 tunjuk 指著→petunjuk 指示,指南
業餘	「Me-動詞」變化，<u>一般性或業餘做動作的人</u>	golf 高爾夫→penggolf 高爾夫愛好者 judo 柔道→penjudo 柔道愛好者 sepeda 自行車→penyepeda 自行車騎士 sulap 魔術,戲法→penyulap 變戲法的人 tenis 網球→penenis 網球愛好者 terjemah 翻譯→**penerjemah 翻譯(人員)** tinju 拳擊,拳頭→peninju 出拳者 tunjuk 指著→penunjuk 指示器

例句

➢ Karena dia tahu bahasa Indonesia lebih dari yang lain, maka dia memiliki lebih banyak peluang kerja.
因為跟其他人比起來，他懂印尼語，所以他擁有較多工作機會。

延伸閱讀(目的論的兩難)

「翻譯」本身是一門博大精深的學問，不論哪一種語言，通譯者很難掌握被通譯對象對於外語、外語文化及法律用語的理解程度，太直譯原文，也就是輔助說明過少，容易造成被通譯對象無法充分理解，但若輔助說明過多，也就是「超譯」，又可能被外界批評「自作主張、擴大解釋、分散焦點」，「換句話說」要如何做到恰到好處，其實不太容易。

例句

➢ Baik bagimu, belum tentu baik bagiku.
對你來說好的，對我來說未必。

Pasal 1-2. 口氣和稱謂

其次，在傳譯的過程中，司法通譯原則上應使用「案件承辦人對被傳譯對象」說話的「口氣和稱謂」，也就是以「第一人稱」及「第二人稱」的用法，避免以自己的立場去作人稱轉譯；而且最好事前即向被傳譯對象溝通說明，以免遭誤會沒有禮貌、不知尊卑，印尼文「人稱代名詞(Kata Ganti Orang)」各式說法請參考下表：

		書寫/正式	口語	字尾簡寫
第一人稱	我	saya	aku	-ku
第二人稱	您/你	Anda	kamu/engkau[2]	-mu/kau
	君/小姐	saudara/saudari	saudara/saudari	
	先生/女士	bapak/ibu	pak/bu	
第三人稱	他	dia/beliau[3]	ia	-nya
第一人稱	我們	kita/kami[4]	kita/kami	
第二人稱	你們	kalian, Anda semua/Anda sekalian	kamu semua/kamu sekalian	
	先生們/小姐們	saudara-saudara/saudari-saudari	saudara-saudara/saudari-saudari	
	男士們/女士們	bapak-bapak/ibu-ibu	bapak-bapak/ibu-ibu	
第三人稱	他們	mereka	mereka	-nya

例句

➤ Mohon maaf atas ketidaknyamanannya.
很抱歉造成不愉快。

➤ Jangan dimasukkan ke hati.
別介意，別放在心上。

延伸閱讀(其他稱呼)
以下是筆者摘要整理一些平常稱呼別人的用法，彼此不一定有親屬關係，也不一定有上、下尊卑的輩分，通譯過程可以參考使用如下，欲知詳細的稱謂，可參考本章附錄，筆者自繪之詳細「家族稱謂表(Peta Sebutan Kekeluargaan)」：

師弟,師妹 adik perguruan	(男服務生/店員)先生 mas
師兄,師姐 kakak perguruan	(女服務生/店員)小姐,少女 mbak

---

[2] 「engkau(你)」是對同輩或地位較低者使用，可以簡寫為「kau」，不過特別的是在禱告時，是對「真主(Tuhan)」尊稱的「人稱代名詞(祂)」。

[3] 「dia/ia(他)」是一般用法，而「beliau(他)」則是針對「老人或有地位的人」。

[4] 「kita(我們)」是包含聽者，而「kami(我們)」則是不含聽者，不難區分。

[5] 台、印尼兩國對「檢察官(Jaksa)」和「檢察總長(Jaksa Agung)」的用法相同，所以「Jaksa Tempat Asal Terpidana」是「犯罪所在地檢察官」；但印尼稱「地方檢察署(地檢署)」為「Kejaksaan Daerah」，而在台灣比較慣用「Kantor Kejaksaan Distrik」。

大哥,大叔 bapak gede(pakde)	(已婚)夫人 nyonya
先生 bapak,(地位較高男性)tuan	大叔,老伯 om
老兄,大哥 abang,bung	阿姨,大媽 tante
(父親哥哥)伯伯,大伯 empek	女士 ibu
(對同輩或地位較低者)你 engkau	姊妹/兄弟 kakak beradik
小姐,少女,姑娘 gadis,(未婚)nona	

例句

➤ Jangan menjahati teman kalau tidak mau dijahati.
不要對朋友做壞事,如果你不想被朋友如此對待。

➤ Maaf lho abang, saya bukan bermaksud kritik.
抱歉唷,大哥,我不是批評的意思。

他自稱 menyebut dirinya	前者 yang terdepan ini
本人,自己 diri sendiri	後者 yang terakhir ini
有關方面 pihak yang berkepentingan	當事人 yang bersangkutan
自己人 orang sama	雙方,兩造 kedua pihak

　　司法通譯的譯者在現場的工作是傳譯,僅應從事一些傳譯時必要資訊蒐集的問話即可,請務必不可越權,反客為主,在未經同意的情形下,自作主張作深入調查及詢問案件的動作。至於要如何將法律用語詮釋成一般人能懂的白話文,再轉譯成標的語,就要靠平常的能力養成與訓練,譯者須不斷強化語言能力、持續進修法律專業、定期參加各種培訓。

例句

➤ Untuk memperbaiki bahasa Indonesia saya dan menjadi lebih baik, setiap hari saya tentu akan membaca dan belajar berita bahasa Indonesia dalam situs web/website, misalnya Warta Berita Taiwan, Berita Global untuk Penduduk Baru Taiwan, DetikNews.com dan Kompas.id Indonesia.
為了改善我的印尼文讓它變得更好,我每天一定閱讀網路上的印尼文新聞,例如台灣公共電視、台灣新住民全球新聞網、印尼點滴新聞網和羅盤電子報。

➤ Setiap orang memiliki kelemahan, namun bukan berarti kita harus menyerah pada kelemahan tsb.
每一個人都有弱點,但是並不表示我們必須向這弱點屈服。

➤ Waspada boleh saja, namun kita jangan terlalu sering berpikiran negatif terhadap orang lain.
警戒是可以的,然而我們不要太經常對其他人有負面思想。

Pasal 1-3. 標準印尼語

印尼幅員遼闊、受教程度差距頗大,除了官方「標準印尼文(Bahasa Indonesia Baku)」之外,印尼方言更有 580 多種(一說 652 種),因爪哇族為最大族群,所以爪哇語(Bahasa Jawa)是最

廣泛使用的方言，所以遇到被通譯對象不完全理解標準印尼文，只懂方言的情形也不足為奇了，甚至有印尼人只會聽說「潮州話」或「客家話」的，這對「印尼語司法通譯」的挑戰，可比其他語種更高。例如「謝謝」的標準印尼文是「Terima Kasih」，爪哇語則是說「matur nuwun(中爪哇語)」、「matursuwun(東爪哇語)」，另外「很」的印尼文是「Sangat、Sekali」，而爪哇語則是「Pisan」，爪哇語「泗水」是「Suroboyo」，爪哇語「mau、hendak、ingin(想要)」則是「pingin」，差很多吧？所以筆錄開始製作前，先瞭解被通譯對象的語言背景也是非常重要的。

例句

> Tangannya mengacung.
> 他手舉著。

> Dia mengacungkan tangan.
> 他舉起手。

> Mobil menghilang dalam kabut.
> 汽車消失在濃霧裡。

> Adik laki-laki menghilangkan bukunya.
> 弟弟弄丟他的書。

> Jangan meragu guru.
> 不要打擾老師。

> Saya meragukan kebenaran berita itu.
> 我對新聞的正確性懷疑。

Teman
berteman(交朋友)
mengunjungi teman(訪友)
pertemanan(友誼)
teman kencan daring(網路交友)
teman kerja(同事)
teman sekamar(室友)
teman sekolah(同學)
teman tapi mesra(曖昧對象)
teman(朋友)

Pasal 1-4. 法律制度與用語

若想深入研究台、印尼兩國法律制度與用語差異，建議可以利用右方網址查詢印尼各種法規用法。

大陸法系(民法法系)Sistem Hukum Eropa Kontinental	
回教法系 Sistem Hukum Islam	
海洋法系(普通法系)Sistem Hukum Anglo-Saxon/Anglo Amerika	
習慣法系(不成文法系)Sistem Hukum Adat/Resam	

印尼法規查詢

延伸閱讀(其他注意事項)

注意事項	說　　　　　　　　　　　　　　　　　　明
時態正確	時態不要翻錯，刑事案件「交叉詰問」時，「時態」與「時序」一樣重要，法官會比對警詢筆錄和偵訊筆錄時，若通譯把時態翻錯，事實陳述會變得很混亂。
不懂要問	若當事人無法理解法律用語時，可以請法官或檢察官說明該用語的意思，再翻譯給當事人聽，以確保資訊正確傳達，避免誤譯。

切勿摘譯	通譯要如實將當事人說的內容呈現給法官，不要自行省略動作或特定用詞，也不要自行摘要當事人的說詞，據實呈現是非常重要的，有時當事人的某些動作或言詞可能對認定事實有重要影響。

Cakap

bercakap(交談)
cakap angin(空話,廢話)
cakap besar(大話,吹牛)
cakap(說,談)
kebebasan bercakap(言論自由)
percakapan sehari-hari(日常會話)
percakapan(會話)
tinggi cakap(說大話,唱高調)

Anak

anak baru gede(ABG)(青少年)
anak bayi(嬰兒)
anak buah kapal(ABK)(船員)
anak bungsu(么子)
anak gampang(私生子)
anak ginjal 腎上腺
anak gugur(早產兒)
anak kandung(親生子女)
anak lumpang(杵)
anak mata(瞳孔)
anak negeri(本地人)
anak panah(箭)
anak perawan(處女)
anak rambut(瀏海)
anak sah(婚生子女)
anak sepupu(姪/外甥子女)
anak sulung(長子)
anak Taipei(台北人)
anak tangga(台階)
anak tidak sah(非婚生子女)
anak tunggal(獨生子女)
anak uang(利息)
anak(子女,小孩,後代)
anak-anakan(洋娃娃)

情緒用語
bosan(膩了,無聊)
cape,lelah(厭倦了,累了)
mengganggu,report(好煩,麻煩)
sebal(討厭,倒楣,運氣不好,煩呀)
tidak(討厭,不要)
segar(爽呀)
keluar(滾,走開)
rasain(活該,自找的)
berantakan(搞砸,亂七八糟)
selesai,sudah,kelar(好了,結束了)
masa bodoh,tidak peduli(懶得鳥你)
berlebihan(誇張,過分)
aduh(糟了,哎呀)

第2章 Bab II

國家機器
Aparat Negara

同生共死/同島一命 Satu nyawa dua badan

Bab 11_國家機器(Aparat Negara)

> *1.國家 negara 與 negeri 的差別？*
> *2.Polisi tidur、Polisi seratus、meja hijau...這些印尼文到底是什麼意思？*
> *3.台灣常見公文簽稿用語"綜上所述、如下、略以"...知道印尼文怎麼寫嗎？？*
>
> 答案在第 32 頁

聽到「官方(Formal)」、「政府(Pemerintah)」、「主管機關(Otoritas)」、「公家機關,公部門(Lembaga Publik)」、「公文(Surat Dinas)」、「例行公事(Tugas Rutin)」等名詞,很容易讓人聯想到「官僚主義(Birokrasi)」,但各行各業都免不了要跟政府機關或行政單位打交道,所以瞭解官方用語及「標準印尼文法(Bahasa Indonesia Baku)」是很重要的,不僅能知道應遵守的責任「(Jawab)」和「義務(Kewajiban)」,避免官非,還可以保障自身「權力(Wewenang)」與「權利(Hak)」,爭取最大「合法利益(Kepentingan Sah)」,畢竟「法律是保障知道法律的人」。

當然,司法通譯專業領域那就更需了解兩國各類官方用語,司法通譯不僅是訴訟程序、筆錄內容、法律用語等等而已,例如在台灣連選舉訴訟都有涉及外來人口的情形發生,需要司法通譯協助,所以本章以中、印尼文簡介各類司法通譯工作時可能用到的官方、非官方用語,期能充實大家的基本知識,有助提升通譯品質。

Pasal 11-1. 國家用語

翻譯經常會遇到「negara、negeri、bangsa、nusa 及 tanah air」這 5 個具有「國家」含意的字,容易混淆,例如:「Anda berasal dari negara mana/Anda orang apa?(你是哪一國人？)」及「Anda orang mana?(你是哪裡人？)」,為易區別,整理定義及相關範例如下:

類　　　型	意　　　　　義	範　　　　　　　　　　　　　　　　　　例
negara	國,國家 (政治用法)	kedaulatan negara 主權國家、perusahaan negara 國營企業、milik negara 國有財產、uang negara 公款、kantor perwakilan negara 代表處、manca negara 外國、warga-negara 國民、warga-negara asing 外籍人士、tiang negara 國家棟樑、pernikahan lintas negara 跨國婚姻、ujian negara 國家考試、negara yang tengah berkembang 中度開發國家、aparat negara 國家機器、lembaga negara 國家機構、kepentingan negara 國家利益、kedaulatan negara 國家主權、negara tetangga 鄰國、negara sahabat 友好國家、negara berisiko/non-berisiko tinggi 非/高風險國家、lembaran negara 政府公報、kas negara 國庫、lambang negara 國徽、abdi negara 官員,公務員、pertahanan negara 國防、negara donor 援助國、Negara barat 西方國家、bendera negara 國旗、lagu negara 國歌、negara hukum 法治國家

negeri	國,國家,地方,地區,家鄉 (地理用法)	pegawai negeri 公務員、anak negeri 本地人、universitas negeri 國立大學、negeri asing 外國、dalam/luar negeri 國內/外、negeri pulau 島國、kementerian Luar Negeri(kemlu)外交部、kementerian Dalam Negeri 內政部、negeri asal 原籍國、ke luar negeri 出國、negeri awan 雲國、negeri tetangga 鄰國、produk dalam negeri 國產品、segenap negeri 全國、menjabat negeri 執政
bangsa	國家,民族,種族,人 (民族)	bangsa Indonesia 印尼民族、bangsa minoritas 少數民族、bangsa Burma 緬甸人、bangsa kulit putih 白種人、bangsa berwarna 有色人種
nusa	國家,祖國,島嶼 (印尼用法)	nusa dan bangsa 國家與民族、nusantara 印尼群島
tanah air	祖國 (印尼用法)	Indonesia tanah air beta 印尼是我的祖國

例句

- Hal itu masih merupakan rahasia yang terselubung.
  那件事仍然是個沒有揭露的秘密。

- Inkonsistensi dan ketidaktegasan dari pihak pemerintah ini tentunya sangat meresahkan masyarakat.
  政府的前後矛盾及忽視問題的嚴重性當然讓人民很不安。

- Proteksionisme tanaman pangan di seluruh dunia akan berpotensi memperburuk inflasi produk makanan global dan meningkatkan risiko kelaparan di seluruh penjuru dunia.
  全世界的糧食作物保護主義將可能惡化全球食物產品的通貨膨脹,並加劇全世界各角落飢荒的風險。

- Pengungsi di Indonesia belum memiliki akses untuk hak bekerja.
  在印尼的難民還沒有機會擁有工作權。

- Laut China Selatan diketahui merupakan salah satu wilayah yang paling diperebutkan di dunia.
  南海被認為是世界上爭奪最激烈的地區之一。

- Mereka masih ada kontradiksi pokok tapi ada ruang kompromi.
  他們仍有基本的矛盾但有妥協的空間。

- Tahun 2021, skor CPI Indonesia yakni 38 dan berada di peringkat 96 di dunia.
  印尼 2021 年清廉印象指數 38 分,世界排名第 96。

- Tanggal 18 Januari Dewan Perwakilan Rakyat(DPR) RI meloloskan RUU Ibu Kota Negara, memastikan lokasi di provinsi Kalimantan Timur. Presiden juga telah menyetujui penggunaan nama "Nusantara" sebagai nama Ibu Kota Negara, dalam bahasa Jawa berarti seluruh kepulauan Indonesia. Program perpindahan ini diprediksi akan diselesaikan sebelum 2024.
  人民代表會議(國會)通過國家首都的法律修正案,地點確定在東加里曼丹省,總統也已經同意使用"努山塔拉"這名字,這在爪哇語裡代表印尼全部島嶼的意思,搬

遷計畫預計在 2024 年之前完成。

> Harga barang domestik di Indonesia akan menjadi tidak stabil akibat perang Rusia-Ukraina. Pemerintah Indonesia menegaskan akan berusaha mengontrol indeks inflasi pada 3%-5%, dan menjamin kestabilan pasokan serta distribusi untuk meredakan risiko kenaikan harga barang menjelang lebaran.
> 因為烏俄戰爭，印尼國內物價將變得不穩，印尼政府強調將努力控制通膨指數在 3%至 5%之間，並保證供應和物流的穩定，以減少開齋假期前物價上漲的風險。

Pasal 11-2. 司法通譯場域

司法通譯可能接案的場所，包括(準)司法警察機關(警察局、移民署、海巡署、調查局、憲兵隊)、檢察機關、各級法院、一般行政機關(勞政、社政)，可參考下圖與司法通譯較有關連的台灣「政府組織架構(Struktur Organisas Pemerintah)」，以瞭解相對關係。

政府組織架構(Struktur Organisas Pemerintah)

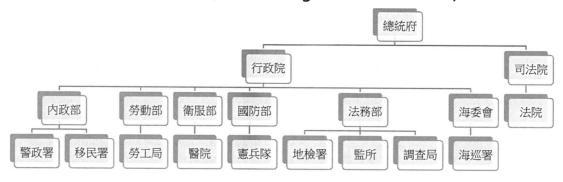

Ayat 11-2. 1. 名詞對照 (政府組織架構) -節錄

	中央一級機關	中央二級機關	中央三級機關
總統府 Istana/Kantor Kepresidenan	行政院 Yuan Eksekutif	內政部 Kementerian Dalam Negeri	警政署 Badan Nasional Polisi 移民署 Badan/Agensi Nasional Imigrasi
		勞動部 Kementerian Ketenagakerjaan	勞工局 Badan Tenaga Kerja
		衛生福利部 Kementerian Kesehatan dan Kesejahteraan	醫院 rumah sakit
		國防部 Kementerian Pertahanan	憲兵隊 brigade polisi militer/tentara

		法務部 Kementerian Kehakiman/Hukum	地檢署 kejaksaan[5] 監獄 penjara, bui 調查局 Investigation Bureau
		海洋委員會 Dewan Kelautan	海巡署 Administrasi Penjagaan Garis Pantai, Administrasi Pengawal Pantai
司法院 Yuan Judisial	法院 pengadilan		

例句

> Dia sangat terpukul oleh berita buruk itu.
> 他被那負面新聞嚴重打擊。

> Presiden sudah melantik kabinet baru.
> 總統已經任命新的內閣。

> Dia mencari suaka politik di Taiwan.
> 他在台灣尋求政治庇護。

> Saya rasa ini sangat tidak bisa diterima, berdirinya di atas tanah Taiwan, dibayar pakai uang pajak masyarakat Taiwan.
> 我覺得這很不能被接受，站在台灣的土地上，由台灣人民的稅金支付(公費)。

> Untungnya, keluarganya sangat baik kepada ibunya, mereka tidak hanya mengaturnya untuk belajar bahasa Mandarin di malam hari, tetapi juga mengoordinasikan hubungan antara ibu dan anak, sehingga ibunya secara bertahan bisa beradaptasi ke dalam keluarga.
> 幸運地，她的家庭對她很好，他們不只為她安排時間在晚上學中文，而且也居間協調母子間關係，以致於他的母親能夠慢慢地融入家庭。

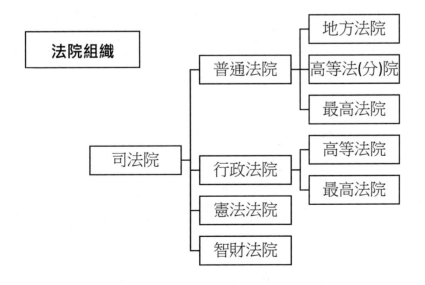

---

5 台、印尼兩國對「檢察官(Jaksa)」和「檢察總長(Jaksa Agung)」的用法相同，所以「Jaksa Tempat Asal Terpidana」是「犯罪所在地檢察官」；但印尼稱「地方檢察署(地檢署)」為「Kejaksaan Daerah」，而在台灣比較慣用「Kantor Kejaksaan Distrik」。

Ayat 11-2.2. 名詞對照（法院組織）-節錄

司法院 Yuan Judisial	普通法院 mahkamah, pengadilan	地方法院 pengadilan negeri/tingkat pertama 高等法院 pengadilan tinggi(PT) 高等分院 cabang pengadilan tinggi 最高法院 mahkamah agung(MA)
	行政法院 Pengadilan Tata Usaha	高等法院 pengadilan tinggi(PT) 最高法院 mahkamah agung(MA)
	憲法法院 Mahkamah Konstitusi(MK)	
	智慧財產法院 Pengadilan Kekayaan Intelektual	

例句

➤ Menurut pendapat saya, dia tidak bersalah semata-semata penuh dengan perasaan tidak berdaya.
根據我的看法，他沒有錯，只不過充滿無力感而已。

小提醒(印尼司法制度)

印尼司法制度與台灣一樣採用「三級三審制度(Sistem 3 Peradilan 3 Tingkat)」，案件在「法院、法庭(Pengadilan, Mahkamah)」由「法官(Hakim)」開庭(Sidang)審理及宣判，原則採「公開審判(Peradilan Umum)」；刑事案件從各市、地區的「地方法院(Pengadilan Negeri)」開始，這是「一審(Peradilan Tingkat Pertama)」，不服判決會進入位在省會的「高等法院(Pengadilan Tinggi：PT)」成為「二審(Peradilan Tingkat Banding)」程序，若還不服判決，就必須上訴由雅加達的「最高法院(Mahkamah Agung：MA)」進行「三審(Peradilan Kasasi)」，判決後即成為「判決定讞(Putusan Kasasi)」；印尼也有「行政法院(Pengadilan Tata Usaha)」。

Ayat 11-2.3. 名詞對照（行政區劃）-節錄

	市 kota	(地)區 daerah	里	鄰
省 propinsi		鎮 kecamatan	rukun warga(RW)	rukun tetangga(RT)
	縣 kabupaten	鄉 desa,kecamatan	村 dusun,kelurahan	

例句

➤ Desa tempat tinggal kami memiliki 10 kecamatan dan 18 kelurahan.
我們居住的鄉下有 10 個鄉和 18 個村。

➤ Rumah-rumah rekan sesama kampung halaman saya di kampung ini letaknya berjauhan.
我的同鄉夥伴在鄉下的房子彼此相距很遠。

> Banjir terjadi kemarin itu mengenangkan kantor kelurahan, sekolah dan rumah warga di sekitarnya.
> 昨天發生的淹水讓人想起在附近的村公所、學校和民宅。

Ayat 11-2.4. 名詞對照（公家機關）-節錄

大使館 kedutaan besar(kedubes)	
小組,班,隊 regu, tim	
中央及地方政府領導階層/指揮體系 jajaran pemerintah pusat dan daerah	
內閣 kabinet	
公家住宅 rumah dinas	
公家機關,公部門 lembaga publik	
主管機關,當局 otoritas	
司法機關 lembaga peradilan	
市政府 pemerintah kota(Pemkot)	
本部,司令部 markas	
民間組織 lembaga swadaya masyarakat(LSM)	
地方/縣政府 pemerintah daerah/kabupaten(Pemda/Pemkab)	
地區警察局 kepolisian daerah(polda)	
安置處所 pemukiman	
局,司,署,處,組 dinas, direktorat	
村公所 kelurahan	
法院 Pengadilan, mahkamah, meja hijau	
社會組織 organisasi kemasyarakatan(ormas)	
前進指揮所 pos komando(Posko)	
政府 pemerintah	
省轄/市政府 kotapraja, pemerintah kota(Pemkot)	
科 subdirektorat	
重大組織犯罪局 Badan Kejahatan Terorganisasi Serius	
海關 bea cukai	
消防隊 pasukan pemadam kebakaran	
高等法院 pengadilan tinggi(PT)	
國家機器 aparat negara	
國家機關(構)lembaga negara	
國營企業 badan usaha milik negara(BUMN)	
執法機關 penegak hukum	
專案小組 tim Satgas	
專勤隊 tim/brigade tugas khusus	
移民單位(局)dinas imigrasi, kantor imigrasi(kanim)	

第 6 警察分局 cabang polisi keenam	
部 kementerian	
部門 departemen	
最高法院 mahkamah agung	
最高檢察院 kejaksaan agung	
監獄 penjara, bui	
領事館 konsulat	
憲法法庭 mahkamah konstitusi(MK)	
機構,組織,團體 wadah	
縣政府 pemerintah daerah(Pemda)	
檢察署 kejaksaan	
矯正機關 lembaga korektif	
總局,總處 direktorat jenderal (Ditjen)	
總部 markas besar	
聯合政府 pemerintah/kabinet koalisi	
鎮公所 kecamatan	
警察單位 angkatan kepolisian	
警察機關 kepolisian, aparat kepolisian	
警衛室 pos satpam, ruang pos jaga	
權責機構 wadah kekuasaan	

例句

➢ Sebanyak 14 orang selamat yang terdiri dari 12 orang laki-laki dan 2 orang perempuan dalam peristiwa pinisi tenggelam ini.
在這次印尼傳統風帆船(比尼西)的沉沒事件中，有多達 12 男、2 女共 14 名的生還者。

➢ Wisatawan korban terakhir yang hilang terseret ombak pantai akhirnya ditemukan dalam kondisi meninggal. Korban ditemukan sekitar 500 meter dari lokasi kejadian dia hilang.
被海灘波浪拖下水失蹤的最後受害觀光客最終被發現死亡，受害者在距離失蹤發生地點大約 500 公尺處被發現。

➢ Tolong yang ketemu! Seorang remaja putri 17 tahun dilaporkan hilang oleh keluarganya. Ciri-ciri gadis yang hilang memiliki warna kulit sawo matang, rambut hitam lurus sebahu, tinggi badan kurang lebih 170 sentimeter.
尋人啟事(幫忙找人)！一名 17 歲少女被家人通報失蹤，失蹤少女的特徵，有深褐色膚色、長度及肩的直黑髮、身高約 170 公分。

➢ Dia pingsan karena kejatuhan batu es sebesar kelereng.
他因為被跟彈珠一樣大小的冰雹打中而昏倒。

➢ Setelah cuaca membaik, dua helikopter Black Hawk dikerahkan untuk mendistribusikan 950 kg kebutuhan pokok dan membawa 3 pasien beserta 2 anggota keluarga untuk berobat ke bawah gunung.

在天氣變好之後，2 台黑鷹直升機出動分配 950 公斤的基本物資並載 3 名病患及 2 名家屬去山下就醫。

➢ Sebab bekingnya kuat, sejak lulus pendidikan, saya ditugaskan di kepolisian yang sama.
因為他後台硬，從學校畢業，任職於同一個警察機關。

➢ Terlihat kaca toko yang pecah retak, ubin trotoar yang saling berhimpitan karena gempa rusak, menyebabkan pipa air bawah tanah bocor, produk belanja di toko supermarket juga jatuh berhamburan.
因為地震破壞，看到商店玻璃破碎、人行道地磚互相擠壓、地下水管漏水、超市商品也掉落一地。

➢ Itu akan segera disidang, Polda telah menyusun agenda untuk proses pelaksanaan sidang, kata/ucap dia.
他說：將馬上開會，地區警方已經擬定會議的議程。

Ayat 11-2. 5. 名詞對照（公職人員）–節錄

一般公務員 pejabat pegawai negeri sipil	
人民公僕 abdi rakyat	
上級,長官 atasan	
工作媒合網站 situs bursa kerja	
公務員 pegawai negri	
公證人 notaris	
代表 representasi	
司法警察官 pejabat polisi	
外交官 diplomat	
市長 walikota	
立委 legislator	
任期 masa bakti/jabatan	
地區警察局長 kepala kepolisian daerah(kapolda)	
地區警察局副局長 wakil kepala kepolisian daerah(wakapolda)	
行政院長 perdana menteri	
局長,司長 direktur	
村長 lurah	
求職者,候選人,考生,應考者,候補者 kandidat	
官階,地位 jenjang	
武裝警察 polisi bersenjata	
法官 hakim	
法律代理人 kuasa	
直屬上級(官員)(pejabat) atasan langsung	
直屬上級的上級 atasan dari atasan langsung	

保全人員 pengawas	
政治人物 tokoh politik	
政治家 wirapraja, negarawan	
政務委員 menteri tanpa portofolio	
省長,省區負責人 gubernur, kakanwil(kepala wilayah propinsi)	
重要官員 pejabat	
重要管理者 pemangku kepentingan	
候補委員 calon anggota	
消防人員 pemadam,petugas damkar	
秘書 sekretaris	
高官 pejabat tinggi	
副總統 wakil presiden	
執行任務者,工作人員 petugas	
執法人員 penegak hukum	
移民官 petugas imigrasi	
移民部門主管 kepala bidang/divisi imigrasi	
第 1 線員工 staf garis depan	
部長 menteri	
復職,勒戒 rehabilitasi	
發言人 juru bicara	
鄉長 kepala desa	
勤務表,出勤表 daftar hadir	
試用期 masa percobaan	
維安人員 petugas keamanan	
暫時停職 skorsing	
調任,調職 alih tugas	
憲兵 polisi militer/tentara	
縣長 bupati	
檢察官 jaksa	
總局長 direktur jenderal(Dirjen)	
總統 presiden	
職缺 lowongan kerja	
曠職 bolos bekerja	
警察 polisi	

> Rumah Indra hangus dilalap si jago merah.
> Indra 家被大火吞沒燒毀。

> Melalui berbagai penerangan positif, polisi semakin dikenal warga-negara, maka

semakin banyak rakyat berminat untuk memolisikan dan mepolisikan.
透過各種正面宣傳，警察越來越被國民瞭解，所以越來越多的人民願意從警和跟警察打交道。

➢ Ada Serikat Pekerja Rumah Tangga Kota Taoyuan memposting di media Facebook mempertanyakan upaya penegakan hukum oleh pihak kepolisian.
桃園市家庭看護工職業工會在臉書發文質疑警方的執法手段。

➢ PMA informal diborgol tanpa alasan, polisi telah menyalahgunakan wewenang yang dimilikinya.
外籍移工被無理非法上銬，警察已經濫用本身權力。

➢ Pegawai negri tidak dapat menyalahgunakan jabatannya dan melakukan perbuatan melanggar hukum.
公務員不能濫用職權並且從事違法行為。

➢ Warga yang terperangkap harus berusaha tenang dan membunyikan bel bantuan.
受困的居民必須努力保持鎮定並發出求救鈴聲。

➢ Pemadam(petugas damkar) masih tidak berhasil/bisa masuk ke rumah. Silakan menunggu penyelamatan dengan sabar.
因為消防人員仍無法成功進入房屋，請耐心地等待救援。

Ayat 11-2. 6. 名詞對照 (證件、書狀) –節錄

土地權狀 buku tanah	
工作證 surat izin kerja	
工作證明 surat keterangan kerja	
公證書 akta notaris	
戶籍謄本,戶口名簿 kartu keluarga(KK)	
令,票,執行命令 surat perintah	
出入許可證 surat izin keluar masuk(SIKM)	
出生證明/書 akta kelahiran	
半身脫帽照片 pasfoto	
外僑永久居留證 kartu izin menetap permanen, Alien Permanent Resident Certificate(APRC)(台灣)	
外僑居留證 Alien Residence Certificate(ARC)(台灣)	
本名是,真名是 bernama asli	
正本 dokumen asli	
交通罰單 surat tilang	
全名 nama jelas/lengkap	
印尼駕照 surat izin mengemudi(SIM)	
合法影本 fotokopi legalisir	
有效期 3 天的陰性 PCR 檢測證明 surat tes PCR negatif masa berlaku tiga hari	
自首書 surat penyerahan diri	

自然人憑證 Sertifikat Digital Warga Negara	
抄本,繕本 keturunan	
良民證,無犯罪紀錄證明 surat berkelakuan baik	
身分證 kartu identifikasi(ID card), kartu tanda penduduk(KTP)	
身分證件 akte catatan sipil, bukti diri	
身分證號 nomor induk kependudukan(NIK)(印尼)	
車牌 pelat nomor,Tanda Nomor Kendaraan Bermotor(TNKB)	
具結書,聲明,文告,報關單 deklarasi	
委託書,委任狀 surat kuasa	
押票,收押票(surat) perintah penahanan	
拘票(surat) perintah penangkapan	
長期居留許可證 Kartu Izin Tinggal Tetap(KITAP)(印尼)	
保證書 surat jaminan	
保護令 surat perintah perlindungan	
信封 sampul surat	
個人資料(個資)data pribadi	
借據 surat utang, surat sanggup bayar	
原稿 naskah asli	
恐嚇信 surat ancaman/gelap	
旅行證明文件 dokumen perjalanan	
草稿,草案,卷,冊 naskah	
起訴書 surat dakwaan/tuduhan	
假釋證明書,通行證 surat pas	
停留簽證 visa kunjungan	
匿名信 surat buta/gelap	
執行命令 surat perintah	
探親簽證 visa penyatuan keluarga	
畢業證書 ijazah	
章戳,印章,圖章 cap,stempel,teraan	
處分書 Surat Keputusan Tindakan Administratif, Surat Tindakan Kedisiplinan	
陳情信,請願書 surat keluhan/petisi	
單身證明 surat keterangan belum menikah	
就業金卡 kartu emas kerja	
短期居留許可證 Kartu Izin Tinggal Terbatas(KITAS)(印尼)	
結婚證明小冊 buku akta nikah(回教徒)(印尼宗教事務局核發)	
結婚證書 surat keterangan perkawinan/menikah	
買賣契約 akta jual-beli	
傳票 surat sita	
搜索票(surat) perintah penyidik/penggeledahan	

照片 foto, potret	
履歷表 daftar riwayat hidup	
複本,影本 kopi, salin	
遺書 surat wasiat	
聲明書 Surat Pernyataan	
醫師執照 izin dokter, lisensi medis	
離婚證書,免職書 surat lepas	
證書,證件,契約 akta, sertifikat	
警察通知書 surat panggilan polisi	
護照 paspor	

例句

> Hakim telah memberi surat perintah perlindungan kekerasan dalam rumah tangga (KDRT).
> 法官已經核發家暴保護令了。

Ayat 11-2. 7. 名詞對照 (選舉) –節錄

中央選舉委員會(中選會)Komisi Pemilihan Pusat
中間階層 golongan menengah
反對派 kaum penentang
反對黨 partai oposisi/penentang
少數派 golongan kecil
任期 masa bakti/jabatan
在野黨 partai penentang
投票表決 memungut suara
投贊成票或棄權 memberikan suara "iya" atau abstain
政黨 parpol(partai politik)
政黨總書記 sekjen partai
候選人 kandidat
國會 parlemen
執政黨 partai pemerintah
勝選演說 pidato kemenangan
激進派 golongan radikal
選前冷靜期 masa tenang
選票 suara
選舉,(公共)選舉 pemilihan umum(pemilu)(公共)選舉
總統大選 pemilu presiden

例句

➤ Kalau bukan Anda, siapa dong yang harus bertanggung jawab atas referendum?
如果不是你，誰必須為公民投票負責任，對吧？

Pekerja

melamar pekerjaan(求職)
pekerja borongan(包工)
pekerja kantoran(上班族)
pekerja kasar(做工的人)
pekerja migran asing(外籍移工)
pekerja migran tanpa dokumen(無證移工)
pekerja paruh waktu(部分時段工作者)
Pekerja Rumah Tangga(家庭看護工)
pekerja seks komersial(性工作者)
pekerja sektur kesejahteraan sosial(社福類移工)
pekerja sosial(社工)
pekerjaan dinas(公事,公務)
pekerjaan sebelum(之前的工作)
pekerjaan(事業,行業)

Jatuh

batu jatuh(落石)
dijatuhi denda(被罰款)
dijatuhi sanksi(遭受懲罰)
jatuh cinta(戀愛,墜入愛河)
jatuh pingsan(倒地不起)
jatuh sakit(病倒)
jatuh terpeleset(滑倒)
jatuh(跌倒,判決,判處)
memukul jatuh(打倒,擊倒)
menjatuhkan hukuman(判刑)

1.polisi tidur(警察睡覺)是道路上的"減速椿"、polisi seratus(一百元警察)是"指揮交通的義工"、
 meja hijau(綠色桌子)是指"法庭"。
2.公文用語"綜上所述(dari uraian di atas)"、"如下(berikut ini adalah)"、"略以(sebagai berikut)"。

(問題在第 20 頁)

附錄 II-1：台、印尼官方與非官方機關組織 –節錄

(印尼)人民代表會議(下議院/國會)Dewan Perwakilan Rakyat
(印尼)人民協商會議(人協)(由上議院及下議院組成)Majelis Permusyawaratan Rakyat
(印尼)地方代表理事會(上議院)Dewan Perwakilan Daerah
(印尼)流行病管制局 Direktorat Penanggulangan Wabah dan Pemulihan Prasarana(PWP2)
(印尼)旅遊暨創意經濟部 Kementerian Pariwisata dan Ekonomi Kreatif(kemenparekraf)
(印尼)國家情報局 Badan Intelijen Nasional(BIN)
(印尼)國家緝毒局 Badan Narkotika Nasional(BNN)
(印尼)移民總局 Direktorat Jenderal Imigrasi(Ditjen Imigrasi)
(印尼)肅貪委員會 Komisi pemberantasan Korupsi(KPK)
(印尼)警方反恐部隊 Detasemen Khusus 88(Densus 88)
下議院(會)majelis rendah
中央研究院 Akademia Sinica
中央氣象局 Biro Cuaca Pusat(CWB)
中央選舉委員會(中選會)Komisi Pemilihan Pusat
內政部 kementerian Dalam Negeri
文化部 Kementerian Kebudayaan(MOC)
代表處 kantor perwakilan negara
台灣國際勞工協會 Asosiasi Pekerja Migran Taiwan(TIWA)
台灣觀光局 Biro Pariwisata Taiwan
台灣觀光協會 Asosiasi Pengunjung Taiwan
司法院 Yuan Judisial
外交部 kementerian Luar Negeri(kemlu/kemenlu)
立法院 Yuan Legislatif,dewan legislatif
交通部 Kementerian Transportasi dan Komunikasi(MOTC)
印尼大使館 kedutaan besar Republik Indonesia(KBRI)
印尼在台勞工聯盟 Ikatan Pekerja Indonesia di Taiwan(IPIT)
印尼勞工安置保護局 Badan Nasional Penempatan dan Perlindungan Tenaga Kerja Indonesia(BNP2TKI)
印尼貿易經濟辦事處 Kantor Dagang dan Ekonomi Indonesia(KDEI)
印尼警察總部 Markas Besar Kepolisian RI(Mabes polri)
地檢署 kejaksaan[6]
行政院 Yuan Eksekutif
行政院主計總處 Ditjen Anggaran, Akuntansi dan Statistik(DGBAS)
行政執行署 Badan Penegak Hukum(AEA)
法務部 Kementerian Kehakiman/Hukum

---

[6] 台、印尼兩國對「檢察官(Jaksa)」和「檢察總長(Jaksa Agung)」的用法相同，所以「Jaksa Tempat Asal Terpidana」是「犯罪所在地檢察官」；但印尼稱「地方檢察署(地檢署)」為「Kejaksaan Daerah」，而在台灣比較慣用「Kantor Kejaksaan Distrik」。

法務部調查局 Ministry of Justice Investigation Bureau(MJIB)	
非洲豬瘟中央災害應變中心 Pusat Penanggulangan Asfivirus Sentral	
客家委員會 Dewan Kebudayaan Hakka(HAC)	
科技部 Kementerian Sains dan Teknologi	
食品藥物管理署 Badan Obat dan Makanan(FDA)	
原住民族委員會 Dewan Pemberdayaan Suku Asli(CIP)	
桃園市家庭看護工職業工會 Serikat Pekerja Rumah Tangga Kota Taoyuan	
海巡署 Administrasi Penjagaan Garis Pantai,Administrasi Pengawal Pantai(CGA)	
海洋委員會 Dewan Kelautan(OAC)	
海關 bea cukai	
消費者文教基金會(消基會)Yayasan Konsumen	
財政部 Kementerian Keuangan	
動植物防疫檢疫局 Biro Inspeksi dan Karantina Hewan dan Tumbuh-tumbuhan(BAPHIQ)	
國防部 Kementerian Pertahanan	
國家安全局(台灣國安局)Biro Keamanan Nasional	
國家發展委員會 Dewan Pembangunan Nasional(NDC)	
教育部 kementerian Pendidikan(MOE)	
移民署 Badan Nasional Imigrasi,Agensi Imigrasi Nasional (NIA)	
勞工局 Badan Tenaga Kerja	
勞動部 Kementerian Ketenagakerjaan(MOL)	
經濟部 Kementerian Perekonomian(MOEA)	
董氏基金會 John Tung Foundation	
農業委員會 Dewan Pertanian(COA)	
對外貿易發展協會(外貿協會)Asosiasi Perdagangan Luar Negeri	
監察院 Yuan Pengawas	
監獄 Penjara, Bui	
臺灣亞洲交流基金會 Yayasan Pertukaran Taiwan-Asia(TAEF)	
衛生福利部(衛福部)Kementerian Kesehatan dan Kesejahteraan(Menkes)	
駐印尼台北經濟貿易代表處 Kantor Dagang dan Ekonomi Taipei di Jakarta, Indonesia(TETO)	
憲兵隊 Brigade Polisi Militer/Tentara	
環境保護署(環保署)Administrasi Perlindungan Lingkungan,Badan Perlindungan Lingkungan(EPA)	
總統府 Istana Kepresidenan, Kantor Kepresidenan	
關務署 Administrasi Bea dan Cukai	
關愛之家協會 Yayasan Harmony Home	
警政署 Badan Nasional Polisi(NPA)	
議會,委員會 dewan	

第 3 章 Bab III

訴訟實務
Praktik Dakwaan

membocorkan rahasia(洩密) vs
memegang rahasia(保密)

胡蘿蔔與棍棒 Lunak disudu, keras ditakik

Bab III_訴訟實務(Praktik Dakwaan)

> 1.台灣疫情初期讓人印象深刻的用語之一是"人與人的連結",印尼文也有類似的暗示性說法嗎?
> 2."綠色的桌子(Meja Hijau)"是指什麼?
> 3 印尼文"免費房間/飯店(Rumah/Hotel Prodeo)"是比喻什麼?
>
> 答案在第127頁

Pasal III-1.刑事訴訟程序

台灣刑事訴訟採「3級3審制(Sistem 3 Peradilan 3 Tingkat)」,刑事訴訟程序(Proses Hukum Acara Pidana)分為「調查、偵查及起訴、強制處分、簡易程序、協商程序、審判及定讞」等,請參考下列圖表:

刑事訴訟程序(Proses Hukum Acara Pidana)

偵查、起訴(Periksa、Investigasi)

檢察官
↓
指揮(準)司法警察實施調查
↓
裁定、起訴、不起訴、緩起訴、結案

審判(Peradilan)

法官
↓
準備程序、庭訊
判決、上訴、定讞
↓
譯譯、抗告、有罪、無罪、緩刑、易科罰金

執行(Menjalani)

檢察官
↓
指揮司法警察執行
↓
發監、易科罰金、驅逐出國

小提醒(檢察官)

「檢察官(jaksa)」、「公訴檢察官(jaksa penuntut umum)」或「檢察總長(jaksa agung)」是指「人」,「檢察機關」則是用「kejaksaan」,而「台南地檢署(kejaksaan daerah Tainan)」是「機關」,「檢方(pihak jaksa)」可表示「人」也可以指「機關」。

例句

➤ Jaksa mengamankan pelaku dan barang bukti.
  檢察官拘留嫌犯並保全物證。

➤ Pihak jaksa belum diketahui pasti kronologi kejadian.
  案發時間序還沒被檢方確定。

Ayat III-1. 1. 名詞對照 (刑事訴訟程序) –節錄

偵查 Periksa、起訴 Investigasi	審判 Peradilan	執行 Menjalani
檢察官 jaksa, jaksa penuntut umum	法官 hakim	檢察官 jaksa
司法警察官 pejabat polisi	準備程序 acara pemeriksaan praperadilan	司法警察官 pejabat polisi
裁定 ketentuan, penetapan	開庭審理 persidangan	執行 menjalani
起訴 dakwa, tuduh, tuntut, vonis	判決 hukuman, jatuh, putusan	發監 memenjarakan
不起訴 tidak tuduh	上訴(1 審)banding, (2 審)kasasi	易科罰金 pidana denda
緩起訴 penuntutan ditangguhkan	判決定讞 putusan kasasi	驅逐出國 deportasi
結案 kasus ditutup	異議,抗告 keberatan	查封,貼封條 menyegel
辯護人 pembela	有罪 bersalah	沒收,查扣 menyita
律師 pengacara	無罪 tidak bersalah	
調查,偵查 investigasi	緩刑 hukuman bersyarat/perjanjian	
偵查終結 mengakhiri investigasi	易科罰金 pidana denda	
	專利權 jaminan hak, hak paten	
	褫奪公權 pencabutan hak-hak tertentu	

例句

> Saya mau lapor/telepon polisi.
> 我要報警/打電話給警察。

> Korban melaporkan pelaku kepada polisi.
> 受害者向警方通報嫌犯。

> Polisi masih mendalami pihak-pihak terkait termasuk pengelola tempat.
> 警方仍在深入調查包括業者在內的相關各方。

> Terkait siapa saja pihak yang akan dipanggil Polisi untuk dilakukan pemeriksaan.
> 不論是哪一方，有關的都將被警方傳喚接受調查。

> Ketiga tersangkat telah dipindahkan ke Kantor Kejaksaan Daerah untuk penyelidikan lebih lanjut.
> 這 3 名嫌犯已經被移送到地檢署後續調查。

> Korban sudah buat laporan dan dalam proses penyelidikan lebih lanjut.
> 受害者已經報案並在後續調查程序中。

> Karena seseorang tetap tidak bersalah sebelum kesalahannya terbukti, maka pihak jaksa

akan dilanjutkan pada proses hukum sesuai peraturan perundang-undangan yang berlaku.

因為一個人在被證明有罪之前是無罪的，所以檢方將繼續進行符合現行法律規定的司法程序。

➢ Identitas penanya bisa ditulis terang atau disamarkan, disesuaikan dengan keinginan pembaca. Seluruh identitas penanya kami jamin akan dirahasiakan.

發問者的身分可以按照讀者的意願公開或保密，我們保證將對發問者的全部身分保密。

➢ Tergugat siksaan kekerasan seksual itu sedang minta banding kepada pengadilan yang lebih tinggi

那性暴力虐待案的被告正向上級法院提出上訴。

小提醒(警察與警察)

如果用「polisi」是指「警察(人員)」，若「kepolisian」則是指「警察(機關、單位)」，至於「pihak polisi」就是一般的「警方」了。

例句

➢ Polisi melakukan patroli rutin.
警察從事例行巡邏。

➢ Warga setempat laporan pidana ke kepolisian dugaan tindak pidana penipuan.
當地居民疑似有詐騙犯罪行為而報警。

Dinas

berdinas malam(值夜班)
berdinas(值勤,值班)
dinas aktif(現役)
dinas keluar(洽公,出差)
dinas tentara/militer(兵役)
dinas(局,署,處,公務,公差,值勤,值班)
ikatan dinas(行政契約)
pekerjaan dinas(公事,公務)
rumah dinas(公家住宅)
surat dinas(公文)

Pasal 111-2. 法規用語概論

法律規定的用語是非常專業的,下面摘錄一段來自印尼「點滴新聞網(DetikNews)」有關「在社交媒體毀謗他人」的法規用語給大家參考,原來「保護國家安全、公共秩序、衛生健康或公序良俗」印尼文是這樣說:「<u>Melindungi keamanan nasional atau ketertiban umum atau kesehatan atau moral publik</u>」。

---

fPerkataan yang di upload pada sosial media (Sosmed) adalah kebebasan berekspresi seseorang sebagaimana diatur dalam Pasal 28E ayat (3) UUD Negara Republik Indonesia Tahun 1945. Akan tetapi, kebebasan berpendapat dan berekspresi ada batasannya sebagaimana diatur dalam Pasal 28J ayat (2) UUD Negara Republik Indonesia 1945 yang termanifestasi ke dalam Pasal 19 ayat (3) UU Nomor 12 Tahun 2005 tentang ratifikasi Konvensi Internasional Hak Sipil dan Politik yang berbunyi sebagai berikut :

"Pelaksanaan hak-hak yang dicantumkan dalam ayat 2 pasal ini menimbulkan kewajiban dan tanggung jawab khusus. Oleh karenanya dapat dikenal pembatasan tertentu, tetapi hal ini hanya dapat dilakukan sesuai dengan hukum dan sepanjang diperlukan untuk:

- Menghormati hak atau nama baik orang lain;
- <u>Melindungi keamanan nasional atau ketertiban umum atau kesehatan atau moral publik.</u>"

Saat ini, penghinaan pada media sosial (medsos) diatur dalam pasal 27 ayat (3) UU Nomor 11 Tahun 2008 tentang UU ITE (UU ITE Tahun 2008) yang berbunyi :

"Setiap Orang dengan sengaja dan tanpa hak mendistribusikan dan/atau mentransmisikan dan/atau membuat dapat diaksesnya Informasi Elektronik dan/atau Dokumen Elektronik yang memiliki muatan penghinaan dan/atau pencemaran nama baik."

Ancaman pidana atas pelanggaran Pasal 27 ayat (3) UU ITE terdapat dalam Pasal 45 ayat (3) UU Nomor 19/2016 tentang Revisi atas UU ITE (UU ITE Tahun 2016), yang berbunyi:

"Setiap Orang yang dengan sengaja dan tanpa hak mendistribusikan dan/atau mentransmisikan dan/atau membuat dapat diaksesnya Informasi Elektronik dan/atau Dokumen Elektronik yang memiliki muatan penghinaan dan/atau pencemaran nama baik sebagaimana dimaksud dalam Pasal 27 ayat (3) dipidana dengan pidana penjara paling lama 4 (empat) tahun dan/atau denda paling banyak Rp750.000.000,00 (tujuh ratus lima puluh juta rupiah)."

Dengan demikian, kebebasan berekspresi dibatasi dengan adanya Pasal 27 ayat (3) UU ITE Tahun 2008 dan diancam pidana dengan Pasal 45 ayat (3) UU ITE tahun 2016, meski dalam penerapannya terdapat pro dan kontra.

例句

➢ Sepertinya hatinya sudah membatu, melihat kondisi itu pun tidak ada rasa empati darinya.
他好像鐵石心腸,看到這個情形他也沒有同理心。

➢ Kita tidak boleh saling menyakiti satu sama lain, baik mengayunkan tinju maupun mengayunkan tangan.
我們不可以彼此互相傷害,不論揮拳或動手。

Ayat III-2. 1. 嫌犯/被告/受刑人

印尼執法機關對刑事犯罪者在不同調查階段的用法如下：

名 詞	說 明
疑犯、涉案關係人 tersangka	事證調查確定前
嫌犯、犯罪嫌疑人 pelaku	表面證據確定後
被告 terdakwa, tergugat	移送檢察官複訊起訴後
現行犯 tertangkap tangan/basah	犯罪在實施中或實施後即時發覺
共犯、同夥、幫兇 kawan berbuat	參與別人的犯罪
從犯 tersangka afiliasi	在共同犯罪中起次要或輔助作用
犯罪者,受刑人 narapidana, terpidana, orang hukuman[7]	法院判刑確定

例句

> Pihak polisi telah menemukan tersangka. Tersangka tsb diketahui berinisial AB (25), warga Jakarta.
> 警方已經發現犯罪嫌疑人，據悉嫌犯姓名縮寫為 AB(25 歲)，雅加達居民。

> Para warga memperpukuli pelaku pencurian motor itu.
> 居民們痛打那偷車賊一頓。

> Pembobolan ATM di SCBD DKI digagalkan oleh warga setempat. Dua orang pelaku tertangkap, sementara satu pelaku lainnya masih dikejar polisi.
> 在雅加達蘇迪曼中央商業區的自動提款機破壞者被當地居民攔下，2 名嫌犯被捕，而另 1 名仍被警方追捕中。

> Diduga korban yang mengeluarkan sebilah pisau direbut pelaku. Pelaku langsung menusukkan pisau tersebut ke tubuh korban bagian belikat kiri sedalam 15 sentimeter.
> 受害者疑似拿出 1 把刀被嫌犯搶走，嫌犯直接將這把刀刺入受害者身體的左側肩胛骨部位，深達 15 公分。

> Karena sudah tidak tahan lagi dengan perbuatan pelaku tersebut, korban menceritakan perbuatan tersebut dan perekaman diam-diam kepada orangtuanya.
> 因為已經不能再忍耐嫌犯這個行為，受害者將犯行及偷偷錄影畫面告訴她父母。

> Pelaku diduga membenci tetangga-tetangganya karena semua tetangganya tidak mencakapi dia.
> 嫌犯疑似對他的鄰居們懷恨在心，因為鄰居全都不跟他說話。

> Pelaku mengaku emosi kesal melihat perilaku kasar dan aniaya sang ayah terhadap ibu, maka mencekiknya hingga mati dan mutilasi. Akhirnya dia membuang potongan mayat di selokan.
> 嫌犯承認因為看到父親那傢伙對母親的粗暴行為和虐待所產生的不滿情緒，所以悶死父親並分屍，最後丟棄屍塊在排水溝裡。

---

[7] 印尼文「罪犯,囚犯,犯人」除正式用法外，一般口語還有「Orang Rantai」的說法。

> Pelaku terlihat mengenderai sepeda motor berwarna biru, memakai jaket berwarna hitam, topi serta masker.
> 嫌犯被看到騎著藍色機車、穿著黑色夾克、戴帽子和口罩。

> Korban itu tidak mengenali siapa pelaku yang merampoknya.
> 受害者不能認出搶劫他的嫌犯是誰。

> Terdakwa sebagai publik figur tidak mencontoh yang baik kepada masyarakat.
> 被告成為公眾人物，沒有給公眾立下好榜樣。

> Menjatuhkan hukuman terhadap terdakwa berupa pidana 5 bulan penjara.
> 對被告判處有期徒刑 5 個月。

延伸閱讀(ter-字首人格化名詞)

印尼文有一些「ter-」開頭的字不是「ter-被動詞」，而是「人格化名詞(Pewujudan)」，舉在法律用語中常見到為例：

ter-字首人格化名詞	字　　　　　　　　　　　　　　　　　　根
已實現,已完成,已遂 terlaksana	舉止行為,特性,彷彿,好像,例如 laksana
受刑人,犯罪者 terpidana	刑事犯罪,罪行 pidana
現行犯 tertangkap tangan/basah	逮捕 tangkap
被告 terdakwa, tergugat	控告,控訴,起訴 dakwa, gugat
疑犯,犯罪嫌疑人,涉案關係人 tersangka(tsk)	料想 sangka

例句

> Baik pendakwa maupun tergugat diminta hadir di pengadilan.
> 不論原告還是被告都被要求出庭。

> Tertangkap tangan itu membisu dengan kepala tertunduk dalam pemeriksaan kepolisian.
> 那現行犯在警察機關調查時低頭默默不語。

Ayat III-2. 2. 得/應

得,能夠,可以 boleh	應,必須 harus, wajib

Ayat III-2. 3. 通知書類

執法機關逮捕「現行犯(tertangkap tangan/basah)」時應發給「逮捕通知書(Surat Tangkapan)」，而警方(pihak polisi)正式通知當事人前來警察機關(kepolisian)說明或接受調查時，也會事先發給「辦案通知書(Surat Panggilan Polisi)」，屢傳不到時就會申請「拘票(Surat Perintah Penangkapan)」，強制拘提當事人到案。

Ayat III-2. 4. 保全人證/物證

執法機關若需要，會「拘留、保全(mengamankan)」嫌犯或證據，而司法機關、警方、地檢署或移民署也會視案情「收押、拘留、羈押、收容(menahan)」當事人，地點在「拘留所、看守所(tahanan)」或「(移民)收容所(penampung, pusat penampungan, tempat detensi, rumah penampungan imigrasi, rumah detensi imigrasi(Rudenim)」，這是「暫予收容、預防性收押(tahan sementara)」，以防止被告(terdakwa, tergugat)或嫌犯、犯罪嫌疑人(pelaku)脫逃，判決前也可能採「羈押(tahanan muka)」或「交保候傳(tahanan luar)」。

例句

➢ Pihak polisi mengamankan pelaku dan barang bukti.
警方拘留嫌犯並保全物證。

Ayat III-2.5. 以上/以下/以內

台灣法制用語所稱「以上、以下、以內者」，包含該本數計算，這不僅常常困惑著不具有法律背景的台灣人，還常與外國用法不同，加上翻譯時沒考慮仔細並調整修正，很容易造成外來人口因誤解而違反法規，比如第 3 級警戒防疫期間「禁止室內 5 人以上之聚會」的規定就是一例，因為「包含本數」，所以室內剛好「5 人」聚會就算違規，如果印尼文直譯為「Dilarang berkumpul <u>lebih dari 5 orang</u> di dalam ruangan」或「Dilarang berkumpul <u>5 orang ke atas</u> di dalam ruangan」，這可能會讓印尼人直覺認為 5 人是可以，6 人以上聚會才違規，但實際上在台灣的規定則是「5 人」聚會就違規囉！

所以「禁止室內 5 人以上之聚會」規定，若翻譯成印尼文，寫成「Dilarang berkumpul ***5 orang atau lebih*** di dalam ruangan」較好，以杜爭議。

Ayat III-2.6. 準

台灣因應疫情而防疫升級，2021 年 5 月 15 日台北市、新北市政府曾進入「第 3 級警戒」，其他縣市則進入「"準"第 3 級警戒」，何謂「準」第 3 級警戒？簡單說，雖然名義上仍是第 2 級警戒，但實際上防疫作法卻參照第 3 級執行，所以翻譯可用「準(Siaga)」這個詞，具有「隨時準備,戒備」的意思，其他常見用語如「"準"外交機構」、「"準"軍事」等，不過這些「準」的用法在印尼官方較少見。

例句

➢ Siaga pejabat polisi merupakan pejabat pegawai negeri sipil yang diberi wewenang khusus untuk menyelidik.
準司法警察官是指有權力對特定事務從事犯罪調查的一般公務員。

Ayat III-2.7. 雙重否定

閉路和判決書中常見中文「雙重否定(Negasi Ganda)」的用法，但如果直譯，很容易造成被通譯對象誤解，建議最好是直接轉譯成肯定語氣，舉例如下。至於其他類似用語，

比如「不少人(tidak sedikit orang)」要不要翻譯成「很多人(banyak orang)」、「不難發現(tidak sulit menemukan)」是否換成「容易發現(mudah menemukan)」、「不服輸,不認輸(tidak mau kalah)」是否就是「想贏(mau menang)」、「不被忽視(tidak diabaikan)」等等,就要看翻譯者和被通譯對象當時的理解狀況了。

雙 重 否 定 用 法	肯 定 用 法
不是不 bukan tidak	是 adalah
不是不相信 bukan tidak percaya	相信 percaya
不能否定可能性 tidak meniadakan kemungkinan	有可能性 ada kemungkinan
不能否認 tidak dapat dipungkiri	承認 mengaku
不能沒有 tidak dapat tiada	一定要有 pasti ada/mau
不得不,不能不,不會不 tidak dapat tidak	必須 harus、絕對會 pasti dapat
沒有不 tiada tidak	有 ada
這不是不可能 ini bukannya tidak mungkin	這是可能 ini (adalah) mungkin

Ayat III-2. 8. Aturan/Peraturan 差異

印尼官方或新聞用語常常看到的「Aturan」與「Peraturan」兩字,事實上意義不太一樣,如下:

類型	中文意義	使用範例
aturan	(一般,比賽)規則,規定,方法,規矩	aturan permainan 比賽規則、aturan pakai 使用方法
peraturan	(法律,行政)法律,法規,規則	peraturan pemerintah 政府法規、peraturan lalu lintas 交通規則

Pasal III-3. 常用法律名稱(台灣) -節錄

人口販運防制法 UU Pencegahan perdagangan orang/manusia
入出國及移民法 Undang-Undang Keimigrasian
民事訴訟法 Hukum Acara Sipil/Perdata
民法 Hukum Sipil/Perdata
刑事訴訟法 Kitab Undang-Undang Hukum Acara Pidana(KUHAP)
刑法 Kitab Undang-Undang Hukum Pidana(KUHP)
行政法 UU administrasi pemerintahan
性別工作平等法(性平法)UU kesetaraan kerja gender
性暴力犯罪法 Undang-Undang tindak pidana kekerasan seksual
洗錢防制法 UU Pencegahan pencucian uang
家事服務法 UU Layanan/Pelayanan Rumah Tangga
家庭暴力防治法 UU Pencegahan kekerasan dalam rumah tangga

野生動物保護法 UU Konservasi Satwa Liar,UU Perlindungan Satwa Liar	
勞工職業災害保險及保護法 UU Perlindungan Kecelakaan Kerja	
勞動基準法(勞基法)UU Standar Ketenagakerjaan	
就業服務法 Undang-Undang Standar Ketenagakerjaan,UU Jasa Kerja	
提審法 UU perlindungan kebebasan,UU peninjauan penahanan	
菸害防制法 UU Pengendalian Bahaya Rokok	
傳染病防治法 UU pencegahan penyakit menular	
道路交通管理處罰條例 Undang-Undang untuk Manajemen Lalu Lintas Jalan dan Hukuman	
境外聘僱法 UU Perekrutan Ketenagakerjaan Luar Negeri	
銀行法 UU Perbankan	
憲法 Undang-Undang Dasar	

例句

> Menurut Hukum Internasional, tentang ratifikasi konvensi Internasional Hak Sipil & Politik yang sebagai berikut.
> 根據國際法，有關政治及民事權利國際協定批准如下。

> Putusan kasasi ini berpegang pada prinsip melindungi HAM dan menjaga keutuhan keluarga untuk sesuai dengan asas HAM dan manusiawi.
> 這最終判決秉持著保障人權及維護家庭團聚權的精神，以符合人權與人情。

> Pemerintah tengah memikirkan keseimbangan antara hak pekerja dan beban majikan.
> 政府正在考慮員工權益及雇主負擔的平衡。

> Pada Undang-Undang Dasar, hak pilih seseorang tidak boleh diganggu gugat.
> 根據憲法，個人選舉權不容被侵犯。

> Pengembalian anak PMA kehilangan kontak di Taiwan, yaitu anak bayi penduduk gelap, mencabuli hak orang.
> 遣返在台失聯外籍移工的小孩，也就是黑戶寶寶，這是侵犯人權的。

Ayat III-3. 1. 法條用語 -節錄

3 年有期徒刑 hukuman penjara 3 tahun	
入獄 masuk penjara	
上訴,訴願 naik/mengajukan banding	
上訴二審,重審,訴願 banding	
上訴最高法院,撤銷原判 mengasasi	
不在場證明 bukti ketidakhadiran	
不法行為 delik	
不能意識行為違法 tidak menyadari perbuatan tsb adalah kejahatan	
支付賠償 membayar restitusi	
他的法律意見 pendapat hukumnya	
以及(法律規定第 O 條及第 O 條...)juncto	

充公物品 sitaan	
加重刑期 menguatkan hukuman	
必要的搜索 penggeledahan yang diperlukan	
打官司,訴訟 berperkara	
正當防衛 bela legal	
民事案件 perkara sipil	
犯罪,做壞事 berjahat, hukum pidana, kriminil	
犯罪行為,刑事犯罪,重罪 kejahatan, kriminalitas, pidana kriminalitas	
犯罪者,壞人 penjahat,orang buruk	
申請上訴案件 kasus permohonan banding	
交保候傳 tahanan luar	
再審 peninjauan kembali	
刑事犯 pidanawan	
刑事犯罪,罪行,法律刑罰 pidana, hukum pidana	
刑事案件 perkara kriminil	
刑罰 hukuman	
合法化 legalisasi	
向最高法院提出上訴 mengasasikan	
收押,羈押,拘留,收容 menahan	
有權得到 berhak mendapat	
死刑 hukuman mati	
判決,判處 jatuh/menjatuhkan	
判決確定 tetap	
妥協 kompromi	
沒收,充公,查扣 sita	
那法律已經生效 UU itu sudah efektif	
使合法化,法律上認可的 melegalisir	
取消,收回 menarik kembali	
受理上訴案件的法院 mahkamah/pengadilan banding	
和諧,協調,一致,相符 selaras	
委託,信託,託管,訓令,文告,遺囑 amanat	
或(法律規定第 O 條或第 O 條...)subsider	
抵押品 barang jaminan	
拘留,留置,保全 mengamankan	
拘留所,看守所,受收容人 tahanan	
拘留所單人房 sel tahanan	
法官裁定 penetapan hakim	
法律 hukum, undang, undang-undang(UU)	
法律不確定性 ketidakpastian hukum	

法律草案,法案 naskah/rancangan UU	
法律規範 norma hukum	
糾紛調解 mediasi perselisihan	
非法的,黑暗的,不清楚 gelap	
侵占 menggelapkan	
侵犯(權利),觸犯(法令),提出訴訟,辯駁 mengganggu gugat	
侵吞公款 menggelapkan uang negara	
保證金,保釋金 uang jaminan	
保釋,保證,交保,擔保 menjamin	
宣誓,誓詞,發誓 mengambil sumpah, sumpah	
為利於辯護 guna kepentingan pembelaan	
要求撤銷原判決 aju kasasi	
修正,改善,修訂,修改 memperbarui, revisi	
修正法(條)案 amandemen	
原告 pendakwa,penggugat	
案件 perkara	
特權 prerogatif, hak istimewa	
起訴,提起公訴,具體求刑 vonis	
起訴書 surat tuduhan	
除罪化 dekriminalisasi	
假釋 memberikan pelepasan bersyarat	
偵查庭,審判庭,會議 sidang	
偵訊,審訊 menyidangkan	
偽證,發假誓 sumpah palsu	
兜圈子,不正面回答 jawab berkeliling	
勒戒,復職,復原,修復 rehabilitasi	
基本人權 hak-hak asasi manusia	
專業倫理(道德)規範 aturan kode etik profesi	
強有力證據 bukti kuat	
授權 memberikan wewenang	
控告,起訴,告發 dakwa, memperkarakan, tuduh	
救濟,恢復,復原 memulihkan	
救濟制度 mekanisme pemulihan	
異議,抗告,不同意,反對,不願意,不喜歡 keberatan	
移送(法院)melimpahkan	
符合規定 selaras dengan peraturan	
被判鞭刑 50 下 dihukum 50 dera	
規範,標準,準則 norma	
軟禁 hukuman kawalan, tahanan rumah	

尋找證據 mencari bukti	
提出控告 mengajukan tuntutan	
最終判決,判決定讞,終審 putusan akhir/kasasi	
減少刑期 mengurangi hukuman	
減刑 meringankan hukuman	
無期徒刑 hukuman penjara seumur hidup	
無罪釋放 membebaskan tidak bersalah	
絞刑 hukuman gantung	
給予處罰 memberikan sanksi	
訴訟,打官司 berdakwa/dakwaan	
越權 melampaui kewenangan	
損害賠償 ganti kerugian	
搜查,搜身 geledah	
搜索身體/房屋 penggeledahan badan/rumah	
會議,庭訊 persidangan	
準備程序 acara pemeriksaan praperadilan	
義務勞動 kerja bakti	
違反法律,違法 melanggar hukum	
違法(輕罪)pelanggaran terhadap UU	
違法事證 bukti pelanggaran	
撤銷原判決 asasi	
槍決 hukuman tembak	
監獄 penjara	
罰單 surat tilang	
罰款 denda, tilang	
誣告 menuduh palsu	
輕罪,違規 pelanggaran	
審判前 praperadilan	
暫予收容,預防性收押 tahan sementara	
緩刑 hukuman bersyarat/perjanjian	
緩刑期間 masa percobaan	
調解 mediasi	
賠償(損害)pampas, restitusi	
遭受懲罰 dijatuhi sanksi	
檢方執行刑罰 menjalankan pidana, menjalani hukuman	
豁免,不受法律追溯 kebal	
豁免權 kekebalan	
還在打官司 masih dalam perkara	
鞭打,折磨,虐待 dera	

懲罰 sanksi	
證人 saksi	
證物,物證,證據 barang bukti, bukti	
關,囚禁,監禁 menyekap	
關進監獄 memenjara/memenjarakan	
嚴懲的法律警告 ancaman hukuman berat	
辯護,防衛,保衛, bela	
辯護,減輕 meringankan	
權力,權利 hak, wenang	
羈押(判決前)tahanan muka	

例句

➢ Hakim membacakan vonis di Pengadilan Negeri Jakarta Pusat, yaitu menjatuhkan tiga tahun masa percobaan dan hukuman denda sebesar NT$200 ribu.
法官在雅加達中區地方法院宣讀判決,判處 3 年期間緩刑並罰款(金)高達 20 萬元新台幣。

➢ Dia dijatuhi/divonis pidana penjara 9 tahun atau lebih dan denda NT$ 20.000-1.000.000.
他被判處/具體求刑 9 年(含)以上有期徒刑並罰款新台幣 2 萬至 1 百萬。

➢ Pengadilan Tinggi(PT) Semarang menguatkan vonis mati yang dijatuhkan kepada terdakwa. Hukuman mati itu sesuai dengan harapan keluarga korban.
三寶瓏高等法院維持對被告的死刑判決,死刑判決符合受害者家屬的期望。

➢ Pelaku kita tangkap tanpa perlawanan dan kita kenakan Pasal 353 ayat 1 dan Pasal 351 ayat 3 KUHP dengan ancaman hukuman selama-lamanya 9 tahun penjara.
我們逮捕嫌犯時沒有受到抵抗,我們用刑法第 353 條第 1 項和 351 條第 3 項有期徒刑最高 9 年來警告他們。

➢ Menuntut hukuman setengah kali lipat lebih berat dibandingkan biasanya dengan maksimal pidana 7 tahun 6 bulan.
依法加重其刑至二分之一,通常可判處最重 7 年 6 個月有期徒刑。

➢ diatur dalam Bab 1 Pasal 2 Ayat 3 Artikel (ke) 4 Butir 5 UU nomor 12 Tahun 2005 yang sebagai berikut. Hal yang meringankan, hakim menilai dia bersikap sopan selama persidangan. Dia belum pernah dihukum dan menyesali perbuatannya.
減刑事由被規定在 2005 年第 12 號法律第 1 章第 2 條第 3 項第 4 款第 5 目如下,法官衡量他審判期間態度良好,他沒被判過刑且後悔他的行為。

➢ Pengadilan Tinggi Banten mengurangi hukuman atas banding dua terdakwa korupsi dari 4 tahun 4 bulan menjadi 4 tahun penjara dan denda Rp 50 juta subsider 3 bulan kurangan.
萬丹高等法院減少 2 名貪汙罪被告的刑期,從 4 年 4 個月有期徒刑減為 4 年,併科 5,000 萬印尼幣罰鍰或 3 個月拘役。

➢ Menjatuhkan pidana kepada terdakwa I dan terdakwa II berupa pidana penjara selama 3-10 tahun juncto didenda NT$ 10-200 juta.
對第 1 名及第 2 名被告均判處有期徒刑 3 至 10 年並罰款 1 千萬至 2 億元新台幣。

> Pengacara menyebutkan amanat ibu kepada anak.
> 律師念出母親給小孩的遺囑。

Ayat Ⅲ-3.2. 行政處分

有關行政機關發出的「行政處分」，筆者至少看過「Hukuman Administratif, Hukuman Jabatan, Tindakan Administratif, Tindakan Kedisiplinan」等幾種用法，所以「處分書(Surat)」可用「Surat Keputusan Tindakan Administratif」或「Surat Tindakan Kedisiplinan」，而「判決/決定行政處分」則可說「Dijatuhi Hukuman Administratif」。

針對台灣行政機關發出的「行政處分」，由於印尼法規並無相對應用法可比照參考，台灣現行處分書是用「Surat Tindakan Kedisiplinan」這個用法，筆者曾重新檢視，並特別請印尼移民總局調查執法處來台念過研究所的官員協助檢視內容，為符合兩國法規用法，並便利印尼籍人士理解，認為「行政處分」用「Keputusan Tindakan Administratif」較「Tindakan Administratif」貼近實務，未來若版更時，「處分書」則可以考慮採用「Surat Keputusan Tindakan Administratif」這用法。

例句

> PMA kaburan Indonesia itu dijatuhi keputusan tindakan administratif deportasi ke.
> 那印尼逃逸外勞被判驅逐出國的行政處分。

Pasal Ⅲ-4. 各類案件法條用語 -節錄

Ayat Ⅲ-4.1. 刑法類

刑法分為無論何人、何時、何地均適用之「普通刑法」，以及針對特定人、事、時、地所規定之「特別刑法」，至於設有刑事處罰的行政法規是另外一種，印尼文1個字根(Kata Dasar)可以延伸出許多文法變化及關連用法，由於本書不是主要介紹印尼語文法的書，所以以下只分類摘要介紹一些常用的字詞如下：

人身自由 kebebasan perorangan, kemerdekaan orang	
人為疏失 kesilapan manusia	
人質 sandera	
小偷,扒手 maling, pencuri	
不在場證明 bukti ketidakhadiran	
互相毆打 berhantam-hantam, berpukul-pukulan	
互相懷疑 curiga-mencurigai	
反抗 melawan	
反擊 serangan balik	
主謀 biang	
出拳,甩巴掌 melayangkan tinju/tamparan	

失控,失去控制 lepas kendali	
失蹤人口 orang hilang	
扒手 tukang rogoh	
打架,鬥毆,格鬥 kelahi,pukul,sakal	
打倒,擊倒 memukul jatuh	
打群架 perkelahian massal	
本金 induk utang(債務)	
生命,性命,靈魂 nyawa	
生命消逝,死亡 nyawa melayang	
合法 sah	
收賄 makan sogok	
死亡 mati, maut, meninggal, meninggal dunia, tewas	
死因 penyebab kematian	
汙名,恥辱 hina, stigma	
耳光,掌摑 kena tampar, menampar muka, tampar	
自由,獨立 bebas, kebebasan, kemerdekaan	
自我保護 perlindungan diri	
自救,自力救濟 menyelamatkan diri	
色情的,淫亂的,下流的 cabul	
低頭,投降,遵守,屈服 tunduk	
劫持者 pembajak	
否認,違背(諾言),違抗(命令)pungkir	
妨礙自由 menghalangi kebebasan	
攻擊者 penyerang	
言論自由 kebebasan bercakap	
事件 peristiwa	
事件發生現場 tempat kejadian perkara(TKP)	
刺死 tikam membunuh	
刺傷 bacok	
受到威脅 dapat ancaman	
受害者,犧牲者,貢獻,犧牲 korban	
受害者被發現死亡 korban ditemukan tewas	
受辱 dapat malu	
放高利貸者,吸血鬼,大耳窿 lintah darat, pengisap darah	
武裝(持槍)攻擊者 penyerang bersenjatakan senapan	
爭吵,口角,爭奪 bantah, bertengkar, cekcok, sengketa	
表示懷疑,令人懷疑 mencurigai, menyangsikan	
阻礙,妨礙 halang, kendala	
非法的,黑暗的 gelap, ilegal	

侵占(錢財),吞,嚥,吞沒,淹沒,耗費 telan	
侵犯人權 mencabuli hak orang	
侵吞 menggelapkan	
侵吞公款 sikat uang negara	
哄騙,勸誘 membujuk	
威脅,恐嚇,危險,風險,危機 ancam, bahaya, krisis, neror/meneror, risiko	
屍體 bangkai(動物), (人)mayat, jenazah	
後台,後盾 beking	
故意 sengaja	
流血 pertumpahan darah	
流血事件 peristiwa berdarah	
砍斷手指頭 tebas jari tangan hingga putus	
限制個人行動自由 pembatasan kebebasan gerak pribadi	
倒閉,破產 bangkrut	
借款給,放款給,賒帳給 memiutangkan, memiutangi	
借貸有高額利息的金錢,借高利貸 meminjam uang berbunga tinggi	
剝奪,褫奪(權力)rampas	
原告 pendakwa, penggugat, penuntut	
害怕,恐懼,驚恐,驚人的,毛骨悚然 ciut, dahsyat, gentar, ngeri, takut	
恐怖分子網絡 jaringan teroris	
拳,捶,擊,打,敲 pukul	
海盜 bajak laut	
涉嫌的,料想到,猜測到 terduga	
秘密,機密,秘訣,訣竅 rahasia	
追究責任 meminta pertanggungjawaban	
逃亡,逃跑,逃掉 bolos, buron, kabur	
逃命 melarikan nyawa	
假的 palsu, semu	
假新聞 berita hoak	
偷看,窺視 intip	
偷偷地開始 mencuri start	
偷竊,竊盜(動產),竊佔(不動產) curi, pencurian	
偽裝 kedok	
動手 mengayunkan tangan	
匿名來源 sumber anonim	
問題,討論議題 persoalan, pertanyaan, soal	
強盜(人),搶匪 bajak, perampok	
強盜(案),搶劫 rampok	
捲款潛逃 melarikan uang	

掐 cekik	
殺,宰殺 bunuh, sembelih	
淹死,溺死 mati tenggelam	
粗暴行為 perilaku kasar	
被火燒死 tewas dilahap api	
被扒 kena rogoh	
被告 terdakwa, tergugat	
被刺死 tewas ditikam	
被發現 diketahui, kedapatan	
貪汙 korupsi	
通緝犯,逃犯 buronan	
圍毆 keroyok/pengeroyokan	
圍毆致死 pengeroyokan maut	
悶死他 mencekiknya hingga mati	
提交新發現(有關...)menyerahkan temuan baru(terkait...)	
揮拳 mengayunkan tinju	
散布(謠言)selenting	
欺騙行為 perbuatan kecurangan	
無辜的人 orang yang tidak berdosa	
猥褻,(言語)侵犯 mencabuli	
猥褻行為 perbuatan cabul	
猶豫 ragu-ragu	
詆毀,醜化,毀謗 memfitnah	
詐騙 hoak	
詐騙集團 sindikat penipuan	
逮捕,抓住,捆住 ciduk, ringkus, tangkap	
黑戶 penduduk gelap	
黑市 pasar gelap	
黑市買賣 dagang gelap	
黑市價格 harga gelap	
黑暗面 segi-segi gelap	
亂,混亂,暴動,騷亂,騷動 heboh, huru-hara, kacau, kisruh, onar/keonaran	
債務/借貸關係 utang-piutang	
債權 piutang	
塗鴉 mencoret-coret	
搶匪,搶奪犯,強盜犯 pencopet, penjambret, penyamun	
搶奪(趁人不備),強盜(當面),搶劫 begal, copet, jambret, merampas, rampok/perampokan, samun, todong	
綁架 culik	

綁匪 penculik	
罪過,罪孽 dosa	
罪孽深重 berdosa besar	
賄賂,用錢收買 menyuapkan, sogok	
舞弊 skandal	
蒙蔽,欺騙 curang/kecurangan, mengelabui	
酷刑,虐待,迫害,殘暴 aniaya, siksaan	
撞破,衝破 mendobrak	
暴力 kekerasan	
暴力鬥毆 duel keras	
踢 tendang	
遺囑 wasiat	
隨機 acak	
濫用 salah guna	
虧空公款者 rayap	
醫療糾紛 perselisihan medis	
懷疑,疑心,猜疑,警覺心 curiga, meragukan, sangsi, tersangka	
懷疑,疑心,猜疑 curiga, meragukan, pungkir, sangsi, tersangka	
騙 tipu	
騙子 penipu	
觸電 kena setrum	
觸電死亡 tewas tersetrum	
贓款,賄款 suap/suapan	
贖罪 menebus dosa	

例句

> Bos pabrik binatu itu menyebabkan pegawai dan warga sipil mati atau luka-luka karena kealpaan.
> 洗衣工廠老闆因為疏忽造成員工和百姓死亡或受傷。

> Pihak Jaksa menyita sebuah mobil berpelat (nomor) dinas polri palsu.
> 檢方沒收一輛懸掛假警方公務車牌的汽車。

> Berkunjung ke pasar-pasar malam di Taiwan, hendaknya menasihati tamu asing untuk berhati-hati pencopet/pencuri atau maling.
> 去台灣夜市參觀，應該勸告外國客人小心扒手或小偷。

> Sesampai di rumah sakit korban dinyatakan sudah meninggal dunia(OHCA).
> 一送到醫院，受害者就被宣布已經死亡(到院前心肺功能停止)。

> Dia dikabarkan ditahan karena diduga makan sogok. Akhirnya dihukum denda Rp. 3 juta subsider 2 bulan kurungan.
> 據報他因為疑似收賄而被收押，最後被罰款 3 百萬盾或者監禁 2 個月。

➢ Sesama keluarga kebobolan, barang-barang yang berharga habis disikat.
同一個家庭遭竊，全部的貴重物品被偷光。

➢ Yang berpiutang menerima, yang berhutang membayar.
債權人收債，債務人還債。

➢ Selain wanita itu menghantamkan tinjunya ke dada suaminya, dia juga dituduh melakukan penganiayaan terhadap PMI.
那女士除了用拳頭打她先生的胸部，她也被控告虐待印尼外勞。

➢ Polisi mencurigai Anda sebagai pelaku penipuan dengan modus koperasi simpan pinjam(KSP) dan melakukan berbagai tindakan kekerasan.
警察懷疑你是老鼠會(龐氏騙局)手法的詐騙者，並且從事各種暴力行為。

➢ Seorang pemuda tewas setelah belikatnya ditikam pisau rekannya. Diduga perkara pembunuhan berencana atau membunuh dengan rencana.
一名年輕人被他同伴的刀刺殺肩胛骨後方死亡，被懷疑是預謀殺人或蓄意殺人案件。

➢ Di pasar gelap dia menggunakan paspor sebagai jaminan dan menandatangani surat sanggup bayar.
他在黑市用護照質押並在借據上簽名。

➢ Bajak dan rekan senegaranya memaksa masuk vila milik salah satu warga lokal secara paksa tanpa ada izin dari pemilik.
強盜和他同鄉夥伴未經屋主許可，強行進入當地 1 位居民所擁有的別墅。

➢ Semalam mal perbelanjaan di seberang jalan itu kemasukan/didatangi pencuri.
昨晚對街的購物商場遭小偷。

➢ Toko emas itu didatangi pencuri kemarin dan dimasuk dengan mendobrak pintu.
那家金店昨天被小偷光顧及破門而入。

➢ Dia adalah salah satu buronan polisi Jakarta. Dia terduga melakukan perbuatan cabul terhadap dua anak di bawah umur.
他是雅加達警方的通緝犯之一，涉嫌對兩名未成年小孩從事猥褻行為。

➢ Kami mendatangi orang yang diduga sudah memukul anakku.
我們去找被懷疑打我們小孩的人。

延伸閱讀(刑度用語)

主刑 pidana pokok	
加重其刑 tambahanan pidana, memberatkan hukumannya	
有期徒刑 pidana penjara selama waktu tertentu	
死刑 pidana mati	
免除其刑 menghapuskan hukumannya	
拘役 pidana kurungan	
拘役易科 pidana kurungan pengganti	
易(併)科罰金 pidana denda	

徒刑 pidana penjara	
從刑 pidana tambahan	
累犯,慣犯 pengulangan, residivis, pengulangan kejahatan	
減輕其刑 mengurangi hukumannya	
無期徒刑 pidana penjara seumur hidup	
褫奪公權 perbarengan/pencabutan hak-hak tertentu, rampas kuasa/kekuasaan umum	

例句

➤ Terpidana telah menjalani dua pertiga dari lamanya pidana penjara yang dijatuhkan kepadanya.
受刑人已經執行了三分之二被判處的刑期。

➤ Sisa waktu pidana penjara yang belum dijalani masih ada 3 tahun setengah, kata jaksa tempat asal terpidana.
受刑人所在地的檢察官表示,剩下尚未執行的有期徒刑還有 3 年半。

Ayat III-4.2. 特別刑法類:毒品危害防制條例

大麻 ganja
古柯鹼 kokain
冰毒(甲基苯丙胺) sabu
冰毒販賣者 pengedar sabu
收貨人 penerima barang
吸毒者,毒品使用者 pemakai narkoba
毒品(集團)首腦 gembong narkoba
毒品 narkoba, narkotika
毒品吸食工具 alat hisap narkoba
毒癮 candu narkoba
海洛英粉末 bubuk heroin
海洛英磚 lempeng heroin
秤 timbangan
運送冰毒信使 kurir sabu
電子秤 timbangan digital
鴉片,上癮,嗜好 candu

例句

➤ Singapura menjatuhi hukuman mati bagi yang membawa heroin di atas 15 gram.
新加坡對攜帶海洛英超過 15 公克者判處死刑。

➤ Dia dihukum 24 dera karena penjualan narkotika di Singapura.
他因為在新加坡販毒被判鞭刑 24 下。

➢ Sabu senilai hampir Rp 29 M diduga berasal dari Tiongkok.
價格約 290 億印尼幣的冰毒疑似來自中國。

➢ Dia dikabarkan ditangkap polisi terkait kasus narkoba.
他被傳出涉及毒品案被警察逮捕。

➢ Seorang kurir sabu ditangkap polisi di Surabaya, barang bukti yang diamankan seberat 35,5 gram.
一位冰毒運送者在泗水被警方逮捕，被扣留的證物重達 35.5 公克。

➢ Kopi ilegal ini dinilai berbahaya bagi kesehatan, bahkan bisa menyebabkan kematian.
這非法的咖啡被評估對健康有害，甚至可能造成死亡。

➢ Pihak polisi memperoleh seunit handphone yang berisi percakapan transaksi narkoba.
警方找到一台有毒品交易內容的手機。

Ayat III-4.3. 特別刑法類：槍砲彈藥刀械管制條例

土製汽油彈,摩洛托夫雞尾酒 molotov	
子彈 pelor, peluru	
反擊 serangan balik	
手榴彈 granat, granat tangan	
矛,標槍 tombak	
自殺炸彈 bom bunuh diri	
自殺炸彈客 pengebom bunuh	
攻擊 serang/serangan	
攻擊者 penyerang	
防暴網槍 pistol jala	
定時炸彈 bom waktu	
武裝(持槍)攻擊者 penyerang bersenjatakan senapan	
武器 senjata	
玩具槍 pistol mainan	
盲目射擊 tembakan membabi buta	
空氣長槍 senjata angin laras panjang	
炸彈 bom	
炸藥 bahan peledak	
射手 penembak	
射擊,開槍,開火 tembak	
砲彈 peluru meriam	
掃射 berondong/memberondongi, menembaki	
被射擊 terkena tembakan	
被射擊致死,被射死 ditembak mati	
魚叉,三叉戟 tombak serampang	

開山刀,砍刀 parang	
槍 pistol, senapan	
槍托 gagang senapan	
瘋狂射擊 melepaskan tembakan liar	
彈孔 lubang peluru	
爆炸 ledak	
爆破者 peledak	
爆裂物 alat peledak	

例句

➤ Kepada mereka yang melakukan serangan bom bunuh diri ini serta siapa pun yang ingin membahayakan Amerika, ketahuilah ini : "Kami tidak akan memaafkan. Kami tidak akan melupakan. Kami akan memburu Anda dan membuat Anda membayarnya," kata Presiden AS Joe Biden."
對於那些從事這起自殺炸彈攻擊的人們以及任何想要造成美國危險的人，(你們)知道這句話吧：”我們(美國)不會原諒，我們也不會忘記，我們會追補你並讓你付出代價”，美國總統拜登說。

➤ Penembakan di Florida Amerika Serikat (AS), 2 orang tewas dan 20 orang lainnya terluka.
美國佛羅里達槍擊案，2 人死亡和其他 20 人受傷。

➤ Kediaman Presiden dijaga ketat oleh polisi semenjak mendapat teror bom.
自從得知炸彈恐攻，總統寓所被警方嚴格守護。

Ayat III-4. 4. 特別刑法類：人口販運防制法

人口販運 perdagangan manusia/orang	
人口販運犯罪行為 tindak pidana perdagangan orang(TPPO)	
低工資高工時 tingginya jam kerja dengan upah rendah	
性剝削 eksploitasi seksual	
勞力剝削 eksploitasi tenaga kerja	
器官摘除 mencopoti organ	

例句

➤ Tim gabungan Agensi Imigrasi Nasional dan pihak polisi menciduk 2 orang pelaku dan beberapa tersangka lain yang terlibat dalam kasus perdagangan manusia.
移民署和警方組成的聯合小組逮捕涉及人口販運案件的 2 名犯罪嫌疑人和幾位其他疑犯(涉案關係人)。

➤ Terdakwa terbukti melakukan tindak pidana memperdagangkan anak.
被告被證實從事販賣小孩的犯罪行為。

Ayat III-4. 5. 特別刑法類：洗錢防制法

加密貨幣 kripto	
金流 aliran uang	
非法金融匯兌服務 jasa pengiriman dan penukaran uang ilegal	
洗錢 cuci uang	
帳戶 rekening	
龐氏騙局,老鼠會 koperasi simpan pinjam(KSP)	

例句

➢ Menukar uang hendaknya di tempat yang sah atau di bank agar tidak tertipu.
  換錢應該在合法場所或銀行，以免被騙。

➢ Travel check ini tidak bisa diuangkan, karena tanda tangan yang ada di bagian atas tidak sama dengan yang ada di bawah ini.
  這張旅行支票不能兌現，因為上方欄位的簽名與下方的不同。

Ayat III-4.6. 特別刑法類：性侵害犯罪防治法、性騷擾防治法

化學去勢 kebiri kimia
去勢,閹割 kebiri
打擾,騷擾,妨害 ganggu, pelecehan
你情我願,情投意合,雙方同意 suka sama suka
邪惡慾望 nafsu bejat
性侵 perkosa
性暴力虐待 siksaan/penyiksaan kekerasan seksual
性騷擾 pelecehan seksual
破損,破爛,敗壞,腐化,墮落,淫蕩,淫亂 bejat
違背受害者意願 bertentangan dengan kehendak korban
誘惑 rayu
撩妹 rayu gadis
擠眉弄眼,以目傳情,送秋波,調情 main mata
騷擾,性騷擾,欺負,作弄,妨害,干擾,折磨,使煩惱,調戲 molestasi
襲胸 begal payudara

例句

➢ Gadis itu menyebut dirinya dan saksi meringankan dari pihak terdakwa, hubungan seksual tsb bukan dilakukan dengan paksaan tetapi dengan kesadaran penuh dan atas dasar suka sama suka.
  那少女自稱以及來自被告的辯護證人，她不是被強迫發生性關係，而是意識清楚且你情我願。

➢ Matanya terus menyasar payudara bernas gadis itu.
  他的眼睛一直盯著那少女豐滿的胸部看。

Ayat III-4.7. 特別刑法類：家庭暴力防治法

肢體/非肢體/言語暴力 kekerasan fisik/nonfisik/verbal
家庭暴力(家暴)kekerasan dalam rumah tangga(KDRT)
暴力 kekerasan
嬰幼兒,新生兒(5 歲以下)balita

例句

➢ Bagi perkara kekerasan dalam rumah tangga(KDRT), biasanya hakim memberatkan menjatuhkan hukum pidana paling lama satu tahun.
法官對家暴案件通常重判最長 1 年。

Ayat III-4.8. 特別刑法類：組織犯罪防制條例

走私/偷渡集團 kawanan penyelundup
持械犯罪集團 Kelompok kriminal bersenjata(KKB)
首領,頭目,地頭蛇,地痞 gembong
街頭小混混,(遊手好閒)羅漢腳 klitih/klithih
幫派 geng
竊盜集團 kawanan pencuri

例句

➢ Polisi memenjarakan kawanan pencuri dan rekan setanah air yang meresahkan penduduk setempat.
警察把讓當地居民不安的竊盜集團和同國籍夥伴繩之以法(關進監獄)。

Ayat III-4.9. 特別刑法類：傳染病防治法

隨著 COVID-19 疫情在全世界各國蔓延，台灣、印尼也不例外，還有非洲豬瘟、禽流感等疫(災)情，整理一些直接與司法通譯有關常見的醫學相關印尼文給大家參考，其他與司法通譯有關部分，請參考「附錄 III-2：人體各部位名稱」。

範例醫學相關印尼文 -節錄

X 光 sinar X
一次性使用矽膠手套 sarung tangan silikon sekali pakai
二級燒燙傷 luka terbakar level dua
口吃,結巴 gagap
口吐白沫 mulut berbusa
口腔 rongga mulut
口罩 masker
口罩可以解開 masker boleh dilepas
大便 berak, buang air besar(BAB)
大喊救命 menjerit-jerit minta tolong

大傷口 memar besar	
小便,尿 urin, kencing/berkencing	
小傷口 memar kecil	
不明原因兒童肝炎 hepatitis anak bersumber tidak jelas	
不省人事 tidak sadarkan diri	
中毒 kena racun	
內服藥 obat pakai dalam	
內服藥 obat pakai dalam	
分泌 sekresi	
分流分艙管控機制 sistem pembagian penempatan beda ruang	
化學治療(化療)kemoterapi,kemo	
幻覺 halusinasi	
心肌炎 miokarditis	
心跳,心悸,忐忑 berdebar-debar, detak jantung	
心跳微弱 detak jantung melemah	
心臟 jantung	
手套 sarung tangan	
手術 bedah, operasi	
文盲,不識字 tunaaksara	
止痛藥 obat penahan nyeri	
牙齒 gigi	
以仰臥姿勢 dalam posisi telentang	
包紮 memerban	
只有受輕傷 hanya mengalami luka ringan	
外用藥 obat pakai luar	
孕婦陪同者 pendamping ibu hamil	
打針 suntik	
生病 sakit	
用藥 mengobat	
白袍 jubah putih	
皮膚上斑點,雀斑,水珠 bintik	
石膏 gips	
交互感染 kontaminasi	
仰臥,仰躺 baring,tidur telentang	
休克,暈倒 pingsan	
光線 sinar	
冰袋 kompres es	
吃藥 minum obat	
合法墮胎/流產 aborsi legal	
同住家人 keluarga serumah	

安眠藥 obat tidur, penidur	
年老體衰 reyot	
有(病)毒地區 daerah bisa-bisa	
有不良影響 berdampak buruk	
有毒 beracun	
汗珠 bintik keringat	
老花 rabun tua	
肌肉痠痛 nyeri otot	
自主隔離 isolasi mandiri(Isoman)	
血型 golongan darah	
血液 darah	
血壓 tekanan darah	
行動遲緩 gerakan lambat	
住院(過夜)照護 rawat-inap	
冷汗直流 keringat dingin bercucuran	
妊娠女性 wanita hamil	
完整接種 3 劑疫苗紀錄卡 kartu vaksinasi genap 3 dosis	
扭傷,脫臼 keseleo, terkilir	
折磨,虐待,施酷刑,難過,不舒服 menyiksa/nyiksa	
沒有知覺,失去知覺,昏迷 bius	
災難現場救治 pertolongan pertama pada kecelakaan(P3K)	
肚子絞痛 perut melilit	
肝炎 radang hati	
身心障礙者 penyandang disabilitas/cacat	
身體,身軀 jasad	
身體障礙,肢體障礙(者),殘障 tunadaksa, cacat fisik/tubuh	
防治,救援,搶救 penanggulangan	
防疫隔板 partisi pencegahan pandemi	
到院前死亡,到院前心肺功能停止 saat dilarikan ke rumah sakit telah meninggal dunia(OHCA)	
刺傷傷口 luka tikam	
受涼,感冒 masuk angin	
受傷 cedera	
呼吸 napas	
呼吸急促,喘不過氣 sesak napas	
夜盲 rabun malam	
奔喪 kunjungan duka anggora keluarga meninggal	
定期洗腎 cuci ginjal secara rutin	
居家自主隔離 isolasi mandiri di rumah	
居家隔離 isolasi rumah	
居家檢疫 karantina rumah	

性別 kelamin, jenis kelamin	
抵抗力 daya tangkal	
拉肚子,腹瀉 buang buang air, diare, mencret	
拐杖 tongkat	
招架不住,忙不過來 kewalahan	
放血,瘀痕 bekam	
放屁 tahi	
昏倒,暈倒 puyeng	
治療 pengobatan	
泡沫 busa	
肥胖 obesitas	
近視 mata minus/dekat, rabun dekat	
近距離接觸 kontak jarak dekat	
阿茲海默症 Alzheimer	
非常不舒服 nyiksa banget	
保持 1.5 公尺社交距離 jaga jarak sosial 1,5 m	
冒泡,吐泡沫 berbusa	
後續檢查 pemeriksaan lebih lanjut	
急性的 akut	
急救 pertolongan darurat	
急救箱 kotak P3K	
毒,毒物,毒品,毒藥 racun	
毒,毒素 bisa	
毒氣 gas racun	
流下,流出 cucur	
流血 berdarah	
疫苗完整接種者 penerima vaksin lengkap	
疫苗覆蓋率 cakupan vaksinasi	
疫調 investigasi sejarah perjalanan penderita	
看醫生 ke dokter	
研究,調查 bahas, penelitian	
研討,評論 pembahasan	
科學研究 riset	
紅腫 merah bengkak	
美容,整形手術 bedah kecantikan/plastik	
胃 lambung	
胎兒 janin	
胎記 tanda badan	
致癌物 karsinogen	
重症病人 pasien bergejala berat	

重傷 luka berat	
面罩 masker wajah/muka	
倒地不起 jatuh pingsan	
剖腹生產 operasi caesar	
哺乳女性 wanita menyusui	
氣喘 asma	
氧氣鋼瓶 oksigen tabung	
消毒 disinfeksi	
消毒劑 disinfektan	
狹窄,堵塞 sesak	
疲乏無力 lesu	
疾病 penyakit	
病人 pasien, orang/si sakit	
病史 riwayat sakit	
病床 ranjang pasien/penyakit	
病倒 jatuh sakit	
症狀 gejala	
神經病 gila, sakit jiwa	
站不穩 berdiri sempoyongan	
紗布 perban kasa	
蚊蟲叮咬小腫包 bintil/bintul	
退燒 demam surut	
退燒藥 obat penurun panas	
酒精 alkohol	
閃閃發光,眼冒金星,目眩 berkunang-kunang	
高血壓 hipertensi, tekan darah tinggi	
健康 sehat	
健康良好,身體健康 sehat walafiat, walafiat	
副作用 efek sampingan	
勒戒,復健,復原 rehabilitasi	
動手術,開刀 mengoperasi	
啤酒肚 perut bir	
得到治療 berobat	
患者 penderita	
探病 kunjungan keluarga sakit	
接生婆,助產士 bidan	
救命,救治,救濟,幫助 menolong/pertolongan	
救援/搶救小組 tim penanggulangan	
深呼吸 tarik napas yang dalam	
現場急救 pertolongan pertama	

產房(待產室,分娩室,產後恢復室)ruang bersalin	
痊癒 sembuh	
眼皮 kelopak mata	
眼藥水 obat tetes mata	
移植 cangkok	
細胞 sel	
細菌 bakteri, kuman	
脫下口罩 mencopot masker	
脫離疫情 mengentaskan pandemi	
蛇毒 bisa ular	
被 Delta 病毒傳染 terjangkit virus Delta	
被懷疑陽性 dicurigai positif	
軟弱無力 lemas	
麻痺,麻木 lali, mati rasa	
麻藥,麻醉劑 obat bius/pembius	
棉花棒 kapas telinga	
氯 kaporit	
無法負荷 walah	
無症狀感染 terinfeksi asimtomatik	
發炎 radang	
發燒 demam	
發癢 gatal	
結紮,絕育,滅菌 sterilisasi	
絞痛,纏繞 melilit	
腎功能衰竭 gagal ginjal	
腎結石 batu ginjal	
視障者,瞎,盲 tunanetra, buta	
診斷 mendiagnosa, mengobati	
跛,瘸 pincang	
量體溫 pengukuran suhu badan/tubuh	
開放的場地 tempat terbuka	
陽性的,正面的,肯定的 positif	
集中隔離 isolasi terpusat(isoter)	
黑眼圈(晚睡)mata panda/hitam/(ber)kantong	
黑眼圈(被毆打)mata lebam	
傳染,傳播,散播 jangkit, sebar, tular	
傳染病 penyakit tular	
傳染源 sumber penularan	
傳給 1922 的簡訊 pesan singkat ke 1922	
傷,損壞 tuna	

傷口 luka, mata luka	
嗅覺或味覺異常 kelainan pada indra pencium atau perasa	
感染(病)derita, infektan	
新冠長期症狀(long Covid)gejala COVID panjang	
溫度 suhu	
溫度計,體溫計 pengukur suhu, thermometer	
瘀傷 lebam, memar	
腫包 benjolan, bengkak,bisul	
解毒 menawari racun	
解毒劑 tangkal racun	
跳動(心臟,脈搏)debar	
跳動聲,滴答聲 detak	
過早的,早產兒,早熟 prematur	
隔板 alang, papan partisi/penyekat, partisi	
電擊 sengatan listrik	
噁心想吐感覺 rasa enek	
嘔吐 muntaber, muntah	
夢遊 tidur berjalan	
慢性的 kronis	
慢性疾病 penyakit kronis	
漂白水 cairan pemutih, pemutih	
瘋人院 rumah gila	
睡眠不佳 kurang tidur	
精神失常,精神錯亂 gangguan jiwa	
精神障礙(者),精障,智障,弱智 tunagrahita, cacat mental	
精神錯亂 gangguan jiwa	
與病毒共存 Hidup berdampingan dengan virus	
語障者,言語功能障礙(者),啞 tunawicara, bisu	
跟跟蹌蹌,搖搖晃晃,不穩 sempoyongan	
輕症病人 pasien bergejala ringan	
輕傷 luka ringan	
遠視 mata jauh, rabun	
遠距醫療 telemedis	
噁心,令人作嘔 enek	
墮胎,流產 aborsi, bernyawa digugurkan	
樣本 spesimen	
潛伏期 masa inkubasi	
確診學生數 jumlah siswa terdiagnosis	
膠布 plester	
衛生,健康狀況 kesehatan, sanitasi	

躺,平躺 baring	
輪椅 kursi roda	
輸血 pindah darah	
醒悟,甦醒 sadar	
隨時準備,戒備,準 siaga	
頭暈,頭昏,宿醉 pusing	
餐飲業從業人員 pelaku usaha makanan dan minuman	
檢疫(隔離)房 rumah karantina	
營養不良 tunagizi	
縫 7 針 jahit tujuh jahitan	
繃帶 perban	
臉色蒼白 pucat	
避孕 kontrasepsi	
避孕藥 obat tahan, obat anti hamil	
韓國製快篩試劑 alat tes rapid buatan Korea	
瀉藥 obat sakit perut	
繞,捆 lilit	
醫生 dokter	
醫院 rumah sakit(RS)	
醫學 kedokteran, medis	
懷孕 hamil, mengandung	
懷孕不足 35 週 kehamilan kurang dari 35 minggu	
懷孕或即將生產婦女 ibu hamil atau bersalin	
藥 obat	
藥單,處方 resep dokter	
護士 perawat	
護理 perawatan	
聽障者,聽覺功能障礙,瘖,聾 tunarungu, tuli	
體溫 suhu badan/tubuh	

例句

➢ Kepolisian Daerah Metropolitan Jakarta Raya (Polda Metro Jaya) sendiri membuat 28 titik pembatasan mobilitas masyarakat di jalur utama atau pun perbatasan DKI Jakarta selama PPKM Darurat. Akses keluar masuk ditutup demi menekan laju penyebaran COVID-19.
大雅加達都會地區警察局本身在緊急公眾活動管制期間，在重要道路或雅加達首都特區的邊界設置 28 個居民移動限制點，關閉進出通道以控制疫情的持續擴散。

➢ Polisi Indonesia larang sepeda lintasi zone ganjil-genap DKI, meski Jakarta sudah turun ke PPKM level 3, harus tetap meningkatkan kewaspadaan akan kemungkinan terjadinya lonjakan kasus COVID-19 kembali. Karena itu, polisi membatasi kegiatan yang berpotensi menimbulkan kerumunan, salah satunya bersepeda.
印尼警方禁止自行車通行雅加達特區的單雙號區域，雖然雅加達已經降到"民眾活

動限制措施(PPKM)"第 3 級，對於 COVID-19 案件再次暴增的可能性必須持續加強警戒，因此，警方限制有潛在群聚可能的活動，其中之一是騎自行車。

➤ Untuk menangani pandemi COVID-19, jajaran pemerintah pusat dan daerah harus tetap waspada dan situasi yang kita hadapi masih sangat luar biasa yang harus direspon dengan kebijakan yang cepat dan tepat.
為了處理疫情，中央及地方政府領導階層必須持續警戒，我們面對的情況仍然很特殊，政策必須快速且正確的反應。

➤ Pihak polisi Taiwan menemukan 6 PMA Indonesia sedang berkumpul, dua darinya PMA kaburan, satu darinya demam panas 38°C.
台灣警方發現 6 名印尼外籍移工正在群聚，其中 2 人是逃逸移工，1 人發燒到攝氏 38 度。

➤ Klinik yang tersembunyi di gedung komersial ini sulit untuk terdeteksi.
診所藏在商業大樓裡，難以被發現。

➤ Pandemi COVID menyebabkan ketidakseimbangan antara pasokan dan permintaan.
疫情造成供需之間不平衡。

➤ Siswa harus duduk di kursi yang ditentukan guna menghindari penggunaan benda bersamaan. Diatur dalam isi/ketentuan peraturan perundang-undangan.
學生必須坐在固定使用的座位，避免共用，這被規定在法律規定的內容裡。

➤ Tidak jelas apa motif para pelaku melakukan penyerangan tersebut.
不清楚這些從事攻擊行為的嫌犯動機為何。

➤ Karena dinilai telah melakukan pelanggaran berat, sehingga diputuskan sidang.
因為評估已經嚴重違規，以致開會決定。

➤ Sehubungan dengan naiknya jumlah kasus asal luar negeri belakangan ini, untuk Sabtu dan Minggu lalu masing-masing dilaporkan ada 120 kasus dan 118 kasus, mencatat jumlah terbanyak untuk tahun ini.
關於境外移入個案數上升的背景，上週六、日分別通報 120 及 118 例，是今年最多的數字。

➤ Saya rasa masa terburuk telah berakhir.
我感覺最壞的時期已經結束。

➤ Seluruh pelaku perjalanan luar negeri wajib mengikuti ketentuan dan persyaratan yang ditentukan pemerintah, antara lain protokol kesehatan, menunjukkan kartu atau sertifikat (fisik maupun digital) telah menerima vaksin COVID-19 dosis lengkap minimal 14 hari sebelum keberangkatan. Pelaku perjalanan luar negeri juga wajib menunjukkan hasil negatif tes RT-PCR di negara/wilayah asal yang sampelnya diambil dalam kurun waktu maksimal 2x24 jam sebelum jam keberangkatan dan dilampirkan pada saat pemeriksaan kesehatan atau e-HAC Internasional di Indonesia.
全部從事國外旅行者必須依據政府制訂的規定和條件，以及健康規範、出具起飛前已經接種完整 COVID-19 疫苗至少 14 天的證件或證明(實體或數位)，國外旅行者也必須出示出發國/地區 48 小時內採集樣品的 PCR 檢測陰性證明，並於印尼健康檢查或線上申請國際健康通知卡(e-HAC)時提出。

➤ Pemerintah tidak lelah mengimbau warga menaati protokol kesehatan pencegahan

COVID-19, yakni mengenakan masker, mencuci tangan menggunakan sabun dengan air yang mengalir, serta menjaga jarak.
政府不辭辛勞/苦口婆心呼籲居民遵守防疫健康規範，就是使用口罩、用肥皂和乾淨的水洗手，並且保持距離。

➤ Sekarang ini sudah ada 4 ribu lebih kasus Omicron, kita harus menyediakan hidup berdampingan dengan virus.
現在已經有超過 4,000 個 Omicron 病例，我們必須準備與病毒共存了。

➤ Pelaku tes rapid yang hasilnya positif baru dinyatakan tertular setelah dikonfirmasi dokter.
快篩檢疫對象如果陽性，經醫事人員確認後即為確診。

小提醒(防治/防制)

「Penanggulangan」中文可以解釋為「防治」或「防制」，前者用法例如「傳染病防治法」、「家庭暴力防治法」和「嚴重特殊傳染性肺炎防治及紓困振興特別條例」，後者有「毒品危害防制法」與「人口販運防制法」，根據台灣法務部的函釋，「防治」包含預防、治療、處遇、整治；而「防制」包含預防、制裁危害。

延伸閱讀(其他疫情用語)

狂牛症 sapi gila	
非洲豬瘟 demam babi/swine Afrika(ASF)	
非洲豬瘟病毒 virus babi/swine Afrika	
粉黛亂子草 Pink Muhly Grass	
禽流感病毒 virus flu burung	
蝗災 wabah belalang	

例句

➤ Orang itu memukuli anjingnya dengan payung.
那人用傘打他的狗。

➤ Demi mencegah wabah penyakit virus babi Afrika, dilarang membawa produk daging masuk ke Taiwan. Segala jenis daging dalam bentuk apa pun tidak boleh dibawa ke Taiwan dengan cara apa pun.
為了防止流行性傳染病非洲豬瘟的擴散，禁止攜帶肉類產品進入台灣，全部肉類不論以任何形式、任何方式不可以帶進台灣。

➤ Seorang petugas imigrasi adalah generasi kedua imigran baru Vietnam. Karena fasih berbahasa Vietnam, ia berhasil menyingkap transaksi ilegal saat melakukan pencarian data lewat internet serta mencegah produk kue bulan yang berisi daging babi ini beredar di pasaran.
有一位是越南新住民第 2 代的移民官，因為有流利的越南語，她利用網際網路搜尋資料時成功破獲非法交易，並防止這些含有豬肉餡的月餅產品在市面流通。

➤ Betisnya penuh bintul bekas digigit nyamuk.
他的小腿滿是蚊子叮咬過的小腫包。

> Suara anjing yang menggonggong itu membangunkan tidur ayah.
> 狗叫聲叫醒父親。

> Mengumpan anjing gelandangan dengan iga babi.
> 用豬排誘捕流浪狗。

> Saya memukulkan tongkat ke pagar untuk mengusir anjing-anjing liar itu.
> 我用拐杖敲打欄杆以趕走那些野狗。

> Informasi dalam artikel ini tidak ditujukan untuk menginspirasi kepada siapapun untuk melakukan tindakan serupa. Bagi Anda pembaca yang merasakan gejala depresi dengan kecenderungan berupa pemikiran untuk bunuh diri, segera konsultasikan persoalan Anda ke pihak-pihak yang dapat membantu seperti psikolog, psikiater, ataupun klinik kesehatan mental.
> 這篇文章內的訊息，目的不是要鼓勵任何人從事同樣行為，對於讀者你感到有自殺想法傾向的沮喪症狀時，馬上將你的問題諮詢能夠幫助你的任何人，比如心理學家、精神科醫生或是心理健康診所。

Ayat III-4. 10. 行政類：入出國及移民法

人流 arus orang	
人臉識別系統 sistem pengenalan wajah	
大型移民收容所 pusat penampungan, rumah penampungan imigrasi, rumah/tempat detensi imigrasi(Rudenim)	
已過期,退流行,逾期 kedaluwarsa	
不通報、不查處、不收費、不管制 tidak dilaporkan, tidak diselidiki, tidak dipungut biaya, dan tidak dibatasi/dicekal	
允許,許可,同意 memperbolehkan,mengizinkan	
外來人口 warga overseas	
外國/國外(的)manca,mancanegara,luar negeri,negara asing	
外國人 orang asing	
外籍人士 warga-negara asing	
失聯外籍移工 PMA yang hilang kontak, PMA kehilangan kontak	
生物特徵 biometrik manusia	
列入黑名單 membukuhitamkan, mem-blacklist	
印尼逃逸外勞 PMA kaburan Indonesia	
多對多面談,親自前往,會面 tatap muka	
收容,接納 tampung/menampung	
有效,有效的 absah, berlaku, manjur, mujarab, validitas	
西方人 warga barat	
延期,暫緩 menangguhkan, tunda	
限令出國 ke luar negeri dengan sendirinya	
限制門檻 ambang batas	
面談 interviu	

偷渡客 pendatang gelap, penyelundup	
偽造,變造 memalsukan	
偽造文件 memalsukan dokumen	
強制驅逐出國 memaksa men-deportasi	
短期商務旅客 pelaku perjalanan bisnis jangka pendek	
新移民,新住民 imigran baru, pendatang/penduduk baru	
會客,探親,探視 jenguk	
禁見,禁止探視 larangan jenguk	
跨國婚姻 pernikahan lintas negara	
截止期限截止期限 masa kedaluwarsa	
管制(申請案,入出境...)dibatasi, cekal(cegah tangkal)	
遣返 memulangkan, pengusiran	
審查會 rapat/sidang pemeriksaan	
驅逐出國(境)deportasi	

例句

- Dalam penerbangan domestik di Taiwan, para penumpang dilarang membawa senjata dan peralatan tajam yang membahayakan ke kabin pesawat.
  在台灣國內航線，乘客禁止攜帶武器和會造成危險的尖銳工具進入機艙。

- Keselamatan penerbangan saat ini menjadi topik penting.
  航空安全現在是重要的課題。

- Turis yang kehilangan paspornya, sebaiknya Anda membawanya melaporkan hal ini ke kantor polisi dulu dan membawanya ke kantor perwakilan negaranya.
  觀光客遺失護照，最好先帶去警察局報案，並且帶去他國家的代表/辦事處。

- Barang–barang dalam bentuk cairan yang melebihi seratus ml tidak boleh dibawa masuk ke dalam kabin pesawat.
  超過 100 毫升的液狀物體不可以帶上飛機。

- Pisau buah yang disembunyikan di dalam dompetnya tidak bisa dibawa naik ke kabin pesawat karena dilarang keras membawa benda tajam ke kabin pesawat.
  藏在他錢包裡的水果刀不能帶上飛機，因為嚴格禁止帶尖銳物品進機艙。

- Kalau wisatawan kehilangan paspor, harus melaporkan kepada kantor polisi.
  如果觀光客護照遺失，必須去警察局報案。

- Arti kata "deportasi" dalam pariwisata memulangkan seseorang ke negeri asalnya karena tidak memiliki izin tinggal yang benar.
  在旅遊裡"驅逐出境"這個字的意思是送某人回他的來源國，因為沒有合法的居留許可。

- Agen gelap menyewakan rumah kepada pekerja migran asing(PMA) kaburan.
  非法仲介出租房屋給逃逸外籍移工。

- Polisi menyita HP PMA dan memborgolnya.

警察扣押外籍移工手機並對她上手銬。

> Harganya paspor Taiwan palsu menjadi dobel di pasar gelap.
> 在黑市的台灣假護照價格漲了一倍。

> Jadwal wisata gelap itu didalangi biro perjalanan tertentu yang tidak bertanggungjawab.
> 那個非法旅遊行程是由不負責任的某間旅行社幕後操控。

> Pesawat dengan nomor penerbangan ABC123 itu dilaporkan membawa 132 orang, yang terdiri atas 123 penumpang dan sembilan awak.
> 航班編號 ABC123 據報載了 132 人，包括 123 名旅客和 9 名機組員。

> Berdasarkan isi peraturan Undang-Undang Keimigrasian pasal 36, jika terbukti menyiksa pengasuh ini akan dipulangkan dalam 14 hari.
> 依據移民法第 36 條規定內容，如果被證明施暴，這保母將在 14 天之內被遣返。

Ayat III-4. 11. 行政類：就業服務法

工人 buruh	
工時之外 luar jam kerja	
工讀 sekolah-kerja	
不假外出,不告而別 kepergian tanpa izin, tanpa pamit	
午休結束 istirahat siang berakhir	
引進移工 memasukkan pekerja migran	
外勞工作轉換 perpindahan kerja untuk semua PMA	
外籍移工 pekerja migran asing(PMA)	
外籍漁工 buruh nelayan asing	
失業(者)tunakarya	
正式(固定)員工 pegawai tetap	
休假 cuti	
有外僑居留證的外籍移工 PMA ber-ARC	
有薪休假 cuti berupah	
坐領乾薪 makan gaji buta	
育嬰假 cuti natalitas	
招募,徵人 rekrut	
放假 libur	
社福類移工 pekerja sektor kesejahteraan sosial	
肥缺 jabatan basah	
長假 liburan panjang	
契約(約聘僱)員工 pegawai kontrak	
洗衣工廠 pabrik binatu	
要求工資與工作相符 menuntut keselarasan antara upah dan kerja	
家庭看護工 pembantu/perawat rumah tangga	

病假 izin sakit	
乾薪 gaji buta	
宿舍 asrama	
勞工保險(勞保)asuransi tenaga kerja	
無薪假 cuti tidak berbayar	
無證外籍移工 PMA yang tidak berdokumen, pekerja migran tanpa dokumen	
評分 penilaian poin	
雇主,老闆 induk semang, majikan	
雇員,商人,房客 semang	
傭人,僕役 abdi	
經紀人,代理,代辦,仲介 agen, calo	
境外(聘僱)漁工 buruh nelayan lepas pantai	
實習(生),兼職工作(打工)magang	
漁工 nelayan migran	
漁民 nelayan	
彈性工時 jam kerja elastis	
彈性的,靈活的 elastis	
積分制 sistem poin	
臨時工,零工 pekerja/buruh lepas	
職業,工作 pencaharian	

例句

➢ Selain sebagai pemandu wisata, saya juga bekerja sambilan sebagai supir taksi.
除了擔任領隊，我也兼職擔任計程車司機。

➢ Pekerja migran menghadapi hambatan multi-bahasa dan prosedur aplikasi yang rumit, ini menjadi alasan mengapa sangat sulit untuk melindungi hak dan kepentingan mereka.
移工面對多語障礙及複雜的申請程序，這就是為什麼很難保護他們人權與利益的原因。

➢ Saat ini gaji pokok pekerja migran rumah tangga hanyalah 17 ribu dan juga tidak ada sistem kenaikan gaji, mereka adalah luar naungan UU Ketenagakerjaan.
現在家事類移工基本工資只有 1 萬 7 千吧，也沒有調薪制度，她們是在勞基法保護之外。

➢ Kementerian Ketenagakerjaan(MOL) Taiwan memutuskan per awal tahun 2022, selain jam kerja normal, majikan harus membayar uang lembur bagi karyawan yang ditugaskan di luar jam kerja, baik siang maupun malam.
台灣勞動部決定從 2022 年初開始，除了正常工時之外，雇主必須支付加班費給工時之外被指派工作的員工，不論中午或晚上。

➢ Undang-Undang Standar Ketenagakerjaan awalnya melindungi perempuan sehingga bisa menolak bekerja di malam hari. Tetapi hakim membuat interpretasi No.807 menemukan UU Standar Ketenagakerjaan Pasal 49 Ayat 1 melanggar kesetaraan gender dan

dinyatakan inkonstitusional dan UU tersebut dinyatakan tidak berlaku.
勞動基準法最初保護女性能夠拒絕夜間工作，但是法院做出釋字第 807 號解釋，認
為勞動基準法第 49 條第 1 項規定違反性別平等，被宣告違憲，該規定自即日失
效。

➢ Buruh nelayan lepas pantai tidak di bawah naungan UU Ketenagakerjaan,.
境外(聘僱)漁工並沒有在勞基法保護之下。

➢ Karena keberadaan pekerja migran asing, maka menjadikan Taiwan semakin baik
因為外籍移工的存在，所以讓台灣變得越來越好。

➢ Peraturan di Taiwan menjelaskan, majikan tidak boleh memberhentikan PMA dengan
alasan hamil. Tetapi Yuan Pengawas berpendapat MOL tidak bertindak sesuai ketentuan
hukum.
台灣的法規明定，雇主不可以用懷孕的理由開除外籍移工，但監察院認為勞動部並
沒有符合法律規定的作為。

➢ Membuka wi-fi untuk beberapa waktu dan mengizinkan mereka menggunakannya di luar
jam kerja agar pada kapan saja saat mengalami perlakuan yang tidak pantas, mereka bisa
minta tolong kapan saja dan bisa menghubungi keluarga sendiri kapan saja.
開放幾個時段，允許他們在工時之外使用 wi-fi，以免任何時間如果遭到不合理對待
可以隨時要求協助並隨時聯繫自己家人。

➢ Kebijakan kemenaker kali ini sangatlah tidak masuk akal.
這次勞動部的政策很不合理吧。

➢ PMI proyek konstruksi MRT jalur Sanying yang tiba dua tahun lalu memperlihatkan slip
gaji yang menunjukkan jumlah upah pokok bulanan hanya mencapai NT$ 9.677, jumlah
lembur 176 jam, bukan hanya tidak mencapai standar upah dasar sesuai hukum, namun
juga melebihi jam lembur.
捷運三鶯線建築計畫 2 年前來台的印尼籍移工檢視工資單，顯示每月基本工資總數
只有新台幣 9,677 元，加班時數 176 小時，不只沒有達到法定基本工資標準，而且
也超過時加班。

➢ Para pekerja migran Indonesia yang berhijab duduk di atas rumput senang bercerita
dengan teman.
戴著頭巾的印尼移工們坐在草地上，高興的跟朋友交談。

Ayat III-4. 12. 行政類：道路交通管理處罰條例

交通罰單 surat tilang	
交通罰款 tilang, denda tilang	
交通標誌 rambu lalu lintas	
危險駕駛 mengemudi dengan cara berbahaya	
有酒味,渾身酒氣 berbau arak	
汽車高速撞擊(目標)mobil berkecepatan tinggi menabrak...	
保持距離 menjaga jarak	
前導機車 voorijder	

按(汽車)喇叭 membunyikan klakson	
胡作非為,無理取鬧 ugal-ugalan	
酒後駕駛(酒駕)mengemudi mabuk, mengemudi dalam keadaan mabuk	
酒駕零容忍 mengemudi mabuk tidak akan ditoleransi	
疏導交通 mengarahkan lalu lintas	
蛇行 melaju zigzag	
連續事故 kecelakaan beruntun	
超速駕駛,開快車 mengebut/ngebut mengemudi	
路口號誌 lampu persimpangan	
路障,分隔島,護欄 pembatas jalan, separator	
路霸駕駛 mengemudi ugal-ugalan	
道路標線 marka jalan	
醉漢 pria mabuk	
機車騎士橫越對向(逆向)馬路 pemotor memotong jalan-lawan arus	
繞行馬路 mengitari jalanan	

例句

➤ Siapa saja dilarang masuk.
  不論誰都禁止進入。

➤ Kalau Anda punya SIM internasional, maka Anda bisa mengemudi mobil di Taiwan.
  如果你有國際駕照,你就可以在台灣開車。

➤ Wisatawan yang berkunjung ke Taiwan tidak diperbolehkan mengemudi kendaraan bermotor apabila tidak memiliki SIM internasional.
  來台訪問的觀光客如果沒有國際駕照,不被允許駕駛機動交通工具(機、汽車)。

➤ Berjejer-jejer taksi berhenti di tempat parkir.
  一排排的計程車停在停車場。

➤ Yuan Legislatif meloloskan pembacaan ketiga untuk Pasal 31 "Undang-Undang untuk Manajemen Lalu Lintas Jalan dan Hukuman" pada hari Selasa, menambahkan bahwa semua penumpang berusia di atas 4 tahun wajib megenakan sabuk pengaman, atau akan didenda maksimal NT$ 6.000.
  立法院 3 讀通過修正道路交通管理處罰條例第 31 條,增訂 4 歲以上的乘客全須繫安全帶的規定,未依規定最高可罰新台幣 6,000 元。

➤ Sepeda motor melaju di trotoar dengan kecepatan tinggi dan memaksa pejalan kaki untuk memberi jalan.
  機車高速疾駛在人行道上,並且強迫路人讓路。

➤ Pengendara motor tersebut langsung ditilang polisi.
  該名機車騎士直接被警察罰款。

➤ Pemerintah melarang keras mengemudi dalam keadaan mabuk.
  政府嚴格禁止酒醉狀態下駕駛。

- Juru parkir (jukir) memarahinya, karena dia memarkirkan kendaraannya di sembarang tempat.
  停車管理員飆罵他，因為他隨意停車。

- Jangan biarkan anak-anak itu bermain di jalan.
  不要放任那些小孩在馬路上玩耍。

- Kepala desa mulai membenahi jalanan yang rusak itu dengan cara mengaspal semua lubang-lubang yang membahayakan pengguna jalan.
  鄉長開始整修那條毀損道路，用瀝青填補造成用路人危險的全部坑洞。

- Pemotor memotong jalan dan melawan arus di jalan, karena putaran balik (u-turn) yang dianggap kejauhan. Berbahaya bagi pengendara lain.
  機車騎士橫越馬路並逆向，因為迴轉道被認為距離遠，這對其他駕駛來說是危險的。

- Jumlah korban jiwa dalam kecelakaan ini belum diketahui secara pasti.
  這事故中的死亡人數還沒有確定。

- Lalu lintas di Indonesia cukup padat, terutama di ibu kota Jakarta yang padat penduduknya menyebabkan sering terjadi kemacetan.
  印尼交通相當擁擠，尤其是在人口稠密的首都雅加達，造成經常塞車。

- Pengemudi mobil itu diketahui tengah dalam kondisi mabuk saat peristiwa kecelakaan berlangsung.
  汽車駕駛被發現車禍事故發生時正處於酒醉的情形。

- Naik bus dengan jalur khusus bisa menghindari macet.
  搭乘走專用道的公車能夠避開塞車。

Ayat III-4. 13. 行政類：社會秩序維護法

八大行業 8 industri hiburan	
三溫暖 sauna	
小販 penjaja, kaki lima	
小販攤主 pedagang kaki lima(PKL)	
小販攤車 gerobak kaki lima	
日式風格酒店 bar bergaya Jepang	
卡拉 OKkaraoke	
未成年小孩 anak di bawah umur	
皮條客,老鴇,龜公 alku,germo, jaruman, muncikari	
示威者 demonstran	
示威遊行 unjuk rasa	
色情書刊(電影),色情著作 porno/pornografi	
色情影片 video pornografi	
妓女,娼妓 bidadari malam, jalang, pecun, pelacur, perempuan lacur, prostitusi	
妓院,窯子 rumah kuning/panjang/bordil	

乳臭未乾 bau kencur	
性工作者 pekerja seks komersial(PSK)	
花花公子 hidung belang	
花癡,騷貨,婊子 jarang dibelai(jablay)	
長大,成人 dewasa	
阻街女郎 kupu-kupu malam	
青少女,妙齡女子 remaja putri	
青少年 anak baru gede(ABG), remaja putra	
風化區,紅燈區 area/lokasi prostitusi, dewasa	
茶室 kedai teh	
酒吧 bar	
酒家,酒館 pub	
強迫賣淫,逼良為娼 pemaksaan pelacuran	
從事示威遊行的社會組織 ormas berunjuk rasa	
淫蕩 lacur	
透過強烈的抗議活動 lewat aksi protes keras	
釣蝦池 tambak pancing udang	
釣蝦場 tempat pancing udang	
尋芳客,買春男性 pria hidung belang	
違章建築 bangunan liar	
網路賣淫 open BO(Open booking online, open booking out), prostitusi online	
舞場 studio dansa	
舞廳 ruang/rumah dansa	
辣妹 cewek seksi	
罷工 mogok kerja	
賣淫(行為)melacur/pelacuran, prostitusi	
驅散,中止(集會...)membubarkan	

例句

> Tolong nasihati anak-anak itu!
> 麻煩警告那些小孩們！

> Dilarang merokok dan membuang sampah sembarangan di/pada tempat umum.
> 禁止在公共場所吸菸和隨地丟垃圾。

> Pramuwisata kembali menyerukan : Jangan minum bir Taiwan terlalu banyak, bisa mabuk!
> 導遊再次呼籲：別喝太多台灣啤酒，會醉的！

> Mulutnya berbusa dan berbau arak.
> 他口吐白沫並渾身酒氣。

> Kurang-kurang dilarang, lebih-lebih lelaki mau pergi.

越是禁止，男性越想去。

➤ Jangan coba-coba pergi ke tempat seperti itu.
不要試著去像那樣的地方。

➤ Setiap hari kedutaan besar Amerika untuk Indonesia selalu ramai oleh pendemo.
美國駐印尼大使館每天擠滿了抗議者。

➤ Jangan kaget, kadang-kadang ada orang-orang muda berperan sebagai pocong dan
keranda mayat berkeliaran di jalan yang gelap gulita pada malam hari Halloween di
Indonesia.
不要驚訝，有時候在印尼萬聖節晚上，年輕人會假扮殭屍和抬著運屍體的擔架在漆
黑的街上遊蕩。

➤ Dia mempersakiti anjing berantai itu dengan sangat kejam.
他用很殘忍的方式虐待那隻有繫鍊條的狗。

➤ Tumpahan cat itu memerahi semua lantai di ruangan itu.
灑出的油漆染紅房間全部的地板。

➤ Namun untuk mengembalikan kondisi keindahan pantai seperti sedia kala, mungkin
bukan hal mudah.
但是想要回到如同以往的海灘美景，可能不是容易的事。

➤ Kerjasama pihak sekolah dan orang tua sangat dibutuhkan untuk mengatasi masalah
kenakalan anak-anak.
校方和父母很需要合作處裡小孩調皮的問題。

➤ Gadis itu masih terduduk sendiri di bangku taman itu.
那少女仍然一個人坐在公園長椅上。

➤ Siapa sih yang sebenarnya takut?
到底是誰真的害怕？

➤ Sikapnya belum jelas, masih kabur bagi kami.
他的態度不明朗，我們還搞不清楚。

➤ Bos mempercaruti bawahannya di depan umum.
老闆公開地辱罵他的下屬。

➤ Lha, tidak bos ada di luar negeri?
疑，老闆不是在國外嗎？

Hak	
hak kewarganegaraan(公民權)	
hak milik(所有權)	
hak(權力,權利)	
hak-hak asasi manusia(基本人權)	
jaminan hak(專利權)	
mencabuli hak orang(侵犯人權)	

➤ Polisi harap agar hal duel keras serupa tidak terjadi lagi.
警方希望同樣的暴力鬥毆事件不要再次發生。

➤ Pramuwisata itu suka memperkarakan urusan kecil-kecil turis asing.
那位導遊喜歡為了小事和外國旅客爭吵。

➤ Pengunjung di bar tersebut penuh sesak.
在這個酒吧的客人十分擁擠。

➤ Pacar saya sering keluar malam dengan laki-laki lain yang membuat saya dilema untuk
menikahinya.

我的女朋友經常晚上跟其他男性外出，這讓我猶豫要不要跟她結婚。

➤ Laki-laki dan perempuan yang masing-masing tidak terikat dalam perkawinan yang sah melakukan persetubuhan dapat dipidana dengan ancaman penjara paling lama lima tahun.
男女沒有合法婚姻關係而從事性行為可能被判最重 5 年刑期。

➤ Dia ditetapkan sebagai tersangka terkait kasus dugaan pembuat dan penyebar video porno.
他被認定是相關色情影片的製作和散布疑案的涉案關係人。

➤ Ternyata pria dalam video porno tersebut merupakan kekasihnya.
該色情影片中的男性據說是她的情人。

➤ Statistik kepolisian Taiwan menunjukkan bahwa terdapat 44 kasus pencurian foto pada tahun 2021, mencapai 20% dari kasus kriminal di MRT Taipei.
台灣警方統計指出，2021 年有 44 件偷拍案，占台北捷運刑事案件的百分之 20。

➤ Pelaku mengambil foto tanpa izin melanggar UU Nomor 44 Tahun 2008 tentang Pornografi di Indonesia.
嫌犯偷拍照片，違反印尼有關色情著作的 2008 年第 44 號法規。

➤ Di Taman Nasional di Taiwan, kita tidak bisa memilih pohon dan bunga yang disukai untuk dibawa pulang, tidak boleh memasak, memanggang sate maupun memasang api unggun, dan tidak bisa dengan leluasa memetik bunga-bunga yang sedang bermekaran.
在台灣的國家公園，我們不能挑選喜歡的花草樹木然後帶回家，不可以煮飯、烤沙嗲或是升營火，也不能任意地摘採正在盛開的花朵。

➤ Kalaupun tidak ada yang melihat kita tidak boleh membawa pulang termasuk terumbu karang dan batu-batuan yang patah secara diam-diam, dan kalaupun ada yang kita sukai kita tidak bisa meminta pemandu wisata mengambilnya.
即使沒有人看到也不可以偷偷地帶斷裂的珊瑚礁和石頭回家，即使有我們喜歡的也不能要求領隊去拿。

➤ Satu hal yang sangat tabu ketika mendaki gunung di Taiwan adalah membuang sampah sembarangan di gunung, tidak dibawa turun gunung.
當你在台灣登山時，非常禁忌的一件事就是在山上隨意丟垃圾，沒有帶下山。

Pasal III-5. 筆錄實務

Ayat III-5. 1. 筆錄種類

根據「刑事訴訟法(Kitab Undang-Undang Hukum Acara Pidana：KUHAP)」規定，「筆錄 (Berita Acara：BA)」依實施地點的不同而分為下面幾種：

實　施　地　點	實　施　人　員	筆　　　錄　　　名　　　稱
執法機關 Penegak Hukum	司法警察官 Pejabat Polisi 一般公務員 Pejabat Pegawai Negeri Sipil	警詢筆錄 Berita Acara Pemeriksaan Tersangka 搜索筆錄 Berita Acara Penggeledahan 扣押筆錄 Berita Acara Penangkapan/Penahanan/Penyitaan Benda

檢察署 Kejaksaan	檢察官 Jaksa 檢察事務官 Jaksa Pembantu 書記官 Panitera	偵訊筆錄 Berita Acara Pemeriksaan：BAP 扣押筆錄 Berita Acara Penangkapan/Penahanan/Penyitaan Benda
法院 Pengadilan	法官 Hakim 司法事務官 Hakim Pembantu 書記官 Panitera	裁定筆錄 Berita Acara Putusan Pengadilan 審判筆錄 Berita Acara Pelaksanaan Penetapan

Ayat III-5.2. 筆錄內容

包括年籍資料、前科素行等事項，可參考下表，也提供與筆錄有關的「通譯規則」、「三項權利告知」、「結尾權利告知」等其他範例，筆者以自身的經驗提供大家一個基本參考。

姓名 Nama[8]	生日 Tanggal Lahir, Hari Kelahiran
綽號 Nama Julukan	出生地 Tanah Kelahiran
身分證號 Nomor ID/NIK[9]	出生地及生日 Tempat, Tanggal Lahir(ttl)
居留證號 Nomor ARC[10]	護照號碼 Nomor Paspor
統一證號 nomor sertifikat terpadu(UI)	職業 Pekerjaan
居住/戶籍地址 Alamat	聯絡電話/手機號碼 Nomor Telepon/HP
教育程度 Pendidikan Terakhir	前科素行/犯罪紀錄 Catatan Kriminal
性別 Jenis Kelamin	

> Kapan Anda dilahirkan?
> 您何時出生？

> Dari aksenmu dapat diketahui bahwa kamu berasal dari Jawa Indonesia.
> 從你的口音可以聽出你來自印尼爪哇。

> Tubuhnya sederhana, tidak tinggi dan tidak rendah.
> 他身材適中，不高也不矮。

> Diceritakannya bagaimana dia melalui beberapa tahun belakang.
> 他述說過去幾年怎麼過的。

> Saya orang Taiwan betul/asli.
> 我是道地/純正的台灣人。

> Jangan main sandiwara di depan saya.
> 別在我面前耍花招/演戲。

---

[8] 印尼文「姓(Marga)」和「名(Nama)」有區別。

[9] 台印尼「身分證件(Catatan Sipil)」用語差異，台灣「身分證(Kartu Identifikasi：ID Card)」和印尼「身分證(Kartu Tanda Penduduk：KTP)」用法不同，台灣身分證號用法「No. ID Card」，而印尼身分證號則是「Nomor Induk Kependudukan：NIK」。

[10] 台灣居留證用法是「外僑居留證(ARC)」，但印尼的「居留證」有分為 1 年效期短期的「Kartu Izin Tinggal Terbatas：KITAS」和 5 年長期的「Kartu Izin Tinggal Tetap：KITAP」，後兩者在台灣筆錄甚少見到。

➤ Saya tidak punya kesabaran dan kebaikan hati seperti itu.
我沒有像那樣的耐心和善心。

➤ Perkataannya itu memang betul.
他的說詞的確屬實。

➤ Otaknya kurang benar.
他的頭腦不太正常。

➤ Sejak kecelakaan itu dia tidak ingat apa-apa dan siapa-siapa lagi.
自從那事故後，他不再記得任何東西和任何人。

➤ Kok begitu sikapnya?
怎麼那種態度？

➤ Boleh coba, kalau berani!
有種試看看！

➤ Jangan begitu dong!
別這樣嘛！

➤ Ada (apa) yang bisa saya bantu?
有什麼(事情)我可以幫忙的？

➤ Ini dia yang saya cari-cari.
我找的就是他。

➤ kamar tidur adik perempuan berantakan sekali.
妹妹的臥室很雜亂。

➤ Pakaiannya sangat kotor.
他的衣服很髒。

➤ Ini tidak bersangkut-paut dengan dia.
這與他無關。

➤ Kejadian itu sama sekali di luar dugaan saya.
那件事情完全出乎我的意料。

➤ Dalam perkara itu, saya berdiri di luar pagar.
對於那件事，我不參與。

➤ Jangan memperkawan orang buruk itu.
別跟那個壞人做朋友。

➤ Demikian semoga bermanfaat.
這樣希望有幫助。

➤ Korban mengalami penganiayaan oleh pelaku, di mana kaki dan tangannya disetrika.
受害者遭到嫌犯虐待，腳和手到處被燙傷。

➤ Terduga pelaku tidak terima dan merasa sakit hati kepada korban yang meminta diceraikan dengan alasan adanya pria lain.
嫌犯無法接受而且感到痛心的是受害者以有其他男人的理由要求離婚。

➢ Hasilnya, terdapat kecocokan antara bercak darah pada pisau dan kuku tersangka dengan darah korban.
結果，在嫌犯的刀和指甲的血跡中發現符合受害者的血液。

➢ Salah satu pelaku menusuk seorang warga hingga terluka.
其中 1 名嫌犯刺傷一位居民。

➢ Perilaku mereka sangat tidak terkendali.
他們的行為不受控制(無法無天)。

➢ Dugaan aliran sejumlah uang atas persetujuan kelancaran perizinan.
因為許可證快速核准的一筆可疑金流。

➢ Pelaku kabur lewat pintu belakang.
嫌犯從後門逃跑。

➢ Pelaku mengambil bensin yang sudah dipersiapkan sebelumnya, dan menyiramkan sehingga rumah korban hangus terbakar.
嫌犯拿著之前已經準備好的汽油澆淋，以致受害者的房屋被燒焦。

➢ Dia beraksi bersama sejumlah pelaku lainnya.
他夥同其他的嫌犯一起行動。

➢ Satu pelaku sudah ditangkap oleh penyidik, Enam pelaku lainnya masih dalam pengejaran.
一名嫌犯已經被調查人員逮捕，其他 6 名嫌犯仍在逃。

➢ Tiga pria yang melempar batu dengan katapel ke arah kendaraan yang melintas di ruas jalan Tol sudah polisi tangkap.
警察已經逮捕 3 名用彈弓對通過高速公路閘道的車輛投擲石塊的男性。

➢ Ketiga pelaku pelempar batu ke kendaraan tidak ditahan karena masih di bawah umur, hanya dikenai wajib lapor untuk dibina.
這 3 名丟擲石頭者因為未成年而沒有被拘禁，只被要求必須交報告並接受輔導。

➢ Api berawal dari lantai satu, menghanguskan patung singa di pintu masuk dan menjalar ke seluruh bangunan.
火最初來自 1 樓，燒焦了大門入口處的獅子雕像，並延燒至整棟建築物。

➢ Penyebab kebakaran dipastikan berhubungan dengan bentrokan antar kelompok setempat.
火災起因被確定與當地團體間衝突有關。

➢ Pemimpin agama dan tetua telah diminta untuk mengintervensi, dan polda pun meningkatkan kesiagaan mencegah terus meluasnya konflik.
宗教領袖及長老已經被要求介入，地區警察也加強準備，防止衝突持續擴大。

➢ Tiada tanda kekerasan pada mayat wanita dalam karung.
麻袋裡女性屍體上沒有暴力跡象。

➢ Kejaksaan daerah melakukan pemeriksaan dan menemukan mayat memiliki lebih dari 20 luka tusukan, berpusat di kepala, dada dan tangan.
地檢署檢查屍體後發現有超過 20 處刺傷傷口，集中在頭、胸和手。

➢ Dalam video terlihat pengasuh Indonesia yang berbaju merah menjambak rambut wanita tua dan memaksanya untuk makan.
在錄影中看到，穿紅色上衣的印尼保母抓著老人的頭髮並強迫她吃飯。

➢ Sejak Agustus tahun ini ia menemukan ibunya memiliki banyak memar kecil pada tubuh dan memar besar di sekitar mata.
從今年 8 月開始發現他母親身體上有許多小瘀傷和眼睛周圍有大瘀傷。

➢ PMA tetangga tidak tega melihat perilaku kasar pengasuh ini, juga membuat PMA tetangga geleng-geleng kepala.
鄰居的外籍移工無意間看到這保母的粗暴行為，也讓鄰居外籍移工不斷搖頭。

➢ Saya sama sekali tidak tahu.
我完全不知道。

Ayat III-5.3. 詢問經濟狀況

「經濟狀況」這 4 個字如果直譯為「perekonomian」或「kondisi ekonomi」，大概沒幾個印尼人懂它真正的意義，印尼警方的筆錄內容也沒有這 1 項，所以如何用印尼語以白話、簡單方式又不失園藝的方式讓被通譯對象瞭解，筆者建議可參考下面兩種主觀、客觀說法：

家庭經濟狀況	貧寒	勉持	小康	中產	富裕
	1	2	3	4	5

如果從貧窮到富裕分 5 級(1 至 5)，你是第幾級？
Kalau membagi 5 peringkat dari 1 sampai 5 di antara kemiskinan dan kaya, kamu kira kamu seorang/sendiri tempati peringkat mana?

家庭經濟狀況	貧寒	勉持	小康	中產	富裕
	小於 25,250 元	25,250 元	50,500 元	75,750 元	大於 75,750 元

你的每月總收入大約是(台灣 2022 年的基本工資)新台幣 25,250 元的幾倍？
Penghasilan berjumlah per bulan kamu hampir berlipat berapa kali bagi (upah pokok di Taowan pada tahun 2022) NT$25,250?

例句

➢ Coba lihat, bagaimana kacaunya perekonomian Anda.
請瞧瞧，你的經濟狀況真是一團糟。

Ayat III-5.4. 提審規定告知

你現在被逮捕，你可以要求法官審查這個逮捕是否有法律依據(合法)。前項要求及審查是免費的。
Sekarang ini kamu sudah ditangkap. Kamu boleh berhak mintakan hakim untuk meninjau kembali penahanan ini apakah mempunyai landasan hukum (sesuai dengan hukum) atau

tidak. Permohonan dan peninjauan tsb semua gratis.

例句

> Hakim membolehkan penggeledahan yang sangat perlu & mendesak bilamana penyidik.
法官同意調查時必要和緊急的搜索。

> Pemerintah pusat dan daerah akan memberikan bantuan hukum dengan cuma-cuma.
中央及地方政府將免費提供法律協助。

Ayat III-5.5. 通譯規則告知

你好，我是這件案件的通譯人員，等一下我會將你所說的話轉達給警察，他們想要問你的話，我也會用他們所使用的語氣及人稱來直接傳達讓你知道，在語氣上或許比較直接，很抱歉造成不愉快。在這當中我們不能做與案件內容無關的交談，請你知道這一點。
你清楚我剛才所說的規則及我所使用的語言嗎？你可以用**語和我溝通嗎？
等一下就請你稱呼我為通譯先生/小姐就可以了，剛才我這樣說明，你明白了嗎？
Salam.
Aku juru bahasa untuk kasus ini.
Nanti aku akan terjemahkan jawabanmu kepada polisi.
Yang mereka mau tanya padamu, aku akan terjemahkan kepadamu dengan nada &
sebutan yang dibicara mereka secara lurus.
Mungkin bernada lebih langsung, mohon maaf atas ketidaknyamanannya.
Selama saat kasus diselidik, kecuali ucapan tentang kasus ini, kita tidak bisa ngobrol
tentang hal lain.
Silakan bekerja sama dengan aku.
Nanti silakan sebutkan aku sebagai bapak guru bahasa saja.
Apakah kamu boleh pahami bahasa Indonesia yang aku tadi berbicara?

Ayat III-5.6. 三項權利告知

你涉嫌 OOO 犯罪，接受調查時，可以有下列一些權利：
1. 你可以全程保持緘默，不須被迫回答。
2. 你可以自行聘請律師。
3. 你可以請求調查本案對你有利之證據。

你是否瞭解你有這些權利？

Kamu ada dugaan OOO, saat menerima pemeriksaan boleh mengenai hak-haknya khususnya
yang menyangkut bantuan hukum berikut di bawah ini:
Pertama : Kamu boleh berhak berdiam untuk setiap waktu, tidak usah dipaksa menjawab.
Kedua : Kamu boleh menyewa pengacara dengan sendirinya.
Ketiga : Kamu boleh berhak ajukan memeriksa bukti yang untungkan kamu diri sendiri.

Apakah kamu penuh ketahui hak-hak disebut?

Ayat III-5.7. 筆錄結尾用語

> 我以印尼語唸筆錄給你確認，如果沒有錯誤就請簽名。
> Aku bacakan berita acara pemeriksaan itu kepada kamu untuk konfirmasi dengan bahasa Indonesia. Kalau tidak bersalah, silakan membubuhkan tanda tangan dalam BAP.

例句

- Coba saya cek dulu.
  我先試著檢查看看。

- Kalau pelaku menolak membubuhkan tanda tangan dalam berita acara pemeriksaan (BAP), jaksa membuat catatan tentang ketidakmauan itu dalam berita acara tsb.
  如果嫌犯拒絕在偵訊筆錄上簽名，檢察官就在該筆錄裡記錄不願意(簽名)的情形。

Pasal III-6. 筆錄相關用語

根據案情，執法機關可能訊問當事人的問題千奇百怪，以致司法通譯現場需翻譯出來的內容常難以想像，用上知天文、下知地理來形容也不為過，必須事先多加準備各種可能出現的用語樣態，由於本書不是主要介紹印尼語文法的書，所以只摘要介紹一些字根和延伸用法的各種情狀說法，讓大家知道司法通譯的工作有多專業，相關用語詳見「附錄 III-1：公務、社會事務相關用語」。

字　　　　　　根	延　　　伸　　　用　　　法
非法的,黑暗的 gelap	menggelapkan 使變暗,侵吞→penduduk gelap 黑戶→pasar gelap 黑市→dagang gelap 黑市買賣→harga gelap 黑市價格→segi-segi gelap 黑暗面
拷打,煎熬 siksa	siksaan 酷刑,虐待,迫害,殘暴→penyiksa 虐待者
大的 besar	besar gabuk 外強中乾→besar cakap 吹牛皮→nafsu besar 強烈的慾望→penipuan besar 大騙局
步驟,步伐,腳步 langkah	melangkahi laki, kelangkahan 戴綠帽,出軌,通姦→mengambil langkah 採取步驟
偷竊,竊盜 curi	pencuri 小偷,扒手→pencurian 偷竊,竊盜(動產),竊佔(不動產)
捲毛,捲髮,捲曲的 keriting	mengeriting 捲,燙→mengeritingkan 使捲曲→mengeritingkan rambut 燙頭髮
猜測,臆測 duga	diduga 被懷疑→terduga 涉嫌的,料想到,猜測到→dugaan 推測,猜想,懷疑→ada dugaan 涉嫌,有嫌疑
通姦 zina	berzina 通姦→menzinai 與...通姦→penzina 通姦者→perzinaan 通姦行為
債務,欠款 utang	membayar utang 還債→menagih utang 討債→memberi utang 借貸,借錢→mengutangkan 把...借給
節儉,節省 hemat	hemat biaya 節省費用,划算→hemat belanja 節省開支→hemat waktu 節省時間→hemat tenaga manusia 節省人力

罪過,罪孽 dosa	menebus dosa 贖罪→berdosa besar 罪孽深重→orang yang tidak berdosa 無辜的人
裝模作樣,假裝,冒牌的 pura-pura	berpura-pura 假裝→pura-pura menangis 假哭→pura-pura mati 裝死→pura-pura tidur 裝睡
睡,睡覺,臥,躺 tidur	bangun tidur 起床→tidur gelisah 淺眠→tidur lelap/nyenyak/lenyap/senyap/mati, pulas tertidur 熟睡,沉睡,睡死→tidur miring/merusuk 側睡,側躺→tidur telentang/menelentang 仰睡,仰躺→tidur telungkup/menelungkup 趴睡,趴著→tidur ayam 半睡半醒→tidur berjalan 夢遊
懷疑,疑心,警覺心 curiga	mencurigai 對...懷疑,猜疑→kecurigaan 懷疑,疑心→curiga-mencurigai 互相懷疑
辮子 kepang	berkepang, mengepang 編(成辮子)→rambutnya berkepang 編成辮子的頭髮

例句

> Rambutnya yang panjang itu dikepang dua.
> 他的長髮被編成兩條辮子。

> Jangan pura-pura tidak melihat atau pura-pura tuli dan bisu.
> 不要裝做沒看見或裝聾做啞。

範例筆錄相關用語 –節錄

149 人死亡 nyawa 149 orang melayang
一生,終生 sepanjang usia
人為疏失 kesilapan manusia
人間煉獄,悲慘世界 neraka dunia
三人在途中死亡 tiga orang di antara meninggal dunia
三心兩意,猶豫不決 mendua hati
上手銬 memborgol
口吐白沫 mulut berbusa
口角,鬥嘴 beradu/cekcok mulut
口頭勸告 nasihat verbal
大叫,尖叫 berteriak-teriak, menjerit-jerit
大問題 soal tebal
大搜捕,大搜查,盤查 razia
小心 awas, hati-hati, seksama
小孩之間 sesama anak-anak
干預,干涉 turut campur
弓 ibu panah
不友好 tidak bersahabat
不太好客 kurang bersahabat
不吉利,倒楣 nahas

不安,緊張,忐忑 gelisah	
不安全 rawan	
不受控制 tidak kekontrol	
不幸災難,苦難,地獄,(口頭禪)該死的,倒楣的 neraka	
不敢再做 jera	
不準時 tidak tepat waktu	
不義之財,無主財富 harta karun	
中古車→mobil bekas	
互助會 arisan	
內線,裡面的人 orang dalam(ordal)	
化裝成女性 menyamar sebagai wanita	
反向密語(從右至左拼寫)bahasa balik	
反省,自我檢討 introspeksi	
反對 anti, tentangan	
引起爭議 bangkit kontroversi	
心術不正 keruh hati	
心猿意馬 pikiran mendua	
手指痕跡 bekas jari	
手段 sarana	
手銬 borgol	
手機,手持電話 HP(Handphone), selule, telepon genggam ponsel(telepon seluler)	
文化差異 keragaman budaya	
文化衝突 kejutan budaya	
令人害怕的代價 harga yang mengerikan	
令人傷心的消息 kabar sedih	
以金錢形式收入(獲利)hasil berupa uang	
出租房屋 rumah kontrakan	
出租套房 kamar kos untuk disewakan	
四散逃跑,四處竄逃 kabur morat-marit	
打耳光 menampar muka	
正派的人,品行端正的人 orang patut-patut	
犯案手機 ponsel modus operandi	
犯罪手法 modus operandi	
甘願,情願 rela	
生氣,罵,責備 cela, marah	
生還者 orang selamat	
用掉(費用),耗資 menelan biaya	
白吃白喝 makan prodeo	
目光兇惡 jahat tiliknya	

目光銳利 baik tiliknya	
丟擲石頭者 pelempar batu	
仿製 tiruan	
伊斯蘭國 Islamic State(IS)	
全身遍體鱗傷 badan babak belur	
吃驚,嚇呆,嚇一跳,愣住 kaget, kejut, terpana	
同是人類 sesama manusia	
同國籍夥伴 rekan senegara, rekan setanah air	
同鄉移工 pekerja migran sekampung	
向前猛衝,衝撞,碰撞 tubruk	
回放攝影機 membelakangi kamera	
回教祈禱團 Jemaah Islamiyah(JI)	
在外交名義之下掩護 di bawah kedok diplomatik	
在事發地點找到 beroleh di tempat kejadian	
在苦難中死去 mati dalam kesengsaraan	
在警察戒護之下 di bawah pengawalan polisi	
地位,等級,威信,威望 martabat	
多嘴 banyak bacot, cerewet	
安葬 memakamkan, menjenazahkan	
尖的 runcing	
尖酸刻薄的,尖銳的,激烈的 sengit	
年紀,年齡 usia	
收會錢 menarik arisan	
有狹隘思想的 berpikiran sempit	
有條件釋放 pembebasan bersyarat	
死期到來 kedatangan maut	
汙辱好名聲 pencemaran nama baik	
灰心,放棄,氣餒,意氣消沉,沮喪 kelesuan hati, mengurungkan niat, patah hati	
老問題 soal lama	
自信 percaya diri	
自然法則 hukum alam	
自願的 sukarela	
血跡 bercak darah	
血壓 tekanan darah	
行蹤動態,動靜,音訊 kotak-katik	
兌現,贖回,贖(罪),彌補(罪過),雪(恥),挽回 tebus	
刪除,消失 hapus	
巡邏 ronda	
弄沉,使沉沒,擊沉 menenggelamkan	

忌妒 cemburu, iri	
忍心,狠心腸 tega	
批評,譴責,指責 kecam, kritik	
找死 mencari maut	
把太太刺死 bacok istri hingga tewas	
抓,揪(頭髮)jambak	
抓住,逮捕,捆住 ringkus	
投資 investasi	
求救 meminta tolong	
沉,下沉,沉沒 tenggelam	
沒有知覺,失去知覺,昏迷 bius	
沒有眼光 kurang tilik	
私刑 main hakim sendiri	
見警率 keberadaan polisi	
赤手空拳 bogem mentah	
身體虛弱,容易復發 rentan	
防止客人騷亂 mencegah keonaran tamu	
來自錄影片段 dari cuplikan video	
刺,戳 tikam, tusuk	
受到詛咒,受到譴責 kena kutuk	
受連累 kena getah	
呻吟 erang	
奇怪 aneh	
孤立 pencil	
披麻戴孝,服喪,哀悼,弔唁,追悼 berkabung	
拆開,破開,劈開,衝破 meretas	
拍胸脯,搥胸 bertampar dada	
拘留所單人房 sel tahanan	
昏倒,暈倒 puyeng	
板著臉,愁眉不展 bermasam, masam muka	
法人 badan hukum	
法治國家 negara hukum	
物質生活 nafkah lahir	
社會,民族,精神氣質 etos	
花天酒地,吃喝玩樂,遊山玩水 berfoya-foya	
長壽 panjang usia	
保全人員 pengawas	
信任感 rasa percaya	
信號,暗號 tengara	

冒失,莽撞,魯莽,輕舉妄動	gegabah
削尖竹子	bambu runcing
前任的	eks, mantan
厚臉皮	muka tembok
品行端正,素行良好	berkelakuan baik
封城	penguncian kota
封街	memblokir jalanan
封鎖,凍結	blokir
屍臭	bau bangkai
律師	pengacara
律師樓	kantor pengacara
後果,下場	hasil
後續檢查	pemeriksaan lebih lanjut
拯救性命	menyelamatkan nyawa
指紋,手印	sidik, sidik jari
指紋檔案	berkas sidik jari
挑撥離間	adu/mengadu domba
挑戰	tantangan
施壓合約	menekan kontrak
活動範圍	ruang gerak
炫富	memamerkan kaya
狡猾,圓滑,詭計多端	licik
玻璃杯碎片	pecahan gelas
玻璃碎片	serpihan kaca
看得清楚的,顯而易見的,明顯的	kentara
耐心地等待救援	menunggu penyelamatan dengan sabar
苦難,困苦	sengsara
負責任	mempertanggungjawabkan
面相,面貌,相貌	raut wajah/muka
個性倔強	keras genjur
倒(入)	tuang
倒在地上	tergeletak
倒塌,倒下,垮台,倒台	roboh
倒楣的,不吉利的,厄運的	sial
挨了一腳	kena tendang
挨耳光	kena tampar
挫折,失敗	frustasi, gagal
捕捉者	penangkap
捕獲	kena ciduk

旅費,盤纏 uang bekal	
根據慣例 menurut tata cara	
格鬥 duel	
特殊個案 bersifat kasus perorangan	
破門(而入)meretas pintu	
粉塵爆炸 ledakan gas debu	
能說善道,舌燦蓮花 perlente	
追根究柢,非弄清楚不可 penasaran	
逃課,曠課 bolos sekolah	
骨灰 abu jenazah	
高解析度影像,圖片 gambar resolusi tinggi	
鬥,相撞,比,告狀,告發,試探 mengadu	
假旗行動,栽贓行動,嫁禍行動 operasi bendera palsu, operasi kambing hitam	
偏袒,不公的,傾斜的,歪向一邊 miring	
偷拍照片 mengambil foto tanpa izin, pencurian foto	
動盪 gejolak	
動盪不安的時代 masa keruh	
參加 turut serta	
國庫被人掏空 kas negara habis dimakan rayap	
執法 menegakkan hukum	
崗亭,崗哨 gardu, pos	
帶刺鐵絲網 kawat duri/berduri	
掏,摸,掏出,摸出,扒走 merogoh	
棄權 blangko	
混入人群中 menyamar dalam orang ramai	
混亂,混濁不清,無秩序的,亂七八糟的,胡言亂語,語無倫次的 kalut, keruh	
窒息,悶 mencekik	
粗硬(頭髮)genjur	
細節,詳情,詳細 detail	
被大肆抨擊 dikritik habis-habisan	
被扶養親屬 anggota keluarga yang diasuh	
被官員驅趕 dihalau petugas	
被警察戒護 dikawal polisi	
貨到付款 cash on delivery, remburs	
貨到付款的寄送 kiriman remburs	
透過過濾閉路電視 melalui penyaringan CCTV	
造成 1 死 3 傷 mengakibatkan satu tewas dan tiga orang cedera	
野生的,野蠻的 liar	
陰謀,詭計,策略 muslihat	

喜歡炫耀 suka pamer	
圍牆 pagar tembok	
報復,報仇 balas dendam	
報警,報案,檢舉 lapor/telepon polisi, memolisikan	
寒蟬效應 efek jera	
掌紋 retak tangan	
棺材 peti jenazah, peti mati/mayat	
殘暴,迫害,非常吝嗇 kejam	
氰化物 sianida	
渾身是血 bersimbah darah	
無知的,空的,空心的,空虛的,白搭 hampa	
無知的人 orang hampa	
無理的 tidak beralasan	
痛心,難過 sakit hati	
痛苦地哀號 mengaduh kesakitan	
發出痛苦呻吟 mengerang kesakitan	
發抖,哆嗦,顫抖,戰慄 gemetar	
稍微懷疑,有一點懷疑 sedikit curiga	
窗上鐵條 kisi/kisi-kisi	
絞盡腦汁,傷腦筋 memerah otak	
街頭暴力來源 sumber kekerasan jalanan	
閒逛,遊蕩,野性 keliaran	
間諜(活動,組織),偵探 mata-mata, spion	
黑市 pasar gelap	
黑眼圈 mata lebam(被毆打), mata panda/hitam/(ber)kantong(晚睡)	
亂打人 main pukul	
亂批評 main kritik	
亂抓人 main tangkap	
催眠 hipnotis	
傲慢,無理 bongkah	
傳喚,呼叫,叫(名)panggil	
債務一筆勾銷 menghapuskan semua hutang	
傾家蕩產 harta ludes	
傾聽,監聽 simak	
搶劫,搶走,奪取,沒收 merampas	
搶劫,攔路搶劫 membegal	
搶劫案 perampokan	
摀住嘴巴 menyekap mulut	
新貴,暴發戶 orang kaya baru	

準時 tepat waktu	
滑倒 jatuh terpeleset	
當鋪 rumah gadai	
禁忌,忌諱 pantang, tabu	
罪魁禍首 biang keladi	
群聚集會 bertemu kerumunan	
義憤填膺 kemarahannya luap	
腳鐐 rantai kangkang	
解脫,放開,脫逃 lepas	
跟會,起會 tarik-tarikan	
過渡(期),轉變 transisi	
違約 wanprestrasi	
隔音室 ruangan kedap suara	
嘗試闖入 mencoba untuk menerobos masuk	
壽終 tutup usia	
對手 lawan	
幕後 balik/belakang layar	
幕後操縱者,莊家 bandar, orang bandar	
態度 sikap	
慣例,規範 tata cara	
慷慨,大方的 murah tangan	
摸,觸摸,碰觸,感動 raba, sentuh	
敲門 mengetuk pintu	
監視 memata-matai, mengawasi	
監視攝影機 kamera pengintai/sekuriti	
監護人 wali	
精神的,腦力的,智力的 mental	
緊急按鈕 tombol darurat	
認錯 mengakui kesalahan	
語言規律 hukum bahasa	
說謊話術 perkataan-perkataan bohong	
劊子手 algojo, tanda	
嘴甜 murah mulut	
增加潛在的風險 meningkatkan potensi bahaya	
審查,視察,考慮,研究 tinjau	
廢除,赦免,擦掉,取消 menghapuskan	
憂鬱的,悶悶不樂的 murung	
暴露,揭發 ekspos	
樂觀主義,樂觀者 optimis	

標準化 standardisasi	
模糊不清,隱藏的 samar	
熟識 kenal dekat	
皺眉頭,板著臉,揪著嘴 cemberut	
箭 anak panah, panah	
編號系統,流水號碼系統 sistem penomoran	
緩和緊張氣氛 meneduhkan suasana yang tegang	
衛生 sanitasi	
衝撞,爭吵,爭執,火拼,衝突,磨擦,矛盾,相撞 bentrok	
適當的,正當的,應該,應當,理應,值得,怪不得,難怪 patut	
遭小偷 kemasukan pencuri	
鋌而走險,執著,不顧一切,(不顧後果)冒險,膽大妄為,不甘心,不認輸 nekat	
震驚 syok	
餓死 mati kelaparan	
機動性 mobilitas	
激烈爭吵 perkelahian sengit	
激進主義 radikalisme	
諷刺 ironi, satire	
謀生 mencari nafkah	
錄影 memvideokan, perekaman, perekaman video	
錢全花光了 uangnya sudah bersih	
隨意吐痰 sembarangan meludah	
頭巾,面紗,偽裝 selubung	
儲存指紋→menyimpan **sidik jari**	
嚇得逃竄 terlari-lari ketakutan	
擠,搾 perah	
聯合稽查 razia pendataan terpadu	
講話尖酸刻薄的 ketus	
謠傳,謠言,傳聞,無稽之談,流言蜚語 kabar anjin/selentingan, kabar/cerita burung,	
趨勢 tren	
避免汙名 hindari stigma	
還清 melunasi	
隱藏的風險 risiko terselubung	
叢林法則,弱肉強食 hukum rimba	
戳洞,火把 colok	
擴大路檢 memperluas inspeksi jalan	
擺放,賭注,放置 taruh	
斷成兩截 patah menjadi dua usai	
殯儀館 rumah duka	

職業道德 etos kerja	
雞爪釘,鐵蒺藜 ranjau besi	
額外收費 pungli	
壞心腸,居心不軌,心術不正,壞念頭,壞主意,蠱惑 karat hati, hati berkarat, waswas	
懷恨在心,灰心喪志,易動肝火 rentan hati	
懷疑,疑心,疑惑,猶豫,憂慮,不安,擔憂 waswas/was-was	
簽名,簽署 tanda tangan, penandatanganan	
簽署合約 menandatangani kontrak	
蹲,無所事事,閒置 nongkrong/tongkrong	
關,囚禁,監禁,摀住,塞住 sekap/menyekap	
關鍵角色 pemain kunci	
勸誘,勸導,甜言蜜語 bujuk	
繼承人 penerus, pewaris	
警方封鎖線 garis polisi ,garis pemblokir Polisi	
警告,指出 menyinyalir	
警察個人疏失 kesilapan oknum polisi	
犧牲個人 mengorbankan diri	
辯護律師,辯護人 pembela	
鐵窗 kisi jendela	
鐵絲網圍牆 pagar duri/kawat	
驅趕,驅逐,轟走 halau,usir	
灑滿地的油漆 ketumpahan cat	
襲擊,突擊,臨檢 penggeberakan	
驕傲自大,大頭症 besar kepala, terlonjak	
髒的,汙染,下流的,敗壞,不純淨的 kotor	
竊竊私語,耳語,流言蜚語,風言風語,謠言 desas-desus	
顯眼,刺目,招搖 mencolok mata	
驚慌失措 kebakaran jenggot	
靈車 mobil jenazah	

例句

> Berhati-hatilah saat berwisata sendirian, Anda harus waspada dengan pedagang atau pekerja migran sekampung yang menawarkan barang dagangan, kadang-kadang mempunyai niat terselubung.
> 注意個人旅遊時,必須警覺推銷商品的商人或同鄉移工,有時背後有企圖。

> Berkunjung ke pasar-pasar malam di Taiwan, hendaknya menasihati tamu asing untuk berhati-hati pencopet/pencuri atau maling.
> 去台灣夜市參觀,應該勸告外國客人小心扒手或小偷。

> Ternyata dia selalu membawa-bawa namaku untuk kepentingan dirinya sendiri. Punggung saya berhadapan dengan dinding.

明顯地，他一直為了個人利益牽扯上我的名字，我已經被逼到絕境。

➢ Saat menerima telepon dari penipu, kita harus langsung tutup telepon.
當接到詐騙者的電話，我們必須直接掛掉電話。

➢ Sesampai di rumah sakit korban dinyatakan sudah meninggal dunia.
一送到醫院，受害者就被宣布已經死亡/到院前死亡/到院前心肺功能停止(OHCA)。

➢ Pelakunya sudah polisi tangkap.
警察已經逮捕嫌犯。

➢ Perbuatannya tidak selaras dengan ucapannya.
他做的和說的不一致/言行不一。

➢ Dia dikabarkan ditahan karena diduga makan sogok.
據報他因為疑似收賄而被收押。

➢ Rumahnya kebobolan, barang-barang yang berharga habis disikat.
他家遭竊，全部的貴重物品被偷光。

➢ Yang berpiutang menerima, yang berhutang membayar.
債權人收債，債務人還債。

➢ Wanita itu menghantamkan tinjunya ke dada suaminya.
那女士用拳頭打她先生的胸部。

➢ Polisi mencurigai Anda sebagai pelaku penipuan dengan modus koperasi simpan pinjam(KSP).
警察懷疑你是老鼠會(龐氏騙局)手法的詐騙者。

➢ Seorang pemuda tewas setelah belikatnya ditikam pisau rekannya.
一名年輕人被他同伴的刀刺殺肩胛骨後方死亡。

➢ Uangnya kami sudah dapat.
我們錢已經拿到了。

➢ Kunci mobil yang hilang itu sudah dapat.
那把遺失的車鑰匙已經找到了。

➢ Suami pinjam uang untuk judi dan kalah, kok saya yang ditagih?
先生借錢賭博而且輸錢，為什麼我要被追債？

➢ Belum dibayar, sudah diambil saja.
還沒付錢就隨便拿走。

➢ Dia menggunakan paspor sebagai jaminan dan menandatangani surat sanggup bayar.
用護照質押並在借據上簽名。

➢ Mereka bertopeng untuk tidak dikenali orang lain.
他們戴上面具為了不要讓別人認出。

➢ Kali ini giliran siapa menarik arisan?
這次輪到誰收會錢？

➢ Bajak memaksa masuk vila milik salah satu warga lokal secara paksa tanpa ada izin dari

pemilik.
強盜未經屋主許可，強行進入當地 1 位居民所擁有的別墅。

➤ Kekacauan itu terjadi hanya karena satu orang yang tidak tertib mengantre.
那場混亂的發生只是因為 1 個不守排隊秩序的人。

➤ Semalam mal perbelanjaan di seberang jalan itu kemasukan/didatangi pencuri.
昨晚對街的購物商場遭小偷。

➤ Dia adalah salah satu buronan polisi Jakarta.
他是雅加達警方的通緝犯之一。

➤ Kami mendatangi orang yang diduga sudah memukul anakku.
我們去找被懷疑打我們小孩的人。

➤ Nanti kalau ada yang tanya, bilang saja kita wisatawan.
待會如果有人問，只要說我們是觀光客就好。

➤ Orang-orang tertentu yang dibolehkan masuk ke daerah itu.
某些人被允許進入那地區。

➤ Toko emas itu didatangi pencuri kemarin.
那家金店昨天被小偷光顧。

➤ Dia sering menimpa uang ibunya.
他經常偷他媽媽的錢。

➤ Upahnya habis untuk belanja rumah tangga.
他的薪水都花在家庭上。

➤ Protes yang dilakukan petugas itu sangat merugikan bagi kantor.
那名員工的抗議對公司傷害很大。

➤ Kepergiannya di luar pengetahuan orang tuanya.
他的旅行連他父母也不知道。

➤ Akhirnya diketahui juga siapa.
終於知道這些人是誰。

➤ Saya tidak tahu hal ini kok!
我不知道這件事呀！

➤ Saya kira tidak begitu=Saya tidak berpikir begitu=Saya tidak berpikir seperti itu=Bukan begitulah.
我不這麼認為。

➤ Parangnya itu disasarkan ke jantung lawannya.
他把開山刀刺向對方的心臟。

➤ Patut dia tidak bisa pergi.
難怪他去不成。

➤ Mereka itu belum hadir semuanya.
他們還沒有到齊。

一夫多妻制 poligami	
人妖 banci, bencong,pria itu betina , waria	
入贅 semenda	
丈夫 suami	
三胞胎 kembar tiga	
不要只從道德的角度來看 tidak semata-semata dari sudut pandang moral	
太太 istri	
夫妻 pasangan suami istri(pasutri)	
少婦,年輕媽媽 ibu muda	
心被打動,受感動 tersentuh hati	
心愛的人 kekasih hati	
父母,老人 orang tua	
父母雙方 kedua orang tua	
出軌,越軌 ke luar rel	
外遇對象,小三,小王,小老婆,情婦 laki-laki/pria simpanan, (女)piaraan, perempuan simpanan, selingkuhan	
未婚男女 orang lajang	
未婚妻 calon istri	
生父 ayah kandung	
生母 ibu kandung	
同父異母 seayah tidak seibu	
同居 kumpul kebo	
同性伴侶 pasangan sesama jenis	
同性婚姻 pernikahan sesama jenis	
同性婚姻登記 pendaftaran pernikahan sesama jenis	
同胞,近親,親戚,親屬,家族 kerabat	
年輕男女 pemuda-pemudi, (男)pemuda, (女)pemudi, pemuda putri	
成年人 orang dewasa	
有丈夫 bersuami	
有太太 beristri	
血緣關係 nasabah, pertalian darah	
血親 hubungan darah	
告白 mengaku cinta	
招贅 memungut	
非婚生子女,私生子 anak tidak sah ,anak yang lahir di luar nikah, anak gampang	
非婚姻關係 di luar nikah	
前夫 eks/bekas suami	

前妻 eks/bekas istri	
前戀人 mantan pacar	
姻親 hubungan perkawinan	
娘家 rumah ibu	
真愛 cinta sejati	
祖孫三代(一親等)tiga angkat	
娶妾,娶小老婆 memadu,menduai	
娶為妻 beristrikan/memperistri	
婚生子女 anak sah	
婚姻 kawin, nikah	
通姦,與通姦,通姦行為 berzina/zina, menzinai, perzinaan	
通姦者 penzina	
單身,未婚 lajang	
單身生活 hidup melajang	
單親媽媽 ibu berstatus orang tua tunggal	
結為連理(結婚)menjalin ikatan pernikahan	
結婚 menikah, melakukan nikah	
結婚雙方 peserta nikah	
結婚證明小冊 buku akta nikah[11](回教徒)(印尼宗教事務局核發)	
結婚證書 surat keterangan perkawinan/menikah	
嫁給(男)bersuamikan/mempersuamikan	
愛 cinta	
義子,乾兒子 anak angkat	
遠親 kerabat jauh	
劈腿,腳踏兩條船,外遇,不忠,不專情,背叛 menduakan cinta, perselingkuhan	
養,養育,撫養 piara	
養子 anak piara	
養小三 memiara gundik	
養父 ayah angkat	
養母 ibu angkat	
激情 getaran hati	
獨身 melajang	
親密的 karib	
親屬 kaum kerabat	
親屬關係 pertalian keluarga	
戴綠帽,出軌,通姦 melangkahi laki	

---

[11] 在印尼與回教徒結婚，必須先去宗教事務局申辦「結婚證明小冊(Buku Akta Nikah)」，再去民政局/民事事務局申領「結婚證書(Surat Keterangan Perkawinan/Menikah)」，結婚證書上會登載結婚證明小冊的號碼。

雙胞胎 bayi kembar	
繩,帶 tali	
繼父 ayah tiri	
繼母,後母 ibu tiri	
孿生弟妹 adik kembar	
戀愛,墜入愛河 jatuh cinta	

例句

> Dia memperistri orang Indonesia.
> 他娶印尼人為妻。

> Kedua wanita mempunyai sangkutan keluarga.
> 這兩位女性有親戚關係。

> Soal dalam rumah jangan dibawa ke luar.
> 家醜不外揚。

> Gadis itu hanya ingin mempergauli pebisnis kaya dan berketurunan bangsawan.
> 那少女只想和富商及官二代(貴族後裔)交往。

> Selebriti itu beraja kepada uang.
> 那明星拜倒在金錢之下。

> Saya penasaran siapa sebenarnya wanita cantik itu.
> 我非要弄清楚那漂亮的女人實際上是誰。

> Perempuan itu ditelantarkan suaminya.
> 那女人被丈夫遺棄了。

> Kasus pernikahan lintas negara semacam ini tidak sedikit.
> 這類的跨國婚姻案件不少。

> Dia masih dalam perkara cerai
> 他還在打離婚官司。

> Putrinya kesayangan dan kekasih hati menjalin ikatan pernikahan di bawah taburan berkat orang banyak.
> 他的寶貝女兒和心愛的人在許多人祝福之下結為連理。

Ayat III-6.2. 家族稱謂表 (Peta Sebutan Kekeluargaan)

　　每個國家親屬關係(Pertalian Keluarga)裡的家族稱謂都有它的民族及文化特性,印尼也不例外,但印尼文的稱謂不像中文一樣可以簡單區分清楚,比如印尼文「kakak」,是指「哥哥或姊姊」,如果一定要細分,則可加上性別「kakak laki-laki(哥哥)」、「kakak perempuan(姐姐)」,另外,中文「姊妹」簡單兩個字,若用印尼文表示,會說成「kakak perempuan beradik perempuan」這麼長一串字,可省略成「kakak beradik perempuan」,「adik(弟弟妹妹)」也是如此區別,例如「adik kembar」是指「孿生的弟弟、妹妹或弟妹」。

為利理解，下方是作者自繪的「**家族稱謂表(Peta Sebutan Kekeluargaan)**」，除了血親(Pertalian Darah)外，印尼文的「姻親(Keluarga Semenda)」親屬關係(Pertalian Keluarga)也沒有分得很清楚，下表用方格內括號及網底「(██)」表示彼此有夫妻(Pasutri)關係，例如：「bibi(伯母,嬸嬸)、paman(姑丈)、bibi(舅媽)、paman(姨丈)、kakak/adik ipar(大嫂/弟媳)、kakak/adik ipar(姊夫/妹夫)」，可以看得出來光講「bibi」，可以代表血親關係的「伯母、嬸嬸」，也可以指姻親關係的「舅媽」，其他如「paman(姑丈、姨丈)」及「kakak/adik ipar(大嫂/弟媳、姊夫/妹夫)」也是如此。另外，父親的兄弟(伯伯、叔叔)的小孩為「堂」兄弟姊妹，所生子女稱為「姪子/姪女」；但父親的姊妹(姑姑)的小孩則要稱為「表」兄弟姊妹，所生子女則為「外甥/外甥女」，不過「姪子/姪女、外甥/外甥女」印尼文都是一樣的「anak sepupu,ponakan/keponakan」，可知印尼人沒有把父親或母親那邊的「家族血親(Keluarga Sedarah)」親屬關係分的那麼清楚，例如爺爺奶奶和外公外婆、伯伯叔叔姑姑和舅舅阿姨、堂兄弟姊妹和表兄弟姊妹等，印尼文都是相同單字，若真的要細分，可在親屬後方加上「來源」也就是「dari ayah(來自父親)」或「dari ibu(來自母親)」以區別來自父或母哪一邊，也就是說「paman dari ayah」是指「伯伯叔叔」，而「paman dari ibu」則是指「舅舅」，依此類推。

下表均特別以括號加底線及粗體「**(__)**」強調，以作為區別，原則上是看是否同個家族，以前大部分是以「同姓」與否作區分，當然現在子女可選擇從父或從母姓，就不能簡單判斷了，讀者也可以試著用印尼文繪製出自己的「家譜(Aluran, Silah-silah, Susur galur)」，彼此親屬關係請參考下表：

例句

➤ Ayah memperutangi diriku sekian juta US dolar dan sampai saat ini belum mengembalikannya.
父親借了幾百萬美金給我個人，到現在還沒償還完。

➤ Dia adalah anak kedua dari tiga bersaudara.
他是三兄弟中排行老二的。

➤ Bapak Irvan dan ibu Devi bukan keluarga sedarah melainkan keluarga semenda.
Irvan 先生和 Devi 女士不是血親而是姻親。

➤ Karena anak tunggal dan selalu dimanja, maka sampai dewasa pun sifatnya masih kekanak-kanakan.
因為是獨生子而且被寵壞，所以長大成人了都還有幼稚的個性。

➤ Rupanya dia berkeluarga dengan Presiden itu.
看起來他跟那位總統有親屬關係。

➤ Orang tua itu berbesar hati mengampuni anaknya yang durhaka.
那父母仁慈的饒恕他們不孝的小孩。

➤ Kepergian ayah yang tiba-tiba membuat kami sekeluarga sangat terpukul.
父親突然去世讓我們全家很受打擊。

➤ Sejak kehilangan anggota keluarganya, sekarang ini dia hidup dalam kesendirian.
自從喪失家人，現在他一個人獨居。

家族稱謂表(Peta Sebutan Kekeluargaan)

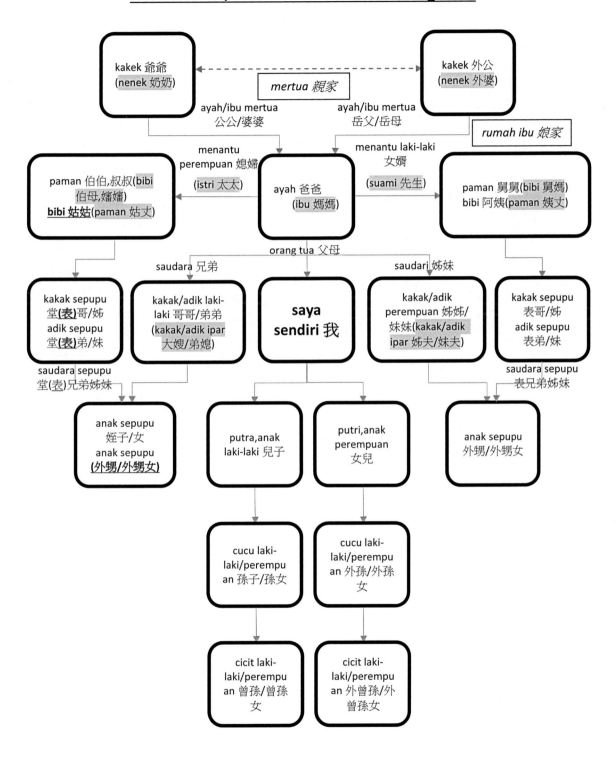

Ayat III-6.3. 妨害性自主(性侵)/性騷擾相關用語

口交 blow job, seks oral, sepong
口腔 rongga mulut
大陰唇 labia majora
子宮 kandungan, rahim
小陰唇 labia minora
已經有肉體關係 sudah berhubungan badan
內褲 celana dalam
分泌 sekresi
月經 menstruasi
付贍養費,供養,包養 menafkahi
包皮 kulup
失戀,分手 putus cinta,berpisah
奶頭 mata susu
生計,謀生手段,生活費,贍養費,收入,生活開支 nafkah
同床睡,(非法)性交,同房,同睡一張床 berseketiduran, meniduri, seketiduran
卵子 sel telur
屁股 pinggul
肚子,腹部 perut
肚臍 pusat, pusar
肛交,雞姦 sodomi
乳房,胸部 dada, payudara, ruang susu, susu, tetek
乳房豐滿 bernas susunya
享樂主義(者)hedonis
來月經 datang bulan
刺激,使興奮 perangsangan
性生活 nafkah batin
性慾 libido, nafsu seks
性慾高漲 libido yang tinggi
性器官 alat kelamin, aurat
保險套 kondom
前列腺 prostat
前戲 pemanasan
背後式,狗爬式 doggystyle
胎記 tanda badan
射精 ejakulasi, keluar
胸罩 BH(beha, buste hpunder)
高潮 orgasme
做愛,性交 berasmara, bersetubuh

情人幽會,約會 kencan/berkencan	
接吻,聞 cium	
處女膜 vagina	
陰莖 kontol, penis	
陰蒂 klitoris, kepala klitoris	
陰道 lubang vagina	
腎上腺 anak ginjal	
賀爾蒙 hormon	
陽痿 impoten	
搓奶 pegang tetek	
會陰,股間 kangkang	
睪丸 skrotum	
腰 pinggang	
精子 sel sperma	
精液,淫水 air mani	
裸體,生殖器 aurat	
慾望,渴望,食慾,性慾,怒火 nafsu	
衛生棉 pembalut	
龜頭 kepala penis	
曖昧 kabur	

例句

> Dia telah ditetapkan sebagai tersangka atas kasus pemerkosaan siswi SMP berusia 13 tahun.
> 他已經被認定是 13 歲國中女生性侵案的嫌犯。

> Pelaku mengancam korban bila tidak mengikuti keinginan pelaku akan menyebarkan video berseketiduran tersebut.
> 嫌犯威脅受害者，如果不從，將散布該不堪(性交)錄影。

> Jaksa menuntut dia pemerkosa 13 santriwati dengan hukuman mati.
> 檢察官以他性侵 13 位女學生，具體求處死刑。

Ayat III-6.4. 社交媒體用語

上傳 unggah	
上傳新聞到臉書 mengunggah berita ke FB	
下載 unduh	
以虛擬方式參加會議 hadiri sidang secara virtual	
正式 LINE 帳號 akun LINE resmi	
在社交媒體上互相衝突 saling singgung di medsos	
在數位平台 pada platform digital	

在臉書按讚 tekan "like" pada FB	
在臉書發文 memposting/postingan di FB	
私訊 jalur pribadi, jaringan pribadi(japri)	
使用權,存取 akses	
社交媒體 media sosial(medsos)	
被 Twitter 帳號上傳 diunggah oleh akun @... di Twitter	
筆記型電腦(筆電)laptop	
虛擬/線上會議 rapat virtual/online	
貼文, po 文, 發文 posting/memposting, postingan	
電子郵件 surat elektronik	
網頁 laman/halaman, halaman situs	
網站 situs web, website	
網路,網絡 jaringan	
網路交友 teman kencan daring/online	
數位化 digitalisasi	
駭客,駭客攻擊活動 peretas/peretasan	
點選圖示,點選圖標 klik ikon	
簡訊 pesan singkat	

例句

> "Warung internet" yang dimaksudkan dengan "warnet."
> "Warnet"所指的意思是"網咖"。

> Saya menghubunginya melalui WhatsApp.
> 我透過(社交軟體)WhatsApp 聯繫他。

> Saya mengaku tidak mengetahui bagaimana Anda mendapatkan nomor WhatsApp miliknya.
> 我承認不瞭解你是如何得到她的 WhatsApp 號碼的。

> Postingan tersebut telah menimbulkan diskusi panas di antara netizen di Internet, dan banyak netizen yang meninggalkan pesan.
> 這貼文已經在網際網路上網民間出現熱烈討論，並且有許多網民留言。

> Jenis kriminalitas digital baru semakin beragam seiring perkembangan dan majunya teknologi multimedia. Tersangka bisa menangani teknologi pemalsuan "DeepFake" untuk mencangkok wajah selebriti dan membuat video orang dewasa untuk dijual. Sebanyak ratusan orang telah menjadi korban. Pakar keamanan informasi mengingatkan bahwa teknologi pemalsuan semacam ini dapat mengubah pernyataan politikus secara sewenang-wenang dan membuat warga percaya sehingga dapat digunakan untuk mengancam pihak keamanan nasional.
> 新的數位犯罪類型伴隨著多媒體技術發展與進步而越來越多樣化，犯罪嫌疑人可以利用"Deepfake"偽變造技術來剪接名人臉孔，製作成人影片販售，受害者已高達數百人，資訊安全專家警告這一種偽變造技術能夠隨意地改變政治聲明並讓民眾相信，所以能夠被用來威脅國家安全。

➤ Pertanyaan pembaca dikirim ke email abc@def.com dan di-cc ke ghi@jkl. Berikut pertanyaan lengkapnya.
讀者的問題以電郵寄到 abc@def.com 並寄副本給 ghi@jkl，以下是完整問題。

延伸閱讀(流行用語)

隨著社交媒體的普及，常常會見到一些流行得很快但卻不知所云的字詞，字典往往查不到，例如，「kangen(想念,思慕)」、「pengen(想要)」、「beneran(真的)」等，甚至還有用「摩斯密碼(Kode Morse)」或「反向密語(Bahasa Balik)」的情形，如果想跟印尼人深入交往，不妨稍微瞭解一下這些「社交用語(Bahasa Gaul)」，摘要舉例如下：

類型	原字	中文意義
4646/patnam patnam	mantap mantap	很棒
530	aku cinta kamu	我愛你、我喜歡你
meneketehe	mana ku tahu	我怎麼知道,我哪知道
wkwkwk/wekwekwek/waka-waka-waka /weka-weka-weka	gue ketawa	哈哈哈(我笑了)

例句

➤ Untuk mengakrabkan diri dengan tamu, saya sering menggunakan bahasa gaul.
為了拉近個人與客人距離，我經常使用社交語言。

延伸閱讀(罵人用語)

印尼文當然也有「髒話(Kata Kotor)」、「嘴裡不乾淨,出口成髒(Mulut Kotor)」，例如「si 字首人格化名詞」有些具有「鄙夷、貶意」，可以用來罵人，比如「si babi 那隻豬」，如同「kerbau」，除了正常意思「水牛」外，還有「蠢貨、傻瓜、笨蛋」等罵人的隱含意義，這跟直接罵人的「髒話(kata kotor)」不同，但使用都要非常謹慎。其他如「mengacungkan jempol/ibu jari(翹起大拇指)」有「稱讚、棒、帥」的意思，但若「mengacungkan jari tengah」或「memberi jari tengah」則是「比中指」的意義，具有挑釁、污辱意味，讀者可不要隨便亂用喔！

大草包,傻頭傻腦 besar gajah	
去你的,放狗屁,屎,糞便 tai/tahi	
多嘴 banyak bacot	
你這豬玀！Babi lu!	
那胖子 si gemuk	
那隻豬 si babi	
那該死的人 orang yang terkutuk itu	
垃圾人,髒東西,噁心的傢伙 penjorok	
狗屁 tahi anjing	
狗東西,畜生,狗 anjing, asu	
臭小子,這男的 si pria	

臭小孩 dasar anak	
婊子,騷貨,花癡 jablay(jarang dibelai)	
猴死囡仔 dasar monyet	
幹,操 fucek, mengentot/ngentot	
蠢貨,傻瓜,笨蛋,水牛 kerbau	

例句

➢ Si Agung mengacungkan jari tengah kepada penyepeda itu.
   阿貢那傢伙對自行車騎士比中指。

➢ Jangan banyak bacot lu!
   你別多嘴！

➢ Ngentot! Kamu memang bangsat!
   幹！你真他媽的是個混蛋！

延伸閱讀(tuna-字首)
「tuna」有「傷、損壞」等意思，放在字首的例子彙整如下：

文盲,不識字 tunaaksara
失業(者)tunakarya
身障,肢體障礙(者),殘障 tunadaksa, cacat fisik/tubuh
無殼蝸牛(族),無房者 tunawisma
視障者,瞎,盲 tunanetra, buta
傷,損壞 tuna
精神障礙(者),精障,智障,弱智 tunagrahita, cacat mental
語障者,言語功能障礙(者),啞 tunawicara, bisu
營養不良 tunagizi
聽障者,聽覺功能障礙,瘖,聾 tunarungu, tuli

延伸閱讀(船的種類)
印尼文「船」的用法有「perahu」及「kapal」兩種，經蒐集分析後發現，原則上的分類應該是以「機械動力」與否來做區分，舉例如下：

類　　型	意　　　義	範　　　　　　　　　　　　　　　　　　　　　例
perahu	小船,舟,艇 (非機械動力)	perahu layar 帆船、perahu naga 龍舟、perahu pinisi 印尼傳統風帆船(比尼西)
kapal	大船,艦 (機械動力)	kapal feri 渡輪、kapal pesiar 遊艇,郵輪、Kapal perang Indonesia(KRI)印尼軍艦、kapal induk 航空母艦、tempur kapal 戰艦、kapal selam 潛水艇,潛艦、kapal penyelamat 救生艇、kapal penarik 拖船、kapal udara 飛船、kapal muatan 貨船、kapal laut(洋)輪船、kapal nelayan 漁船

延伸閱讀(團體)

印尼文「團體」有好幾種說法，類型、意義及範例摘要如下表：

類　　型　　/　　意　　義	範　　　　　　　　　　　　　　　　　　　　　　例
集團,階層,界 golongan	golongan radikal 激進派、golongan menengah 中間階層、golongan kecil 少數派、golongan darah 血型
集團 kawanan	kawanan penyelundup 走私/偷渡集團、kawanan ikan 魚群
團體,協會,聯合會,聯邦,公司,同盟,聯盟 serikat	Serikat Pekerja Rumah Tangga Kota Taoyuan 桃園市家庭看護工職業工會、Perserikatan Bangsa-Bangsa(PBB)聯合國、Amerika Serikat(AS)美利堅合眾國
團體,協會 ikatan	Ikatan Pekerja Indonesia di Taiwan(IPIT)印尼在台勞工聯盟
團體,協會 kumpul/perkumpulan	perkumpulan amal 慈善團體、kumpul kebo 同居
團體,機構,組織 wadah	wadah kekuasaan 權力機構
團體 lompok/kelompok	Kelompok kriminal bersenjata(KKB)持械犯罪集團、kelompok keagamaan 宗教團體
團體 rombongan	rombongan wisata 旅行團
團體 sindikat	sindikat penipuan/penipu 詐騙集團

延伸閱讀(弱勢)

弱勢家庭,清寒家庭 keluarga kaum lemah, kelurga kurang beruntung
弱勢族群 kaum lemah/rentan
弱勢團體 kelompok tidak mampu

Ayat III-6.5. 公文/書信用語

公文 surat dinas
主旨,主題,議題 perihal
正本(收文者),收件者,敬啟者 kepada yang terhormat, kepada Yth.,
有關 sehubungan dengan
明信片 kartu pos
信封 amplop, sampul surat
副本(收文者)tembusan Yth
寄信者 sipengirim(Sip:)
章戳,印章,圖章 cap, stempel, teraan
郵票 perangko
敬上,謹啟,敬啟 hormat, hormat dan salam
橡皮章 stempel karet
黏信封 melem amplop

例句

延伸閱讀(標點符號 Tanda Baca)

大寫 huruf besar	括號 tanda kurung (()[]{})
小寫 huruf kecil	箭號 tanda panah (→)
空格 spasi	等號 tanda sama (=)
特殊符號 simbol-simbol khusus (@#$%^&*)	驚嘆號 tanda seru (!)
冒號 tabda titik dua (:)	問號 tanda tanya (?)
斜線 tanda garis miring (/)	逗點/號 tanda titik koma (,)
連字號 tanda hubung (-)	句點/號 tanda titik (.)

例句

> Burung-burung itu terbang mengangkasa membentuk tanda panah.
> 那些鳥以箭號隊形飛向天空。

延伸閱讀(圈叉符號)

印尼文「打叉(V)」和「打勾(X)」以及其他「○、□、△」等符號的用法如下,台灣人原則用「V、○」做選擇,可是有些印尼人和外國人卻是習慣用「X」。

勾號 tanda centang (V)	三角形符號 tanda segi tiga (△)
圈號,圓形符號 tanda lingkaran (○)	叉號 tanda silang (X)
正方形符號 tanda persegi (□)	

例句

> Berilah tanda centang (V) untuk kalimat yang mengungkapkan harapan!
> 在表示"希望"的句子上打勾。

> Berilah tanda silang (X) di huruf a, b, c, atau d sebagai jawaban yang benar.
> 在正確答案的字母 a、b、c 或 d 上打叉。

> Kata-kata yang salah ejaannya dilingkari tinta merah.
> 在拼錯的詞上畫圈圈。

Ayat III-6.6. 慰問用語 (Ucapan Hiburan)

我很好 Waalaikum Salam (回答語)(阿拉伯語)
沒關係,不要緊,沒那回事！Tidak apa-apa!
表示哀悼之意,節哀順變 Menyatakan turut belasungkawa/ikut/turut berdukacinta!
保重,當心！Jaga diri!
祝早日康復！Semoga cepat sembuh!
願真主的平安、慈悲及祝福與你同在 Assalamu'alaikum Warahmatullahi(wr.)/Wabarakatuh(wb.) (回教徒間問候語)(阿拉伯語)

例句

➤ Mudah-mudahan Tuhan melimpahkan berkatnya kepada kalian.
  願上帝賜福於你們。

➤ Mohon maaf lahir dan batin.
  我出生到這世上帶著罪，如果有什麼對不起的地方，請原諒我。

➤ Ini terjadi karena Allah.
  發生這事是阿拉/真主的旨意。

➤ Saya akan memberi ampun kepada orang yang sudah tobat.
  我將對悔改的人給予寬恕。

Ayat III-6.7. 交通標誌/道路標線/路口號誌

範例交通標誌(Rambu Lalu Lintas)/道路標線(Marka Jalan)/路口號誌(Lampu Persimpangan)

小心油漆未乾 AWAS CAT BASAH
小心搶劫 AWAS COPET
小心路滑 AWAS JALAN LICIN
可以停車 BEBAS PARKIR
單雙號車牌制 BERPLAT NOMOR GANJIL-GENAP
禁止照相 DILARANG FOTO
禁止在此吐痰 DILARANG MELUDAH DI SINI
禁止丟垃圾 DILARANG MEMBUANG SAMPAH
禁止在此停車 DILARANG PARKIR DI SINI
禁止兩輪以外車輛停車 DILARANG PARKIR, KECUALI RODA DUA
此路不通 JALAN BUNTU
週日/假日除外 KECUALI HARI MINGGU/LIBUR
現在減速 KURANGI KECEPATAN SEKARANG
天雨路滑 LICIN WAKTU HUJAN
很抱歉造成不愉快 MOHON MAAF ATAS KETIDAKNYAMANANNYA
請遵守交通標誌及道路標線 PATUHILAH RAMBU LALU LINTAS DAN MARKA JALAN
禁止通行 TERTUTUP UNTUK KENDARAAN
三合一/三人共乘制 TIGA DALAM SATU

例句

➤ Dilarang merokok di dalam pesawat.
  禁止在飛機內吸菸。

小提醒(Bebas)
因「Bebas」有「免費」和「禁止」兩種意義，所以會造成路邊告示牌上的「BEBAS PARKIR」到底是指「免費停車」還是「禁止停車」的爭議，印尼網路討論多傾向前者「免費停車」的意思，所以如果寫「BEBAS BIAYA PARKIR」比較不會誤會，而「BEBAS MEROKOK」

就是「禁止吸菸」的意思，這比較不會有懸念。

附錄 III-1：公務、社會事務相關用語 -節錄

一片美麗 membentang indah
一半,不完全,不徹底 setengah,separuh
一次買足必需品 membeli segala barang kebutuhan sekaligus
一言不發 diam membisu
二手舊書 buku bekas
人山人海,人海 lautan manusia
人情味,人道的,人性的 manusiawi
人間煉獄,悲慘世界 neraka dunia/manusia
人群 kerumunan orang
人牆 pagar betis
人類 insan
刀槍不入 kebal
三言兩語 sepatah dua patah
三倍券 kupon triple
上流社會 masyarakat kelas atas
下定決心 bertekad, membulatkan tekad
下定義 memberi definisi
下流社會 masyarakat kelas bawah
下結論,做結論 kesimpulan ditarik
千辛萬苦,辛辛苦苦,賣命,賣力 berjerih payah, bersusah payah, jerih lelah
口袋,錢袋,腰包 kocek
士氣高漲 semangatnya luap
大批的,大量的,大規模的 massal
大幅改變 berubah drastis
小丑 badut
小巧的,可愛的 mungil
小技巧 Tips
小艇 sekoci
川流不息 lalu lalang
工作獎勵 hadiah kerja
干涉,干預 campur tangan, mencampuri, intervensi
不出席,不在場 ketidakhadiran
不可能那麼倒楣 tidak mungkin begitu sial
不吉利的時刻 saat naas/nahas
不好意思 segan
不孝,叛逆,忤逆(者)durhaka

不透氣的 kedap udara	
不會發生任何事,什麼事都不會發生 tidak akan terjadi apa-apa	
不辭辛勞 tidak lelah	
中低收入居民 warga berpenghasilan rendah dan menengah	
中彩券 kena/tarik lotre	
中間階層 golongan menengah	
中獎 kena undi	
之字形,Z 字形 zigzag	
五倍振興券 kupon revitalisasi 5 kali lipat,kupon revitalisasi quintuple	
內心深處,心坎裡 lubuk hati	
公文 surat dinas	
公托服務 pelayanan pengasuhan publik	
公事,公務 pekerjaan dinas	
公務,值勤,出差 dinas	
公眾人物 publik figur	
反宣傳 kontra propaganda	
天平,秤,收支平衡,均勢,平衡 neraca	
心地正直,誠實 lurus hati	
心胸開闊 lapang dada	
心慌意亂 kegalauan hati	
戶籍,住所 domisili	
手段 sarana	
手機支付 pembayaran seluler	
手機座 dudukan ponsel	
方法,方式,作法,辦法,計謀,手段,說法,叫法,讀法 cara	
比速度 beradu cepat	
火化 pembakaran mayat	
主角 tokoh utama	
付費更換 tukar tambah	
凹痕,槽 galur	
出席,參加,在場 menghadiri, partisipasi	
出席宴會 hadir pada perjamuan	
出遠門的物品,配備的東西,謀生手段,生活必需品 bekal	
加入,結合 menghubungkan diri dengan	
去雅加達玩 pergi main ke jakarta	
去睡,上床睡 masuk/pergi tidur	
古代人 orang zaman dulu	
古老的 kuno	
古典,古董 antik	

叫救護車 panggil ambulans	
召開/舉行會議 menjalani sidang	
可憐的,橫放的 malang	
可憐的命運 nasib malang	
可靠 handal	
台北市民 warga Taipei	
外貌,外觀,外表 penampakan	
外縣市 luar kota dan kabupaten	
失格 diskualifikasi	
失望,遺憾,沮喪 berputus asa, kecewa	
失誤 gawal	
失魂落魄 hilang arwah	
左右兩側,左鄰右舍 kiri-kanan	
左撇子 kidal	
平民,老百姓,人民 preman, rakyat jelata, warga sipil	
必需品 barang kebutuhan	
正在專心地開玩笑 tengah asyik bercanda	
正式管道 saluran resmi	
正確配備的物品 bekal perlengkapan yang tepat	
民間故事 cerita rakyat	
民間組織 lembaga swadaya masyarakat(LSM)	
生命 hayat	
生命的 hayati	
生命寄託 gantungan jiwa	
生計,謀生手段,生活費,贍養費,收入,生活開支 nafkah	
用力 pakai tenaga	
用中文印刷 tertera dalam bahasa Mandarin	
用功,勤勞,努力 berjuang, rajin	
交換名片 tukar-menukar kartu nama	
任務 tugas	
先決條件,前提 prasyarat	
先想想看 pikir-pikir dulu	
光芒,光輝,華麗,榮耀,榮譽 semarak	
全神貫注 melimpahkan segenap perhatiannya	
全國模範移工 pekerja migran buruh nasional	
共同點 titik persamaan/temu	
共識,贊成,同意,意見一致,協議,磋商 mufakat	
再生,可回收,可循環使用,週期 daur ulang	
再生物品,可循環使用的物品 barang daur ulang	

列入計畫 memprogram	
印章,圖章,章戳 cap, stempel, teraan	
合作,團隊合作 bekerja sama, kerjasama, sama kerja	
合情合理的,理所當然的,天然的,正常的,本來的 wajar	
名人,名流 orang terkemuka	
回收 daur ulang	
因素,要素 unsur	
在意,在乎 acuh	
地下水位 kadar air tanah	
地區 daerah, kawasan, wilayah	
好客,友好 bersahabat	
好運 untung baik	
好運氣 nasib baik	
好機會,好時光 paksa	
字面上的 harfiah	
安心即時上工計畫 Program Keselamatan Kerja	
年終獎金 40 個月薪水 bonus akhir tahun 40 bulan gaji	
年輕小孩 berupa anak-anak muda	
年輕生命 jiwa muda	
年輕的,青春的 belia	
托嬰中心 pusat penitipan bayi	
收養,認領 memungut	
有名的,著名的 kondang	
有家的感覺,習慣,住得慣,忍受的了 betah	
有消息流傳 beredar kabar	
有臭臉,板著臉 bermuka cemberut	
有獎抽籤 undian berhadiah	
有趣,滑稽,可愛 lucu, imut	
有繫鍊條的狗 anjing berantai	
死板的,僵化 kaku	
百姓,人民 kawula, rakyat	
老人活動中心 pusat kegiatan manula	
老舊的 butut	
自由的 leluasa	
自我介紹 memperkenalkan diri	
自拍 swafoto	
自拍棒 tong sis	
自辦 swadaya	
行政,總務 tata usaha	

行動,行為 aksi, operasi, tindakan, ulah	
行動服務列車 mobil layanan keliling	
行善,做好事 beramal	
伸直腿 meluruskan kaki	
住宅區,社區 kompleks rumah	
利用語言優勢 dengan kelebihan bahasa	
利潤,命運 untung/keuntungan	
努力,企圖,進取 berusaha, giat	
吵雜,雜亂 kegalauan	
吹氣泡 meniup gelembung udara	
呆萌 gemes	
告訴我 kasih tahu saya	
均衡 seimbang	
完美 sempurna	
希望最好的 berharap yang terbaik	
快要倒塌的,年老體衰 reyot	
快點,很快就,容易 lekas	
我們的工作夥伴們 para mitra kerja kami	
我試著先檢查(看看)coba saya cek dulu	
投贊成票 memberi suara pro	
汞,水銀 rasa,air rasa	
決心,意志,毅力 tekad	
沙包,沙袋 karung pasir	
私下的,不公開的,	
私心,企圖 pamrih	
罕見,稀有,供不應求 langka	
走路外八字 jalan mengangkang	
身體姿勢 postur tubuh	
辛苦的,疲累的 jerih	
防水 kedap/tahan air	
防火 tahan api	
防治,救援,搶救 penanggulangan	
防衛,保衛,辯護 membela	
並行 paralel	
事物 benda	
事務 urusan	
事情 hal, ihwal	
例行公事 tugas rutin	
具體的,明確的 spesifik	

協尋名單 daftar pencarian orang(DPO)	
受訪者 narasumber	
命,命運 nasib	
命令,指令 perintah	
和平的,平靜的,安心的 tenteram	
官僚化 biroktatisasi	
定居,設戶籍 berdomisili	
定義 definisi	
居民,居住者,成員 warga	
居民稠密 padat penduduk	
居住 duduk, huni	
居住地 tempat kediaman	
幸福 bahagia	
拆貨 membongkar muatan	
拉,拽,拉近,拉攏 raih	
拋過來拋過去 lontar	
服從,遵守 patuh, taat	
果實,水果,成果,談話主題,(量詞)個 buah	
歧視,不平等待遇 diskriminasi	
沿著走 berjalan menyusuri, menyusuri	
玩,進行,演奏,表演,隨意地,做(壞事)main/bermain	
直的,筆直的,正直的,直接的 lurus	
社會福利 kesejahteraan sosial	
空的密封塑膠袋 kantong plastik klip kosong	
花環,花籃,花圈,花束 karang/karangan bunga, rangkaian bunga	
金紙,紙錢 kimcoa, kertas uang-uangan	
金屬探測器 alat pelacak logam	
長者,長老 tetua	
附近居民 warga sekitar	
附屬,聯繫,有關 afiliasi	
非常,很,甚,十分,激烈的,嚴重的,迫切的 sangat	
非營利組織 organisasi nirlaba(NGO)	
削減 pangkas	
哀傷,悲傷,悲哀 duka, sungkawa	
垂直 tegak lurus	
姿勢 postur	
宣傳 propaganda	
帥,帥氣 ganteng, tampan	
幽靈 orang halus	

建立合作 menjalin kerja sama	
建築群,合成的,複雜的,綜合的 kompleks	
按照規定用電 penggunaan listrik secara teratur	
洽公,出差 bertugas, dinas keluar	
看不見的生物 makhluk halus	
看不見摸不著的,細小的,有禮貌的,柔軟的 halus	
研討會參加者 peserta seminar	
科學的 ilmiah	
背景 latar, latar belakang	
致歡迎詞 memberikan kata sambutan, pidato sambutan	
計畫 program	
重大的 substansial	
重擔 beban berat	
食慾,慾望,趣味 selera	
個人為效勞,奉獻本身 mengabdikan diri	
倒楣的日子 hari naas/nahas	
值勤,值班 berdinas	
悅耳的 merdu	
時間和空間問題 soal waktu dan ruang	
核能發電廠 Pembangkit Listrik Tenaga Nuklir(PLTN)	
消防車 mobil pemadam kebakaran	
消防器材 alat damkar	
消息 kabar	
消氣 reda amarah/marah	
消耗電池電力,耗電 menguras baterai	
消除,消失,清除,消滅 eliminasi	
留下口哨聲 menahan siulan	
真正的好朋友 sahabat sejati	
真倒楣 sialan	
神聖的 suci	
秘訣,訣竅,竅門 kiat	
笑話 lelucon	
純潔的心 hati yang bersih	
純樸的 lugu	
能力所及,能力,天意,本性,標準,品味,身分,地位,大約,大概 kadar	
能夠,可以,得到 memperoleh, mendapat, meraih	
能夠準時實施 dapat berjalan tepat waktu	
草案,草稿,草圖,藍圖 buram	
荒謬的 konyol	
討論,商討,溝通,講 berbicara, bercerita, berunding	

記者 wartawan	
記者會 konferensi/pertemuan pers	
起床 bangun tidur	
起源,開端,最初 mula	
停止,中止 henti, setop	
動動手指(示意) cuit	
參加,參與 ikutserta	
參加者 peserta	
商務 urusan bisnis	
執行,實施 melaksanakan, menerapkan, mengadakan, menunaikan	
執法 menegakkan hukum	
婚宴 pesta pernikahan	
寄售物 barang amanat	
密封的 kedap	
專門術語 istilah	
專案,特別工作 satuan tugas(Satgas)	
屠宰場 rumah potong	
帶來好運 memberi rezeki	
常見,普通 lazim	
強烈,猛烈,酷熱 terik	
彩排,預演 geladiresik	
得獎者 peraih penghargaan	
掃描 QR Code memindai kode QR	
採訪 wawancara	
探望,看望,探(頭)jenguk	
探望爺奶 menjenguk kakek & nenek	
推薦,介紹 menawarkan, merekomendasikan	
敏感 peka	
救生艇 sekoci penyelamat	
救護員,救生員,救護工具 petugas penyelamat,penyelamat	
晚宴 jamuan makan malam	
條碼 barcode	
深處,深淵 lubuk	
清道夫 penyapu jalan	
現代人 orang zaman modern	
理由,根據,論點,見解,證據,定律 dalil	
理想的 ideal	
眼光 tilik	
笨手笨腳 canggung	

第 1 次見面 perjumpaan pertama kali	
粗心,疏忽,馬虎,大意 abai, ceroboh, keteledoran, lalai, lengah	
累,疲倦,疲勞 lelah	
細微差別 nuansa	
組織 organisasi	
組織系統,堆積物,結構,構造 susunan	
統治權,行政管理 pemerintahan	
處事做人 membawa diri	
袋子,口袋,錢袋 kandung	
被絆住,遇到阻礙 tersandung	
被變成新能源 energi terbarukan	
貨架被掃光(乾淨)rak barang disapu bersih	
通知,告訴 beritahu, sampaikan	
通訊系統 saluran komunikasi	
逝世,去世(大人物)wafat	
部落,種族 ras, suku	
野心,抱負 ambisi	
閉幕致詞 pidato penutup	
陳腔濫調,八股,俗套,底片,複製品 klisé	
備用 cadangan	
勞工楷模,模範勞工 buruh teladan	
善於交際的,柔軟的,靈活的 supel	
喘息服務 layanan bantuan	
圍著坐 duduk kepung	
圍繞著 kepung	
報紙 koran, surat kabar	
報酬,獎賞,功績,善行 pahala	
報導 memberitakan	
就職典禮 lantik	
就職演說 pidato pelantikan	
循環,周期 daur	
愉快,歡樂 ceria	
愉快旅遊 berwisata ceria	
提出(意見),建議 mengemukakan	
提出批評 melontarkan kritik	
握手,互相握手 berjabat tangan, bersalaman, jawat tangan, saling bersalaman	
敦親睦鄰,互助合作,分工合作 gotong royong	
智商 kapasitas intelektual(IQ)	
最低點 titik terendah	

最高紀錄 rekor tertinggi	
最新的 mutakhir	
棒,讚,厲害,了不起,不簡單,猛烈的,激烈的 hebat	
棕色頭髮少女 gadis berambut pirang	
渴望,願望,心願 hasrat	
無私 tanpa pamrih	
無聊,膩了 bosan	
無殼蝸牛(族),無房者 tunawisma	
焦了,糊了 gosong	
焦土 bumi hangus	
發出海嘯警報 sirene tsunami berbunyi	
發出聲音 mengeluarkan bunyi	
稍微傾斜,平緩的 landai	
等級,階級,評比,名次,排名 peringkat	
給人民的總統文告 amanat presiden kepada rakyat	
訴苦 melontarkan keluhan	
超越,超過 melampaui, melebihi, menyalip, unggul	
開始出名 marak	
開玩笑 bercanda	
開幕致詞 pidato pembukaan	
階段,狀態 fase	
亂哄哄的,吵雜的,雜亂的 galau	
催淚瓦斯 gas air mata	
傳真 faksimili	
塊狀物 bata	
塗口紅 memerahi bibir	
想要 hendak, ingin, mau	
想像(力),空想,幻想 imajinasi	
意志堅強 teguh hati	
愚笨 bodoh	
感謝言詞 ucapan syukur	
慈善機構 badan amal	
搬上銀幕,拍成電影 melayarputihkan	
新聞,消息 berita, warta	
概括,總結 memberi kesimpulan	
準備,籌備 sedia, siap	
滅火器 pemadam, pemadam api	
照片 foto, potret	
當初的場地 tempat semula	
睜大眼睛看 menajamkan mata	

矮人,侏儒 kurcaci	
節約用水 memakai air secara irit	
節儉的,節約的,節省的 irit	
群居生活 hidup berkawan	
群眾,聚集 kalangan masyarakat, kerumunan,massa	
義演 pertunjukan amal	
義賣 jual amal	
萬物,生物,大眾,公眾,民眾 khalayak	
誠實的,可信任的 amanah, jujur	
資訊不對稱 kesenjangan informasi	
跟隨,伴隨,陪同,一起 bareng, ikut	
跨坐 duduk mengangkang	
運行,流通,循環 edar	
過時的,陳腐的,陳舊,破舊 usang	
電子抽籤 pengundian elektronik	
電流 setrum	
電影明星 bintang film	
像本地居民一樣融入 berbaur seperti penduduk setempat	
夥伴 mitra	
徹底分析 dikupas tuntas	
慷慨 murah hati	
截稿為止,到新聞出版為止 hingga berita ini diterbitkan	
暢銷 laris	
漂遠,沖走,(夜)深,晚,越來越嚴重 larut	
演說家 orator	
演講,演說 kuliah, pidato	
漲價的浪潮 gelombang kenaikan	
睡過頭 bangun kesiangan	
端正思想 meluruskan pikiran	
端莊 anggun	
精光,全部用完,賣完,熄滅 ludes	
精神 mental	
緊急 darurat	
與台灣居民完全融入 berbaur sempurna dengan masyarakat Taiwan	
與會者,出席者,來賓 hadirin	
舞台,看台,觀禮台 panggung	
豪宅 rumah mewah	
輔導,指導,引導 membimbing, membina, mengarahkan	
銀行存戶,主要顧客 nasabah	

銀幕 layar putih/perak	
魂飛魄散 terbang arwah	
儀式 upacara	
寬敞,心情舒暢,寬慰 lega	
廣告 iklan	
徵收 pungut	
慾望,願望 kehendak	
摩天輪 kincir ria	
播報者 pewarta	
暫停,暫停時間,休息時間 jeda	
標準作業程序 Seperangkat Prosedur Operasi(SOP)	
模樣,形狀 raut	
潮流退燒 tren memudar	
熟記 hafal	
熱烈討論 diskusi panas	
獎杯,高腳杯 piala	
獎金 gratifikasi, uang hadiah	
糊塗 linglung	
豎起耳朵聽 menajamkan telinga	
質地,質感,手感 tekstur	
踩香蕉皮滑倒 jatuh terpeleset kulit pisang	
輝煌 gemilang	
適合耕種 bercocok tanam	
鄰居 tetangga	
齒輪 jentera gerigi	
整理給他的報告 penyusunan laporan kepadanya	
機靈,敏捷 cekatan	
橡皮,橡膠,可隨意伸縮,拖拖拉拉 karet	
橡皮章 stempel karet	
激烈競爭 persaingan sengit	
激動的想起來 sangat teringat	
濃煙,雲團 kepul	
燒焦,燒壞 bergosongan, gosong terbakar	
螢光 pendar	
螢幕,幕,帆 layar	
親自出席/參加 hadir langsung	
謀生手段,生活必需品,生計,福分,運氣,便當 bekal, rezeki	
鋸子上的鋸齒 gerigi pada gergaji	
鋸齒,鋸齒狀的 gerigi	

靜靜地坐著 duduk membisu	
餐室,小吃店 rumah makan(RM),warung makan	
擬定(議程),編列,安排,陳列,整理 susun	
擬訂計畫 memprogramkan	
曖昧,不明,看不清,模糊不清,不清晰 kabur	
獲得獎杯 raih piala	
聯誼 menjalin cinta	
聰明,精明,有學問的,優雅 cendekia	
謠言 kabar angin	
轄區,管區 pengawasan	
邀請 ajak, undang	
鍊條,鍊子 rantai	
隸屬於政府的補習班 kursus yang bernaung di bawah pemerintah	
黏糊的,黏的,黏住 lekat	
擴音器 alat pengeras suara	
檯面下的 di bawah tangan	
竄出濃煙 kepulan asap tebal	
轉好幾道手 dari tangan ke tangan	
轉折點 titik balik	
雙薪家庭 keluarga berpenghasilan ganda	
雜誌 majalah	
壞運 untung buruk	
寵壞,嬌慣 manja	
曠日廢時 berbuntut panjang	
贊成與反對 pro dan kontra	
蹭飯 menumpang makan	
邊,邊緣 susur	
關心 kekhawatiran, perhatian	
嚴重的,嚴峻的 parah	
攙扶,跛行 tatih	
競爭(越來越)激烈 persaingan (semakin) panas	
競爭對手 kawan berlomba	
警犬 anjing pelacak	
警戒 kawal	
警報器 sirene	
警報聲 bunyi sirene	
警察詢問,問,疑問 tanya	
攝影師,拍照者 pemotret, fotografer	
魔術,戲法 sulap	

歡樂的,快樂的 ria	
驕傲的,自豪的,仁慈的,高興,心胸開闊,真誠接受 besar hati	
變魔術 main sulap	
靈敏性,敏感度 kepekaan, sensitivitas	
靈魂,精神 arwah	

附錄 III-2：人體各部位名稱(Tubuh Manusia) -節錄

Mata

air mata(眼淚)
alis mata(眉毛)
anak mata(瞳孔)
cuci mata(只逛不買,飽眼福)
gas air mata(催淚瓦斯)
mata acara(節目,議程)
mata alamat(靶子,目標)
mata angin(風向)
mata bedil(準星)
mata buku(關節)
mata dekat(近視)
mata huruf(字母)
mata jauh(遠視)
mata kaki(踝關節)
mata luka(傷口)
mata pelajaran(課目,課程)
mata pena(筆尖)
mata petir(閃電)
mata piano(鋼琴鍵)
mata pisau(刀刃,刀片)
mata sapi(荷包蛋)
mata susu(奶頭)
mata uang asing(外幣)
mata uang(硬幣)
mata(眼睛)
mata-mata(偵探,間諜)
saksi mata(目擊者)
sekelap mata(一眨眼,一瞬間)
tatapan mata(眼神)

Hati

berkesal hati(悶悶不樂)
besar hati(傲的,心胸開闊)
buah hati(肝臟)
getaran hati(激情)
hati-hati(小心)
iri hati(羨慕)
karat hati(壞心腸)
kata hati(感覺,念頭,慾望)
kegalauan hati(心慌意亂)
keikhlasan hati(誠心,真心)
kelesuan/patah hati(灰心)
keruh hati(心術不正)
lekas kecil hati(容易生氣)
lubuk hati(內心深處,心坎裡)
lurus hati(心地正直,誠實)
mengiris hati(心痛,傷痛)
murah hati(慷慨)
radang hati(肝炎)
rendah hati(謙虛,低調)
rentan hati(易動肝火,懷恨在心)
sakit hati(痛心,難過)
senang hati(高興,快樂,愉快)
sesuka hati(隨心所欲)
setengah hati(三心兩意)
teguh hati(意志堅強)
tinggi hati(高傲)

動作
berjabat tangan(握手)
bertepuk tangan(拍手)
geleng kepala(搖頭)
memeluk(擁抱)
mengucek mata(揉眼睛)
menyapa(問候,打招呼)

人體各部位名稱(Tubuh Manusia)

alis mata 眉毛
anak mata 瞳孔
batang hidung 鼻樑
biji/bola mata 眼珠
bulu mata 眼睫毛
dagu,rahang bawah 下巴/顎
hidung 鼻子
jambang/cambang 鬢角,髯
jenggot(下巴)鬍子
jerawat 青春痘,粉刺
kantong mata 眼袋
kelopak mata ganda 雙眼皮
kelopak mata 眼皮
kumis(嘴上鼻下)鬍子
kuping,telinga 耳,耳朵
lesung pipi 酒窩
liang hudung 鼻孔
liang mata 眼窩
mata 眼睛
pipi,wajah,muka 臉,臉頰/龐
tetua 雀斑

kepala 頭
kulit kepala 頭皮
dahi 額頭
rambut 頭髮
botak 禿頭
otak 頭腦

bibir 嘴唇
gigi buatan 假牙
gigi manis 門牙
gigi 牙
lidah 舌頭
mulut 嘴,口
rongga mulut 口腔
taring 虎牙
umbi gigi 牙根

badan,tubuh 身體
bahu 肩膀
batang tenggorok 氣管
kerongkongan 食道,咽喉
kulit 皮膚
leher 脖/頸子
otot 肌肉
saluran pencernaan 消化道
saluran pernapasan 呼吸道
syarat 神經
tendon 肌腱
tenggorokan 喉嚨
urat daging 筋,腱

belakang,punggung 背部
(tulang)belikat 肩胛骨
tulang belakang 脊椎骨
tulang punggung 背骨
tulang 骨頭
mata buku,persendian 關節
pinggul,pantat,panggul 屁股,臀部
dubur 肛門

dada,payudara,ruang susu,susu,tetek 乳房,胸部
tulang rusuk,iga 肋骨
perut 肚子,腹部
pinggang 腰
mata susu 奶頭
pusat,pusar 肚臍
tanda badan 胎記

lengan tangan 手臂(上臂+前臂)
batang/lengan atas 上臂
siku 手肘
batang lengan,lengan bawah 前臂
pergelangan tangan 手腕
tangan 上肢(手部+臂部)
telapak tangan 手掌
punggung tangan 手背
jari tangan 手指
ibu jari,jempol(大)拇指
telunjuk jari 食指
jari tengah 中指
jari manis 無名指
jari kelingking 小指
kuku 指甲

jantung 心臟
paru,paru-paru 肺
hati,buat hati 肝臟
kandung empedu 膽,膽囊
lambung 胃
ginjal 腎
pankreas 胰臟
rahim,kandungan 子宮
usus 腸子
perut buta/buntu 盲腸
kandung kencing 膀胱
rektum 直腸

alat kelamin,aurat 性器官
amandel 扁桃腺
anak ginjal 腎上腺
darah 血液
pembuluh darah 血管
pembuluh nadi,arteri 動脈
kardiovaskular 心血管
sel darah merah 紅血球
hormon 賀爾蒙
sel sperma 精子
sel telur 卵子

kaki 下肢,腳部
paha 大腿
lutut 膝蓋
betis 小腿
perut betis 小腿肚
pergelangan kaki 腳踝
mata kaki 踝關節
telapak/perut kaki 腳掌
punggung kaki 腳背
jari kaki 腳趾
tumit 腳後跟

範例公告 1

Pengumuman
公告

    Diumumkan kepada seluruh pengusaha dan pengguna angkutan umum. 茲通知所有公共運輸業者與乘客

    Sehubungan dengan kenaikan BBM (Bahan Bakar Minyak), Menteri Perhubungan mengeluarkan keputusan sebagai berikut. 鑑於油料漲價，交通部長頒布決定如下

1. ....

2. ....

3. ....

(內容)

    Demikian pengumuman ini dibuat untuk dilaksanakan sesuai dengan ketentuan. 為符合實施規定，特製作本公告

Jakarta, 17 Agustus 2021
(發出公告)地點和日期

Ketua Organda
陸路運輸組織主管

Jakarta Taipei School (JTS)
Jl. Raya Kelapa Hybrida, Blok QH Kelapa Gading Permai Jakarta 14240 Indonesia
(信頭)
==

Jakarta, 22 September 2021
(寫信者)地點和日期

Nomor : (信件編號)
Hal   : (事由)
Lamp : (附件)
Yth. Orang Tua Siswa/siswi JTS (收信者地址)
di tempat

Dengan hormat, (開頭問候語)
....
....
....
(信件內容)

hari, tanggal   : Minggu, 10 Oktober 2021
tempat   : Aula sekolah JTS
                   Jl. Raya Kelapa Hybrida,
                   Blok QH Kelapa Gading Permai Jakarta
waktu   : 09.00 (WIB) – selesai

   Demikian surat undangan ini saya buat. Atas perhatiannya, saya ucapkan terima kasih. 我特別寫了這封信，我對於您的關心表示感謝

Hormat dan salam saya, 本人敬上(結尾問候語)
Kepala Sekolah 校長(信件簽名者職稱)

Endang

Drs. Endang Usman, M.Pd. (信件簽名者全名)

Harga

harga barang(物價)
harga jadi(成交價)
harga mati/pas(不二價)
harga naik(漲價)
harga saham(股價)
harga(價格)
paruh harga(半價)
potong harga(減價)
uang penghargaan(感謝金)

附錄 III-4：位置(Lokasi)/方向(Arah)

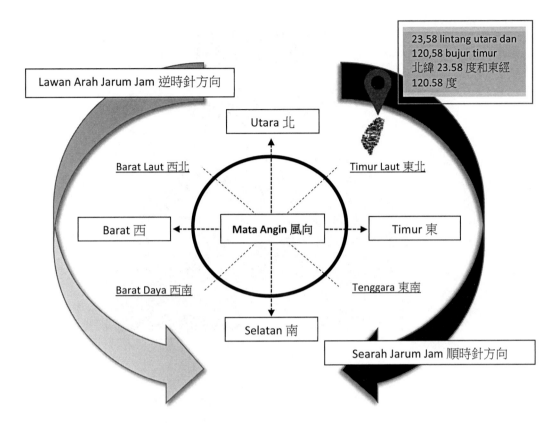

若要像羅盤(Kompas)一樣再細分，可從最北端(0°)，以順時針方向、每22.5°角來劃分表示：

角度	方向(縮寫)	角度	方向(縮寫)
0°/360°	Utara 北(U)	180°	Selatan 南(S)
22.5°	Utara Timur Laut 北北東(UTL)	202.5°	Selatan Barat Daya 南南西(SBD)
45°	Timur Laut 東北/北東(TL)	225°	Barat Daya 西南/南西(BD)
67.5°	Timur-Timur Laut 東北東(TTL)	247.5°	Barat-Barat Daya 西南西(BBD)
90°	Timur 東(T)	270°	Barat 西(B)
112.5°	Timur Tenggara 東南東(TTG)	292.5°	Barat-Barat Laut 西北西(BBL)
135°	Tenggara 東南/南東(TG)	315°	Barat Laut 西北/北西(BL)
157.5°	Selatan Tenggara 南南東(STG)	337.5°	Utara Barat Laut 北北西(UBL)

1."人與人的連結"印尼文說法是"Daging Ketemu Daging(肉碰肉)"。
2."綠色的桌子(Meja Hijau)"是指"法院"，所以"Seret Ke Meja Hijau"是"上法庭"。
3 印尼文"免費房間/飯店(Rumah/Hotel Prodeo)"就是比喻"監獄(Penjara)"。

(問題在第 36 頁)

第4章 Bab IV

補充資料
Pelengkap

menang(贏) vs kalah(輸)

口蜜腹劍 Di luar bagai madu, di dalam bagai empedu

Bab IV_補充資料(Pelengkap)

訴訟程序中會遇到的事物(務)之繁雜程度超乎你我想像，有些並不是直接相關，但卻會影響通譯品質好壞，本章收錄例如「軍事」、「連接詞」、「副詞」等，並保持以英文字母分類編排，相關字詞與用法儘量放在一起，以加強印象、便於記憶。

Pasal IV-1. 外交、政治用語 -節錄

165 專線 aluran 165
一個中國政策 kebijakan Satu-Tiongkok
人口老化趨勢,人民社會結構老化趨勢 tren menua susunan sosial masyarakat
人道走廊 koridor/jalur kemanusiaan
三邊會談 pertemuan segi tiga
子孫,後裔,後代 keturunan
中立國 negara netral
中美 3 個聯合公報 Tiga Joints Communiqués antara Tiongkok dan Amerika
中國共產黨(中共)Partai Komunis Cina(PKC)
互不干涉內政原則 prinsip tidak mencampuri urusan dalam negeri masing-masing
互相尊重國家主權 saling menghormati kedaulatan negara
互惠主義,互利共生 mutualisme
互惠的,雙方的 timbal, timbal balik
公墓 pemakaman umum
友好國家 negara sahabat
文盲,不識字 tunaaksara
日本外務省 kementerian Luar Negeri Jepang
日據時期 pendudukan Jepang
王子,親王 pangeran
王室 Kerajaan
世界 dunia
世界動物衛生組織 Organisasi Kesehatan Hewan Dunia(OIE)
世界貿易組織 Organisasi Perdagangan Dunia(WTO)
世界經濟論壇 Forum Ekonomi Dunia(WEF)
世界衛生大會 Majelis Kesehatan Dunia(WHA)
世界衛生組織 Organisasi Kesehatan Dunia(WHO)
出生(率)angka kelahiran, natalitas
加入制裁俄羅斯的行列 bergabung dalam jajaran pemberi sanksi bagi Rusia
北大西洋公約組織(北約)東翼 sayap timur NATO
去納粹化 denazifikasi
台澎金馬個別關稅領域 Zona Tarif Terpisah Taiwan, Penghu, Kinmen, Matsu
台灣僑民(台僑)diaspora Taiwan

台灣關係法 UU Hubungan Taiwan	
四方安全對話 Quadruple Security Dialogue(QUAD)	
外交部長 menteri Luar Negeri	
外交關係 hubungan diplomatik	
外來人士在臺生活諮詢服務熱線(1990)Hotline bantuan warga negara asing di Taiwan	
平等互惠原則 prinsip kesetaraan dan timbal balik	
白宮 Gedung Putih	
全球百大最有權力女性 100 Wanita Paling Berpengaruh di Dunia	
全球警察通訊系統 I-24/7 Sistem Komunikasi Polisi Global I-24/7	
印太區域穩定 stabilitas kawasan Indo-Pasifik	
印尼女華僑 wanita overseas Cina asal Indonesia	
印尼華人/裔,華裔印尼人,娘惹人 keturunan/peranakan Tiongkok/Cina, chindo(Chinese-Indonesia)	
危害國家利益 melawan kepentingan nasional	
合作瞭解備忘錄 nota kesepahaman kerja sama	
地緣政治 geopolitik	
有台灣之名的身分/地位 berstatus nama Taiwan	
死亡(率)angka kematian, mortalitas	
血統純正的公民 warga negara asli	
改革 reformasi	
改變區域現狀 mengubah status quo regional	
里程碑 tonggak	
亞太經濟合作會議 Kerjasama Ekonomi Asia-Pasifik(APEC)	
亞太經濟合作會議經濟領袖高峰會 Konferensi Tingkat Tinggi(KTT) Pemimpin Ekonomi APEC	
亞洲開發銀行 Bank Pembangunan Asia(ADB)	
亞裔 keturunan Asia	
使者,使節 duta	
使關係深化 memperdalam hubungan	
兩手策略 pendekatan keras & lunak	
兩岸 antara selat	
和平 damai	
和平協議 persepakatan damai	
和解 berdamai	
委員會 panitia	
居民密度世界最高 kepadatan warga tertinggi di dunia	
承認剛獨立的國家 mengakui negeri baru merdeka	
東沙群島 kepulauan Pratas	
東南亞國家協會(東協/亞細安)Nasional Asia Tenggara(ASEAN)	
東海 Laut China Timur	
迎賓彩門 pintu gerbang kehormatan	

阿拉伯裔印尼人 peranakan Arab	
非物質文化遺產 warisan kemanusiaan untuk budaya non-bendawi	
南沙群島 kepulauan Spratlys	
南海 Laut China Selatan	
持中立態度 bersikap netral	
政府公報 lembaran negara	
政治庇護 suaka politik	
政治舞台 kancah politik	
政治壓力 tekanan politik	
政權,政體 rezam	
政變 kudeta	
流氓國家 negara nakal	
美國國務院 kementerian Luar Negeri Amerika	
降半旗 mengibarkan bendera setengah tiang	
凍結銀行資產 membekukan aset bank	
消滅貧窮 pembasmian kemiskinan	
烏克蘭駐以色列大使 duta besar Ukraina untuk Israel	
破壞台灣形象 merusak citra Taiwan	
納粹 nazi	
納粹化 nazifikasi	
純印尼人,新印尼人 Indonesia totok	
高峰會 pertemuan puncak	
區域全面經濟夥伴協定 Kemitraan Ekonomi Komprehensif Kawasan(RCEP)	
國共內戰 perang saudara Kuomintang dan Partai Komunis Tiongkok	
國家利益 kepentingan negara	
國家政權更替 alih kekuasaan negara	
國際民航組織 Organisasi Penerbangan Sipil Internasional(ICAO)	
國際刑警組織 Organisasi Polisi Kriminal Internasional(INTERPOL)	
國際的 antarabangsa, internasional	
國際航空運輸協會 Asosiasi Pengangkutan Udara Internasional(IATA)	
國際移民組織 Organisasi Internasional untuk Migrasi(IOM)	
國際觀 perspektif internasional	
國慶煙火表演 pertunjukan kembang api untuk Hari Nasional	
執政 menjabat negeri	
從事務實外交 berdiplomasi pragmatik	
條約,協定 perjanjian	
混血印尼人 peranakan	
第 2 回合會談 perundingan babak/putaran kedua	
第 8 屆新住民及其子女築夢計畫 Proyek pembangunan Impian Penduduk Baru dan Anak-anaknya Angkatan ke-8	

貧富差距 kesenjangan kaya-miskin	
陰謀 konspirasi	
援助 turun tangan	
無國界記者組織 Wartawan Tanpa Batas(RWB)	
痛苦指數 indeks kesengsaraan	
華僑,(民國以後)新客,華人移民 Cina/Tiongkok totok, huan-na(番仔)	
華語文能力測驗 tes kemahiran bahasa Mandarin(TOCFL)	
越南新移民第二代 generasi kedua imigran baru Vietnam	
塔里班,神學士 Taliban	
奧林匹克運動會(奧運會)Olimpiade	
新南向政策 Kebijakan Baru Arah Selatan(NSP)	
照會 Nota	
禁運 embargo	
經濟合作暨發展組織 Organisasi untuk Kerjasama Ekonomi dan Pembangunan(OECD)	
跨太平洋夥伴全面進步協定 Perjanjian Progresif dan Komprehensif untuk Kemitraan Trans-pasifik(CPTPP)	
僑民 diaspora	
僑生 pelajar keturunan Cina	
實施制裁 menerapkan sanksi	
蒙古籍貨輪,懸掛蒙古旗幟的貨輪 kapal kargo berbendera Mongolia	
領事事務 Kekonsuleran	
暴政,暴行 rezam brutal, tirani	
歐洲聯盟 Uni Eropa(UE)	
談判,協商 negosiasi	
遭竊與遺失旅行文件系統 Sistem Dokumen Perjalanan yang Dicuri dan Hilang	
獨裁者 diktator	
獨裁政治 kediktatoran	
親西方 pro Barat	
瞭解備忘錄 nota kesepahaman,Memorandum Saling Pengertian(MOU)	
總部設在巴黎 berbasis di Paris	
聯合國 Perserikatan Bangsa-Bangsa(PBB)	
聯合國人權理事會 Dewan Hak Asasi Manusia (HAM) PBB	
聯合國安全理事會(安理會)常任理事國 anggota tetap Dewan Keamanan PBB	
聯合國秘書長 sekjen PBB	
聯合國難民事務高級專員署(聯合國難民署)Agen Pengungsi PBB, Komisioner Tinggi Perserikatan Bangsa-Bangsa untuk Pengungsi(UNHCR)	
聯合會,聯盟,協會 persatuan	
識字率 angka melek huruf	
難民 pengungsi	
難民營 kamp penampungan pengungsi, pemukiman pengungsi	

例句

> Paspor diplomatik adalah paspor yang diberikan kepada pegawai negeri, pejabat negara tertentu yang akan melakukan perjalanan ke luar dari negaranya karena tugas diplomatik.
> 外交護照是給予因為外交任務將出國從事公務行程的公務員及重要官員。

> DPR Amerika meloloskan RUU dengan 425 suara untuk mendesak Departemen Luar Negeri membantu memulihkan status Taiwan sebagai anggota pengamat di WHO.
> 美國眾議院以 425 票通過修正法案，敦促國務院協助台灣恢復在世界衛生組織中的觀察員地位。

> Nota itu disampaikan melalui saluran diplomatik.
> 照會是透過外交途徑提出的。

> Kementerian Luar Negeri Prancis mengusir enam agen intelijen/mata-mata Rusia yang ketahuan menyamar sebagai diplomat.
> 法國外交部驅逐 6 名以外交人員身分掩護的俄羅斯情報人員。

> Kematian yang disebabkan virus corona telah satu juta orang di Amerika Serikat, maka Gedung putih mengibarkan bendera setengah tiang sebagai tanda berkabung.
> 美國因為疫情的死亡人數已經 100 萬人，所以白宮降半旗哀悼。

Pasal IV-2. 國家名稱 -節錄(A-Z)

Afghanistan 阿富汗
Amerika Latin 拉丁美洲
Amerika 美國/Amerika Serikat(AS)美利堅合眾國
Arab Saudi 沙烏地阿拉伯
Argentina 阿根廷
Australia 澳洲
Austria 奧地利→Wina 維也納
Belanda 荷蘭
Belarus/Belarusia 白俄羅斯
Belgia 比利時
Bhutan 不丹
Brasil 巴西
Brunei Darussalam 汶萊
Burma 緬甸
Dubai 杜拜
Filipina 菲律賓
Hongaria 匈牙利

Indonesia 印尼
Inggris 英國
Irak 伊拉克
Iran 伊朗
Irlandia 愛爾蘭
Israel 以色列
Italia 義大利
Jamaika 牙買加
Jepang 日本
Jerman 德國
Kamboja 柬埔寨
Kamerun 喀麥隆
Kanada 加拿大
Kazakhstan 哈薩克
Kirgis 吉爾吉斯
Kiribati 吉里巴斯
Kolombia 哥倫比亞
Korea Selatan 南韓
Kuba 古巴
Laos 寮國
Lituania/Lithuania 立陶宛
Makau 澳門
Malaysia 馬來西亞
Meksiko 墨西哥
Nikaragua 尼加拉瓜
Palau 帛琉
Perancis 法國
Polandia 波蘭
Portugis 葡萄牙
Republik Ceko 捷克
Rusia 俄羅斯
Selandia Baru 紐西蘭
Singapura 新加坡
Slovenia 斯洛維尼亞
Slowakia 斯洛伐克
Spanyol 西班牙
Suriah 敘利亞
Swiss 瑞士
Taiwan 台灣/Republik Tiongkok(RT)中華民國
Thailand 泰國

Timor Leste 東帝汶	
Tiongkok 中國/daratan Tiongkok 中國大陸/Republik Rakyat Tiongkok(RRT)中華人民共和國	
Turki 土耳其	
Ukraina 烏克蘭	
Uni Emirat Arab(UEA)阿拉伯聯合大公國	
Uzbekistan 烏茲別克	
Vanuatu 萬那杜	
Vatikan 梵諦岡	
Vietnam 越南	
Yaman 葉門	
Yunani 希臘	

例句

> Afghanistan pada dasarnya berbeda dari Taiwan, Korea Selatan dan NATO.
> 阿富汗在本質上與台灣、南韓和北大西洋公約組織不同。

> Ukraina secara resmi mengajukan permohonan bergabung dengan Uni Eropa (EU).
> 烏克蘭正式提出加入歐盟的申請。

Pasal IV-3. 軍事用語 -節錄

二次世界大戰(二戰)Perang Dunia II/dunia kedua
人民解放軍 tentara pembebasan rakyat(PLA)
士兵 prajurit
女兵 wirawati
子彈 pelor, peluru
不對稱 asimetris
反擊 serangan balik
手榴彈 granat/granat tangan
水雷 ranjau laut
包含好幾百個彈藥的集束炸彈 bom kluster berisi ratusan munisi
四個月(軍事訓練)役期 masa wajib militer 4 bulan
外籍傭兵 serdadu sewaan
外籍戰士 milisi asing
正中靶心,擊中目標 tepat mengenai sasaran
生化武器 senjata biologi-kimia
地雷 ranjau darat
好戰分子 jago bertempur
自我防衛 bela diri

低軌衛星 satelit orbit rendah	
作戰演習 latihan perang	
兵役 dinas tentara/militer	
冷戰 perang dingin	
完全符合徵兵條件 memenuhi syarat wamil	
攻擊 serang/serangan	
攻擊者 penyerang	
步兵 infanteri	
防空 pertahanan udara	
防空識別區 Zona Identifikasi Pertahanan Udara(ADIZ)	
防毒面具 topeng gas	
防暴網槍 pistol jala	
防衛 bela	
防禦工事,陣營,柵欄 kubu	
兩棲蛙人 manusia katak amfibi	
坦克,裝甲車 panser	
服兵役,徵兵 wajib militer(wamil)	
武裝(持槍)攻擊者 penyerang bersenjatakan senapan	
武器 senjata	
空中攻擊 serangan udara	
空軍 Angkatan Udara	
空域 ruang udara	
空對地飛彈 rudal udara-ke-darat	
前哨 pos terdepan	
前線 garis depan	
宣戰 deklarasi perang	
後備士兵 prajurit cadangan	
後備部隊 tentara cadangan	
持續軍事行動 terus melanjutkan operasi militer	
指南針,指南,準則 pedoman	
指揮官 komandan	
炮灰 umpan peluru	
炸彈之父(真空彈)bom termobarik(bom vakum), Bapa Segala Bom	
突然大角度俯衝 tiba-tiba menukik tajam	
軍事冒進 pertualangan militer	
軍事動員 pengerahan Militer	
軍事衝突 konflik militer	
軍官 perwira	
軍隊,部隊 bala, tentara	

軍隊防線 garis pertahanan tentara	
飛彈,導彈 peluru kendali(rudal)	
飛機跑道 landasan terbang/pacu	
校官 perwira menengah	
核能潛艦 kapal selam tenaga nuklir	
海軍 Angkatan Laut	
海軍陸戰隊 Korps Marinir	
砲彈 peluru meriam	
航空母艦 kapal induk	
退伍軍人 veteran	
停火,停戰 gencatan senjata	
國防裝備 Alat Utama Sistem Senjata(alutsista)	
密碼 kode sandi	
將官 perwira tinggi	
尉官 perwira pertama	
掃雷艇 kapal penyapu ranjau	
掩體 bungker	
望遠鏡 teleskop, teropong	
深水炸彈 bom laut	
現役 dinas aktif	
被擊落 jatuh tertembak	
部隊 pasukan	
陷阱 perangkap, ranjau	
陸軍 Angkatan Darat	
堡壘,要塞 benteng	
最前線 garis terdepan	
覘孔 lubang spion	
超音速飛彈,極音速飛彈 rudal hipersonik	
隊,艦隊 armada	
愛國的 patriotik	
愛國者防空飛彈系統→Sistem rudal anti-pesawat Patriot	
準星 mata bedil	
煙幕 tirai asap	
禁航區 area larangan terbang	
義務役士兵,民兵 milisi	
補給艦 kapal pasokan	
跳傘 terjun payung	
跳傘者 penerjun payung	
運輸機 pesawat angkut	

靶子,目標 mata alamat	
預備軍官 calon perwira	
對抗海盜(行為)演習 latihan perang melawan bajak/pembajakan laut	
槍 pistol, senapan	
槍托 gagang senapan	
漢光軍事演習 latihan militer Hanguang	
緊急狀況,危險狀況,危機 kemelut	
認輸,投降 kalah, menyerah	
領空 teritorial udara	
增援部隊 bala bantuan	
彈藥 munisi	
摩斯密碼 kode Morse	
敵人 musuh	
潛水艇,潛艦 kapal selam	
衛星影像 citra satelit	
憲兵 polisi militer/tentara	
戰力 kapasitas perang	
戰爭 perang/peperangan	
戰爭財 laba perang	
戰鬥的 militan	
戰術,戰略 muslihat perang	
戰術 taktis	
戰場 kancah peperangan, medan perang/pertempuran	
戰機 tempur pesawat	
戰艦 tempur kapal	
機械化步兵 infanteri bermotor	
應召入伍 mewamilkan	
環太平洋軍事演習 Latihan Militer Lingkar Pasifik(RIMPAC)	
舉行年度軍事演習 gelar latihan militer tahunan	
羅盤 kompas	
艦隊基地 pangkalan armada	
驅逐艦 kapal perusak	

例句

> Komandan itu memperalati pasukannya dengan sejumlah senjata mutakhir.
> 那指揮官用一些最新的武器裝備他的部隊。

> pasukan AS menarik dari misi sepanjang 20 tahun di Afghanistan.
> 美國部隊撤出在阿富汗長達 20 年的任務。

> Ketegangan hubungan Rusia dan Ukraina semakin memburuk, perang bisa terjadi kapan saja.
> 俄羅斯和烏克蘭的關係緊張越來越惡化，戰爭不論何時都可能發生。

Pasal IV-4. 連接詞 -節錄(A-Z)

agar, supaya(spy)為了,使得,以便
andaikata, contohnya 比方說,如果說
antara lain(a.l.)其中,例如
apabila, jika, kalau, seandainya 如果
apalagi, lagipula 而且,尤其,何況
asal/asalkan, melulu 最初的,起源,原狀,只要
atau 或
bagai/bagaikan/sebagai, kayaknya, laksana, misalnya, seakan/seakan-akan, seolah-olah, seperti, seumpama 彷彿,好像,例如
bahkan, sedang/sedangkan 而,連,甚至
bahwa
berhubung 鑑於,鑒於
berisi, termasuk 包含,包括
berkat, gara-gara, karena, lantaran, mentang-mentang, sebab, soalnya 因為,由於,因...而
bila perlu 必要時,如果需要
bila, ketika, saat, selama, waktu 何時,當
bila 時間,時候,何時,當...時候,如果
bukan saja...malah 不只...甚至
dalam pada itu 於此同時
dalam rangka 在過程中
dan, serta 和
di sisi lain, selain itu 除此之外
diantaranya 在其中
ditutup sementara 暫時關閉
dulu, lalu 先,以前
habis itu, kemudian, lalu, selanjutnya, sesudah/sesudah itu, setelah itu 然後,在那之後
hingga, sampai 到,直到
jadi, maka 所以,於是,因此
jangan sampai 別讓
jangankan 別說是
justru, malah, malahan 反而,還
kelak, lantas 直接,立即,以後
lebih lanjut 接著
lebih...daripada 比...更,與其

melainkan 而是	
mulai dari, sejak, semenjak 從,從...起	
mumpung 趁	
namun, tetapi/tapi 可是,儘管,然而	
oleh karena/sebab itu 因此,因而	
pada tatkala itu 當時,那時	
rangka 框架,輪廓,範圍	
saat naas/nahas 不吉利的時刻	
saat sempurna 良辰吉時	
saat 時,時刻,片刻,剎那,(命運)時刻	
sambil 一邊...一邊,	
sebelum itu 在那之前	
sebelum 之前	
sehingga 以致	
sehubungan 有關	
selain(包含自己)除了, kecuali(不含自己)除了	
sembari 邊...邊...,一面...一面...	
sementara itu 於此同時	
sementara 當,而,同時,暫時	
sesaat itu juga 即時,當場,就在當時	
sesaat lamanya 片刻,一剎那,一瞬間	
sesaat 片刻,瞬間	
setelah itu 在那之後	
setelah 之後	
tatkala 當...時候	
tetap 仍然	
untuk sementara 暫時,臨時	

Pasal IV-5. 副詞 –節錄(A-Z)

agak besar 大一點	
agak jauh 相當遠	
agaknya, kelihatannya, kiranya, rupanya, tampak 看起來	
agak 一點點,少數,滿,相當	
agar tidak 為了不要,以免	
air doang 全是水	
akhir-akhir ini, baru ini/baru-baru ini/terbaru, belakangan ini, sekarang ini 最近	
akhirnya, akibatnya, hasilnya 最後,結果,終於	
amat, banget, sangat, sekali 非常,很	

anak yang pemalas 懶惰的小孩	
aturannya 按理,本應,按常理	
bagaimana 怎樣	
baik...maupun/maupun 不論...還是,不是...就是	
balik, kembali, lagi, pula 重,又,再	
barangkali, mungkin 可能,也許,或許	
baru bisa 就會	
baru enak 才好吃	
baru mau 剛要,正要	
baru saja 才剛	
baru 剛,才	
basis 基礎,基本,基地	
baur seperti penduduk setempat 像本地居民一樣融入	
beberapa saat 一段時間	
beberapa tahun belakang 過去幾年	
beberapa waktu lalu 之前一段時間	
beberapa 好幾個	
begitu pula sebaliknya 反之亦然	
belaka, selalu, semua, senantiasa 一直,永遠,總是,老是,全是,純粹是	
belum banyak berubah 還沒有很多改變	
belum tentu 不一定	
belum/tidak pernah 不曾	
berbasis 有根據	
berbuntut panjang 曠日廢時	
berhubungan, berkait/berkaitan, mengenai, tentang, terkait, sehubungan, yang bersangkutan(ybs)有關,關於,有關聯	
beribu-ribu 成千上萬	
berikut ini adalah, sebagai berikut...以下是,如下	
berikut rinciannya 以下是細節	
berjarak jauh 相距遠	
Berkatalah yang benar!老實說吧！	
berkulit badak 厚臉皮	
bersama...dengan, sebagaimana 和...一樣	
bertambah-tambah, bertambah-tambah lagi/pula 一再增加,不斷增加,尤其是,再說	
bertolak belakang 互相背對背	
berubah menjadi lebih 變得更	
biasanya 通常	
bikin susah doang 只是製造麻煩	
bisa mabuk 會醉的	
bukan berarti 不是表示	

bukan hanya/saja...tetapi juga 不僅...而且	
bukan...tetapi/melainkan 不是...而是	
bukannya 不但不	
cuek saja 無所謂啦	
dadak/mendadak, tiba-tiba, sontak 突然地	
dan lain lain(dll)等等	
dan sebagai/sebagainya(dsb)和類似的	
dari awal sampai akhir 從頭到尾,自始至終	
dari sekarang ke muka 從現在起	
dari tadi 從剛剛開始	
dari uraian di atas 綜上所述	
demikian 這樣,如此,以至於	
dengan perkataan lain 換句話說	
dewasa ini 目前	
di depan umum 公開地,大庭廣眾地	
di kala susah 在困難的時候	
di kala 在...時候	
di luar perkiraan 預料之外	
dini, dulunya, masa lalu 過去,早期	
doang 只不過,全是	
enggan berbicara 不願說	
enggan 不肯,不要,不願意	
entah apa (yang)不知道...什麼	
entah asin entah manis 不管鹹還是甜	
entah-entah 或許,說不定	
entah 不知道,不清楚,或許,不知...還是不,不管...還是	
hampir, kira-kira, kurang lebih, nyaris, sekitar-sekadar 大約,將近,左右,差點,四周,差一點,幾乎	
hanya senang-senang 只是好玩	
hanya untuk jaga-jaga 以防萬一	
hanya untuk referensi 謹供參考	
hari nanti 將來	
harus, mesti, usah, wajib 必須,有義務,一定	
hendaknya, seharusnya, sepantasnya 應該,理應,按理,最好,希望	
hilang di waktu yang bersamaan 相同時間消失	
hujan dengan lebat sekali 雨下很大	
ini hanya untuk referensi saja 這謹供參考而已	
jahat betul 壞透了	
jalanin saja 隨緣	
jangan keburu-buru 不要慌慌張張	
jangkanya 理應	

jarang 不常,很少	
jauh lebih rendah 遠低於	
jauh lebih tinggi 遠高於	
jawab dengan baik 答得好	
jika/kalau tidak ingin 如果不要,以免	
juga masih belum 也還沒有	
juga, pun 也	
kadang-kadang/terkadang, sekali-sekali, sesekali 偶爾,很久一次,有時候	
kalau dapat 如果可以的話	
kala 當,時間,時候,時期,時代	
kayanya/kayaknya, layaknya, sepertinya(感覺)好像,比如,如同,感覺上	
ke atas 以上	
ke bawah 以下	
ke depan 之後,接下來	
kebalikannya(上下)顛倒,相反的	
keburu 早一步,匆匆忙忙,來得及	
kendati demikian, meski/meskipun, sekalipun, walau/walaupun 雖然,即使,雖然如此,儘管如此	
kerap, kerap kali, sering, sering kali 經常,常常	
keren habis 潮極了,帥呆了	
keren 潮,瀟灑,神氣,帥氣	
kian hari kian 越來越	
kian, kian ke mari, makin baik, semakin, semakin hari semakin 越來越,這麼多	
kini, masa kini, saat ini, sekarang 現在	
kukus sampai matang 蒸到熟	
kunjung 參觀,訪問,曾經	
kurang baik 不太好	
kurang bersahabat 不太好客	
kurang suka 不太喜歡	
kurang 不太	
kurung lengkap 不齊,不全,不完整	
lahap 貪吃,餓死鬼似的	
lambat-laun, pelan-pelan, perlahan-lahan 慢慢地,久而久之	
lamun bagaimana 不管怎樣	
lamun 但是,不管,發呆,沉思,恍神	
lapisan atas/menengah/bawah 上/中/下層	
layak 合適的,適當的	
lebih baik, mending/mendingan, sebaiknya 最好	
lebih baik 比較好	
lebih lanjut 進一步,後續的	
lebih suka 比較喜歡	

lebih tidak suka 比較不喜歡	
lihat dulu 再說	
lihat saja 光看而已	
lumayan bagus 還算好	
lumayan 還(算)好,還可以,馬馬虎虎	
maha baik/besar/tinggi 出類拔萃的,登峰造極的/非常偉大的/至高無上的	
maha 偉大的	
makan besar 大吃大喝	
makan dengan lahap 狼吞虎嚥地吃	
maklum 知悉,了解,諒解	
malas makan 懶得吃	
mana dapat 哪能,豈能	
mandi keringat 汗流浹背	
masa bodoh 隨...的便,我不管了,不聞不問,漠不關心,懶得鳥你	
masa datang/depan 未來,將來	
masih keburu 還來得及	
masih tersisa arak sedikit 還剩下一點酒	
masih terus bertambah besar 仍然持續變大	
masuk akal 有道理	
mau...daripada 寧願...也不...	
mau 要,願望	
melihat dengan jelas 看清楚	
memandang rendah 看不起	
memang begitu 的確如此	
memang 的確,真的	
membawa turun gunung 帶下山	
memberi bantuan dengan ikhlas 真誠地給予幫助	
mengaku dirinya 自稱	
mengantre 排隊	
mengapa tidak 為什麼不(行)	
mengasah otak 絞盡腦汁	
mengurangi ongkos 削減費用	
mengurangi tekanan 減輕壓力	
mengurangi tenaga kerja 裁減人力	
meningkat besar 大幅增加	
menyusul di belakang 跟隨在...之後	
moga-moga, mudah-mudahan, semoga 但願,希望	
mungkin juga ada 可能也有	
nahasnya 很遺憾地	
naik menjadi 上升到	

nakalnya bukan main 頑皮的不得了	
nanti dulu/sebentar 等一下	
nanti 等,等一下,即將,待會,以後	
nomor satukan 第一優先	
numpang lewat 借過	
numpang tanya 借問	
nyaris mati 差點沒命	
pada asasnya 基本上,原則上	
pada kala 當時	
pada saat yang sama 同時	
padahal, sebenarnya, sebetulnya, sesungguhnya 事實上,實際上,其實	
paling sedikit 至少	
paling tidak 至少,最不	
paling 最,掉過頭,轉過臉,轉變(立場,方向,信仰)	
pandai bicara 會耍嘴皮	
pandai melukis 善於繪畫	
pandai 善於,聰明的	
pantas 適當的,迅速的,合理的,難怪	
paruh/setengaj mati 半死	
pas betul 剛剛好	
pasca mati 死後	
pasca 後,之後	
pasrah mati hidup 聽天由命	
pekerjaan sebelum 之前的工作	
penuh dengan 到處充斥著	
penuh konsentrasi 全神貫注	
percaya betul 深信不疑	
perdana 第一,首(創),最前面的	
pernah 曾經	
perorangan 個人	
perseorangan 個人的,私人的	
per 每/從/按/接,彈簧,電燈泡	
pesat 快速地,迅速地	
pintas, sepintas lalu/lintas 順道一提	
pulang maklum 悉聽尊便	
putar jalan jauh 繞遠路	
putar jalan tikus, putar potong jalan 繞捷徑/小路	
putar jalan 繞路	
repot amat 很麻煩	
ringkasnya, tegasnya 總而言之,總之	

rumah bagaikan kapal pecah	家裡一團亂
saja	只有…而已,只是,總是,老是,一直,連…也,然而,任何,輕易的,隨意的,最好是,很
saling berpandang	互相交換眼神
saling menolong satu sama lain	彼此互相幫助
sama mau	彼此願意,雙方情願
sama sekali tidak benar	完全不是事實,這根本不是事實
sama sekali	完全,全部,通通
sampai dengan(s.d.)	(效期)到
sangat baik	很好
sangat enak	非常好吃
sangat sedikit	很少
sangat-sangat enak	非常非常好吃
santai saja	放輕鬆就好
santai sejenak	放鬆一下
satu sama lain	彼此
saya seorang	我自己
sayang sekali	太可惜
sayang	可憐,可惜,感到遺憾
sebagian besar	大部分
sebagian	一些,一部分
sebaliknya	相反地,換句話說,另一方面
sebanyak mungkin	盡可能地多
sebanyak	多達
sebelumnya	以前,前面的,事先
sebentar lagi	再一下
sebentar, sejenak	一會兒,片刻
seberapa	那麼多
sebisa mungkin, sebisanya/sebisa-bisanya, secukupnya, sedapat mungkin, sedapat-dapatnya	盡量,盡可能
secepatnya, sesegera	盡快
secepatnya/sesegera mungkin	盡可能地快
sedang,tengah	正在
sediakala/sedia kala	以往,以前,以前時候,往日
sedianya	原先,原來,本來,本應,本該
sedia	原先,起初,以前,向來,一向
sedikit/lebih banyak	較多
sedikit	一點點,少數
seenaknya	自由自在地,盡情地
segala/segala-gala, segenap, sekalian, sekaligus, seluruh, serba	全部,全體,一切
segera	立即,馬上

sehari suntuk 一整天	
sejadi-jadinya 拼命地	
sejak kini ke depan 從今以後	
sejauh saat ini, sampai saat ini 到目前為止	
sejumlah besar 大部分	
sejumlah 共計,一些,一筆	
sekali-kali tidak 完全不,絕無	
sekawan burung 一群鳥	
sekeliling berantakan 四周亂七八糟	
sekianlah dulu 就先這些吧	
sekian 這些,就這樣	
sekuasa-kuasanya, sekuat-kuatnya 盡最大力量,盡最大能力	
selama ini 迄今	
selayaknya 理應,理所當然,合情合理	
selebihnya 剩下的	
selengkapan 完整地	
selera humor/humoris tinggi 高度幽默感	
semakin besar, tambah besar 越來越大	
semakin hari semakin banyak 越來越多	
semangat belajar yang tinggi 高度學習精神	
semata/semata-semata 只是,只不過...而已,完全是,從...的角度來看	
sembarang tempat 任何地方	
sembarang waktu 任何時候	
sempat 有空,有時間,有機會,來得及,曾經,能夠,有辦法	
separuh, setengah 一半	
sepatutnya 理應,應該,適當地,合理地,當然,理所當然	
sepenuhnya sesuai dengan 與...完全符合	
sepenuhnya 全部,完全	
sepuasnya 隨你喜歡	
sesaat sebelum kejadian 事發前一瞬間	
sesewaktu 偶爾	
setengah hati 三心兩意	
setengah kenyang 半飽	
setengah masak 半生不熟	
setengah mati 半死不活	
setengah mengerti 似懂非懂	
seterusnya 以此類推,依此類推	
setidaknya, sedikitnya, sekurang-kurangnya 至少	
sewaktu-waktu 隨時,任何時候	
sewaktu 當...時候,與...同時	

siang bolong 光天化日	
silam, terakhir kini 過去的	
singkatnya, singkat kata 簡單地說,總而言之,總之	
skala besar 大規模	
sulit untuk dilupakan 難忘,難以忘懷	
suntuk 到頭,到頂,整整	
tadi 剛才	
tahu betul 十分了解,非常熟悉	
tambahan lagi/pula 尤其是,又	
tanpa 不用,不需要,沒有	
tegasnya 總之	
tepat waktu 準時	
terhadap(thd)面對	
terkaget/terkejut setengah mati 被嚇個半死	
terlalu 太,過	
terlebih dahulu, pertama-tama 首先	
terlebih 最,太多	
tersebut(tsb)此,該	
terserah 您決定,悉聽尊便	
tertinggi dalam sejarah 在歷史上最高	
terus melanjutkan 仍然持續	
terutama pada saat 尤其是在...的時候	
terutama 尤其	
tiada 沒有	
tidak ada artinya 不算什麼(沒有意義)	
tidak akan terjadi lagi 不將再次發生	
tidak banyak orang tahu 很多人不知道	
tidak begitu 沒那麼	
tidak berasa/merasa apa-apa 沒有任何感覺	
tidak berbasis 沒有根據的	
tidak dapat dipungkiri 不能否認	
tidak dapat ditukar dengan uang tunai 不得換成現金	
tidak dapat tiada 不能沒有(一定要有)	
tidak dapat tidak 不得不,不能不(必須),不會不(絕對會)	
tidak hanya itu 不僅如此	
tidak keburu 來不及	
tidak kunjung 不曾,從未	
tidak lepas 離不開...	
tidak makan siku-siku 不誠實,搞小動作	
tidak mau kalah 不服輸,不認輸	

tidak mau-mau 一直不,老是不	
tidak membuahkan hasil baik 沒有達到好成效	
tidak mengapa/kenapa 沒事,沒什麼,沒關係,沒有關係	
tidak menghangat mendingin 不冷不熱	
tidak sadarkan diri 不省人事	
tidak sedikit orang 不少人	
tidak sempat 錯過,趕不上	
tidak sengaja 不是故意的,不小心的	
tidak sepantasnya 不應該	
tidak sulit menemukan 不難發現	
tidak tega melihat 不忍心看	
tidak tepat waktu 不準時	
tidak terkata-kata 啞口無言,說不出話來	
tidak termasuk besar 不算大	
tidak usah 不需要	
uang pas-pasan 錢剛好,錢夠用	
umumnya 一般來說	
untuk informasi lebih lanjut 為了後續資訊	
untuk setiap waktu 全程	
waktu dekat 近期	

例句

> Kemasan rokok kretek Dji Sam Soe isi 12 batang.
> 包裝盒內含 12 支 234 牌丁香菸。

> Tadi yang mengantre panjang sekali itu.
> 剛剛大排長龍的那個。

> Satu gigitan tanpa disadari diikuti dengan gigitan lainnya.
> 一口接一口無法停止

> Saya paling tidak suka mengantre terlalu lama.
> 我最不喜歡排隊太久。

> Pokoknya tiada duanya di atas dunia ini.
> 基本上是當今世界上獨一無二的。

Pasal IV-6. 單位 (Satuan) -節錄(A-Z)

印尼文單位(Satuan)用法可以正確表示你的意思,舉例來說,除了肢體語言之外,如果只用
「satu pisang」要如何清楚說明「一支(sebuah)」香蕉或「一串(serangkai)」香蕉呢?「sebuah
buku(一本書)」和「seperangkat buku(一套書)」要如何區分?而「一滴水(setetes air)」就很

難用肢體語言形容，另外，「setumpuk awan hitam(一團烏雲)」、「uang dua tumpuk(兩疊鈔票)」等例子也是，如果不用「tumpuk(團,疊)」這個單位量詞，是很不容易正確形容原意的，下表彙整常用單位，其中「(　)」括號內的名詞是指適用的例子(對象)：

barel(一)(木,油)桶
batang 棵(樹),支(筆,溫度計),條(河),塊(肥皂)
batu 顆(牙)
bentuk 枚(戒指,手鐲)
berkas 捆(稻草),束(光),件(卷宗)
biji 粒(米),顆(蛋)
bilah 把(刀),支(矛),片(刀劍,箭,片狀物)
botol 瓶(水)
buah 個,輛,艘,間,座...(適用人或動物以外)
bungkus 包(香菸,茶葉)
butir 粒(子彈),顆(蛋),份(文件),(法規條文)目
cangkir 杯(馬克杯)
cocok 串(肉)
deret 排(房屋,隊伍),列,行
dosis 劑(疫苗)
ekor(適用動物)隻,條,尾,頭...
ember,tong(水)桶,gentong(水)缸
gabung 捆(柴),把(蔥)
gelas 杯(玻璃杯)
gros 籮(12 打)
halaman(書,報紙)頁(數)
helai 張(紙),條,塊(布),片(葉),件,根(頭髮)
ikat 束,捆,把
iris 片
jin 斤,台斤(福建話),kati(印尼文)
joli 對(男女)
kepal 團(飯),把(米)
kodi 廿個
kumpulan 群(動物)
lajur 排(房子,樹),行,列
lembar 張(紙),條,塊(布),片(紙),件
lempeng 片(玻璃),塊(磚狀物)
liang 兩(福建話),tahil(印尼文)
lusin(一)打,12 個
minggu,pekan 週
paket 包(裹)

pasang 雙(鞋),套(衣服),對(夫妻),副(碗筷)	
patah 個(字),句(話)	
perangkat 套(衣服,桌椅,書籍,餐具)	
porsi 份(餐)	
potong 段(話),件(衣服),塊(肉,餅乾),片(麵包)	
pucuk 封(信),支(槍),門(炮)	
qui 廿四張紙	
rangkai/rangkaian 串(珍珠),束(花環),卷(書)	
renceng 串(葡萄,爆竹)	
rim(一)刀,500 張紙(=25 kodi)	
ronde 局,回合,輪(比賽)	
sekawan 一群,一夥,一幫	
set 副(假牙)	
sikat 把(香蕉)	
siung 瓣(大蒜)	
sosok 一具(屍體),一個(人)	
suap/suapan 口(食物)	
tangkai 枝(花)(花的量詞)	
tetes 滴(水)	
tumpuk 團(雲),堆,疊(紙),群(遊客)	
tusuk 串(肉)	
unit 台(車)	
urat 根(藤條),條,只(手鐲)	

例句

> Saya mau sepuluh lembar uang seribu, sisanya ganti lima ribu.
> 我要 10 張 1,000 元，剩下的換 5,000 元。

> Sepasangan cucu-nenek mengemis di hadapan stasiun kereta api utama Taipei.
> 一對祖孫在台北火車站前乞討。

Pasal IV-7.數量詞(Kata Bilangan) -節錄(A-Z)

印尼文數量詞的用法非常多，以下節錄一些常見的供讀者參考。

①數字/數值(Angka/Bilangan)
23 juta jiwa 二千三百萬人口
60 nilai 60 分(數)
angka Arab 阿拉伯數字
batas usia minimal 最小年齡限制

dengan nilai jaul yang sangat tinggi 有很高的賣家評價	
gedung Taipei 101(satu kosong satu)台北 101 大樓	
hanya tersisa 3 juta orang 只剩下 3 百萬人	
kita berempat 我們 4 個人	
kosong, nihil, nol 零,空無	
menembus 5 juta jiwa 死亡人數突破 5 百萬人	
merupakan sudut 30 形成 30 度角	
nilai Ct Ct 值	
nilai tambah 加分	
nilai 分數,數值,評分	
nol kasus meninggal 零死亡案例	
popularitas, jiwa 人口	
senilai 等值	
seorang diri 一個人	
seorang 一人,自己,單獨	

② 數學(Matematika)

0.1 nol koma satu	
0.23 nol koma dua puluh tiga	
1 banding 3 一比三	
12 tahun ke atas 十二歲以上	
4 perusahan pengapalan terbesar dunia 世界最大的 4 家航商	
4 Toserba besar 四大便利商店	
5 pangkat 2 五的平方	
5 pangkat 3, pangkat 3 dari 5 五的三次方	
akar pangkat 2, akar kuadrat 平方根	
angka penuh, bilangan bulat 整數	
angka pokok 基數	
angka urut 序數	
angka/bilangan ganjil 奇數,單數	
angka/bilangan genap 偶數,雙數	
bagi 除,比,對於,區分,為了,對...而言	
berbaris dalam 3 deret 排 3 排隊伍	
berlipat 加倍	
bulatkan/pembulatan, genapkan 四捨五入	
bulat 圓的,完全,一致,整	
desimal 小數	
dibagi sepuluh 分成 10 份	
dibandingkan 和...相比	
dwi, dobel, ganda 雙,二,雙重	
ganjil 奇,單	

genap 整,足
gunung tertinggi ke tiga di dunia 世界第 3 高峰
hanya lebih banyak 0.8%只有多百分之 0.8
jamak,plural 複數(的)
kali 乘
kota terbesar kedua 第 2 大城市
kurang 減
lansia di atas 65 tahun 65 歲以上老人
lembap mutlak/nisbi 絕對/相對溼度
lipat 折疊,倍
makan lebih dari 3 macam 吃超過 3 種
meningkat tiga kali lipat 增加三倍
pangkat 2 平方
pangkat 3 三次方,立方
pecahan 分數
pembilang 分子
penyebut 分母
sama dengan 等於
sepertiga/dua pertiga/empat perlima 三分之一/三分之二/五分之四
singular,tunggal 單獨,單一(的)
tabel perkalian, kali-kali, tabel multiplikasi sembilan kali sembilan 乘法表
tahap pertama 第一階段
tambah 加
tanda akar 根號
③長度(Panjang)
centimeter 公分(cm)
kilometer 公里(km)
meter 公尺(m)
mile 英里(mil)
nautical miles, mil laut 海浬,浬
④面積(Keluasan)/體積(Volume)
60.000 kubik meter tanah 六萬立方公尺的泥土
600 meter persegi 六百平方公尺
are 公畝(=10x10 公尺=30 坪)
diameter 直徑
hektar 公頃(=100x100 公尺=3000 坪=100 公畝)
kelompang 中空的
persegi panjang 長方形,矩形
persegi 正方形,平方

radius 半徑	
segi tiga 三角形	
segi 邊,角,(表格)格	
semenjana 中等的	
timbal,timbal balik 兩邊,兩旁	
volume sebesar 100 meter kubik 一百立方公尺體積	
volume 容積,體積	

⑤計算(Hitung)

2 sampai 3 ribu orang 二到三千人	
5 dari 6 orang 六人中的五人	
60-an 六十多	
belasan juta 一千多萬	
belasan ribu 上萬,一萬多	
belasan 十幾	
belas 十一至十九	
berapa banyak kasus 有多少案件	
bersatu/berdua/bertiga 團結/兩個一起/三個一起	
bertiga-tiga 三個三個的	
berulang kali 重複,屢次	
berusia 20-an tahun awalnya 廿多歲出頭	
berusia ribuan tahun 幾千歲	
bulanan 以月計,每個月的	
bulan 月	
dikurangi setengah 被減半	
dua bilangan 兩位數	
harian 以日計,每日的	
hari 日	
kelas itu beranggota 12 orang 那班有 12 個成員	
kenaikan rata-rata NT$ 5-10 漲幅平均新台幣 5 到 10 元	
kita berempat 我們 4 人	
mingguan 以週計,每週的	
minggu 週	
peningkatan berturut-turut 20 bulan 連續 20 個月增加	
pergi berdua 兩個一起去	
pukul rata 平均	
puluhan,10-an 數十,十位數	
puluh 十	
ratusan ribu orang 幾十萬人	
ratusan 數百,百位數	
ratus 百	

ribuan 數千,數以千計,千位數	
ribu 千	
salah satu dari 5 五個之一	
salah satu 其中之一	
salah seorang pembaca 其中一位讀者	
satuan 單位,個位數	
satu-satu, satu demi satu, satu per satu 一個接一個	
satu-satunya 單獨的,唯一的	
satu 一	
seratusan orang 一百多個人	
seribuan 一千多	
sewa harian 日租	
tahunan 以年計,年度的,每年的	
tahun 年	
tiga kakak beradik 三姊妹,三兄弟	
tiga/ketiga bersaudari 這/三姊妹	
⑥單位(Satuan)	
2 deret rumah baru 兩排新屋	
6 butir MOU 六份 MOU	
deret 排,列,行,級數	
emas sepuluh mutu 廿四 K 純金	
karat(鑽石)克拉,(黃金)K 金	
mutu 2.4K 金	
sederetan 一排,一連串	
⑦重量(Bobot)	
berat bruto 0,40 gram 毛重 0.4 公克	
jin, kati 台斤	
kilo 公斤	
liang, tahil 兩	
⑧金額(Jumlah)	
berjumlah besar 數量龐大的	
berjumlah 合計	
jumlah 總數	
juta,tiao 百萬,條	
miliar 十億(M,10 萬美金)	
Rp9.000,00 印尼盾九千元	
triliun 兆(T,1 億美金)	
⑨百分比(Persentase)	
50 persen 百分之 50	
70%-nya 它的百分之 70	

persen(%), persentase 百分比	

⑩ 時間(Waktu)

07.45 七點四十五分
berjam-jam 有幾個小時
detik-detik 當下,瞬間
detik 秒
jam lima setengah 四點半
jam, pukul 小時
jam-jaman 按小時計算
jarum detik 秒針
jarum jam 時針
lima jam setengah, lima setengah jam 五個半小時
menit 分鐘
pukul 20.47 兩洞四拐(軍隊念法 pukul dua kosong empat tujuh)
pukul setengah sembilan malam 晚上 8 點半
tepat waktu 準時

⑪ 時段(Jangka)

antara tahun 2012 dan 2016 二〇一二年到二〇一六年間
belum lama berselang 不久以前
berhari-hari 好幾天
berjangka pendek 短期的
berkisar antara 20 dan 30 tahun 大約在 20 歲到 30 歲之間
bermalam 2 hari 過夜 2 晚
berselang 相隔
besok lusa, dua hari yang akan datang, lusa 後天
besok, besoknya, esok hari/hari esok, esok harinya, keesokan harinya, keesokannya 隔天,明天, 次日,第 2 天,翌日
besok, esok hari 明天
besoknya, esok harinya, hari berikutnya, keesokan hari, keesokannya 隔天,次日,第 2 天,翌日
dalam enam bulan terakhir kini 在過去 6 個月之內
dalam kurun waktu 1 jam 在 1 小時時間週期裡
dalam lima hari berturut-turut 在連續 5 天之內
dalam tujuh hari ke depan 接下來 7 天之內
dari hari ke hari 日復一日
dari tahun ke tahun 年復一年,一年又一年
dekade 十年
di antara 在...之間,在...之中
di tahun yang sama 在同一年
dibandingkan tahun-tahun sebelum 和前幾年相比
dini hari, fajar, pagi buta, subuh 凌晨,清晨,黎明

dua tahun silam 前 2 年,過去 2 年	
hari 日,天	
jangka menengah-panjang 中長期	
kemalaman 很晚	
kurun waktu, periode 期間	
kurun 時代,時期,週期	
larut malam 深夜	
malam kapan?哪一天晚上？	
malaman 晚一點	
malam-malam 很晚,太晚	
malam 晚上	
masa libur musim dingin 寒假期間	
memakan waktu dua detik 費時 2 秒	
pada 10 bulan pertama tahun ini 今年前 10 個月	
pada Pemilu Presiden 2024 在 2024 年總統大選時	
pada tahun-tahun sebelumnya 在前幾年	
pertengahan tahun 年中	
pertengahan/paruh tahun pertama/kedua, paruh awal/akhir tahun 上/下半年	
sampai dua jam suntuk 足足 2 小時	
satu dekade terakhir 過去十年	
sehari sebelum 前一天	
seharian 一整天	
sehari-hari 天天,每天	
sehari 一天	
sejauh ini pada 2021(從)2021 年迄今為止	
selama satu bulan penuh 整整 1 個月的期間	
selama sekian tahun 這些年期間	
selang sehari 相隔 1 天	
selang 間隔	
semalam suntuk 一整夜	
semalaman 整晚	
semalam 一晚,昨晚	
senja,senja buta 傍晚,黃昏	
sepanjang 20 tahun 長達 20 年	
sepanjang hari 整天	
sepanjang tahun 整年	
setahun 一年	
setengah tahun 半年	
sewindu 四年	
sore/petang 下午	

suatu ketika 某年某月某日	
suatu waktu 某個時間	
tahun yang lalu,tahu kemarin 去年	
tengah malam 半夜,午夜	
tengah siang 正午	
tidak berselang lama 沒隔多久	
tiga hari menjelang keberangkatan 出發前 3 天	
usai sore 午後	
⑫紀年(Kronik)	
abad 世紀,百年	
Hijrah(H)回曆元年(西曆 622 年起算)	
kuartal 四分之一	
Masehi(M)基督的,基督誕生之年	
pada akhir tahun 1990-an hingga awal tahun 2000-an 在 1990 年代末期到 2000 年初期	
pada kuartal pertama 2022 在 2022 年第 1 季	
seabad 一世紀	
tahun 2022(2022 M)西元 2022 年	
tahun 20-an abad ke-21[12]廿一世紀 20 年代	
tarikh 500 sebelum Nabi Isa(BC：Before Christ)西元前 500 年	
tarikh akhir abad ke-20 西元 20 世紀末(AD：Anno Domini)	
tarikh Hijrah 回曆	
tarikh/kurun Masehi 西元,公元	
tarikh 曆,曆法,年數	
回曆 1443 年(1443H=2021M，西曆 2021 年 8 月 9 日到 2022 年 7 月 28 日)	
⑬月份(Bulan)	
akhir Mei 五月底	
awal Juni 六月初	
pada November mendatang 在即將到來的 11 月	
pertengahan April 四月中	
⑭星期(Minggu)	
berminggu-minggu 數週,好幾週	
Jumat 星期五,(回教)週五集體做禮拜	
minggu depan hari Selasa, Selasa depan 下週二	
Rabu malam, malam Kamis 週三晚上	
setiap akhir minggu malam 每週末晚上	
⑮溫度(Suhu)	
30 derajat di bawah nol 零下 30 度	

---

[12] 「21 世紀(Abad Ke-21)」是指「西元 2001-2100 年」，而「20 年代(Tahun 20-an)」則是指「2021-2030 年間」。

cuaca bersuhu dingin 寒冷氣候
derajat Celsius/Fahrenheit 攝氏(°C)/華氏(°F)溫度
derajat 度(氣溫)
rata-rata 平均
suhu rata-rata 平均溫度
suhu 溫度,體溫
tidak merata 不平均
⑯地震(Gempa bumi)
bermagnitudo 4-5 有 4 至 5 級的強度
episentrum 震央
Gempa 6,1 Skala Richter 芮氏規模 6.1 級地震
gempa susulan 餘震
Gempa berkekuatan magnitudo (M) 5,8 /Gempa M 5,8 dengan kedalaman 16,7 km 地震強度 5.8 級、深度 16.7 公里
guncang 猛烈震動,猛烈晃動,波動,動盪
hiposentrum 震源[13]
lempengan dasar laut Filipina 菲律賓海板塊
peringatan tsunami 海嘯警報
pusat gempa berada di kedalaman 29 km 地震中心位在 29 公里深度
sabuk vulkanik lingkar pasifik 環太平洋火山帶
⑰名次(Peringkat)
hadiah nomor satu 頭等獎
juara 冠軍
medali emas/perak/perunggu/besi 金/銀/銅/鐵牌
medali 獎牌
menang dalam ronde terakhir 最後 1 局贏了
pemenang kedua 亞軍
piala 獎杯
terbesar ketiga 第 3 大
⑱經緯(Bujur & Lintang)
2,04 lintang selatan 南緯 2.04 度
99,62 bujur timur 東經 99.62 度
bujur 經度
garis lintang 38 緯度 38 度線
lintang 緯度
pada posisi 26,56°LU dan 124,47°BT 北緯 26,56 度及東經 124,47 度
siku 直角
sudut 角度

---

[13] 根據台灣中央氣象局地震測報中心的說明,「震源(hiposentrum)」是地震錯動的起始點,是在地層深處,而「震央(episentrum)」則是震源在地表的投影點。

⑲位置(Lokasi)/方向(Arah)
di ujung kanan atas 在上方最右邊
dua arah berbeda 兩個不同方向
searah arah jarum jam 順時針方向→lawan arah jarum jam 逆時針方向
tempat tertentu 某地

例句

> Bilangan 1234, satuannya 4, puluhannya 3, ratusannya 2, ribuannya 1.
> 數字 1234，個位數是 4、十位數是 3、百位數是 2、千位數是 1。

> Status pelaku ini, dari 102 orang 80 di antaranya merupakan pelajar kemudian 22 orang lainnya pengangguran.
> 這些嫌犯的狀況，102 人中有 80 人是學生，其他 22 人是無業狀態。

> Dalam perjalanan sabu di tengah laut menerima titik koordinat di S.08.2006 dan E102.20.27 dari atasannya.
> 在冰毒的海上運送過程中，接到他上級的指示，接貨坐標點在南緯 8 度 12 分 2 秒和東經 102 度 20 分 27 秒。

> Lokasi landasan terbang/pacu pada posisi 26,56°LU dan 124,47°BT.
> 飛機跑道位置在北緯 26,56 度及東經 124,47 度。

> 44 kasus ini mencapai 20% dari kasus kriminal.
> 這 44 件偷拍案，占刑事案件的百分之 20。

Pasal IV-8. 外來語(Bahasa Serapan)

1945 年 8 月 17 日印尼獨立後，選用馬來語(Melayu)為官方語言，因為過去有超過 400 年被殖民歷史[14]，加上國際商貿交流，印尼語不僅混合了爪哇語，還有阿拉伯語、印度梵語、中國南方方言(福建、客家、廣東、潮州等)、荷蘭語、日語、英語等各種外來語言，甚至外來語與印尼語混合成為複合詞的情形也不少，曾聽過印尼人戲稱印尼語為「Bahasa gado gado(印尼沙拉式的語言)」，意思是印尼語像印尼沙拉一樣，匯集有各種外來的語言。經整理印尼文中的外來語部分，有的印尼語直接使用外來語單字，拼法都一樣，不過雖然拼字相同但發音可差異很大，筆者試著摘要分類如下表：

Ayat IV-8. 1. 外來語 (拼字相同) -節錄(A-Z)

abstain(投票)棄權
ambulance 救護車
Aqua 水
arena 舞台,場地
are 公畝

---

[14] 葡萄牙西元 1509-1595、西班牙 1521-1529、荷蘭 1602-1942、法國 1806-1811、英國 1811-1816 及日本 1941-1945，合計被殖民 448 年。

barter 以物易物
bar 酒吧
bilateral 雙邊的
bilingual 雙語的
bistro 餐酒館
blacklist 黑名單
blog 網路日誌,網誌,部落格,博客
botox 肉毒桿菌
brutal 殘忍的,粗暴的
bumblebee 大黃蜂
bus 公車,巴士
Celsius 攝氏
check-in 報到
data 資料
debt 債務
detail 細節,詳情,詳細
diabetes 糖尿病
diameter 直徑
dispenser 飲水機
donor 捐血者,捐助者
drone 無人機
egoist 自私自利的人
elite 精英
era 時代,紀元
Fahrenheit 華氏
formal 正式的
funky 時髦的
golf 高爾夫
gossip 閒話
Hakka 客家
hotel 旅館,飯店
iguana 鬣蜥,酷斯拉
insomnia 失眠
internet 網際網路
karaoke 卡拉 OK
kilometer 公里
label 標籤
laptop 筆記型電腦
lift 電梯
lockdown 封鎖

make-up 化妝	
meter 公尺	
modus operandi 犯罪手法	
moral 士氣,風紀,道德	
nautical miles 海浬,浬	
netizen 網民	
orbit 軌道	
pistol 手槍	
postingan 發文,po 文,貼文	
propaganda 宣傳	
pub 酒家,酒館	
radio 無線電,廣播電台	
radius 半徑	
referendum 公民投票	
resume 個人簡歷	
Safari 野生動物園	
salon 沙龍,髮廊	
sanitizer 洗手液	
scan 掃描	
separator 路口柵門,分隔物,分隔島,護欄	
skywalk 天空步道	
stapler 釘書機	
status quo 現狀	
status 身分,地位,狀態	
stigma 汙名,恥辱	
stroke 中風	
styrofoam 保麗龍	
target 目標,對象	
terminal 總站	
thermometer 體溫計	
Tiongkok 中國	
tips 小技巧,小費	
token 代幣	
tornado 龍捲風	
tram(單軌)電車	
tsunami 海嘯	
Uighur 維吾爾族	
video 影片	
virus 病毒	
vlog 影片日記,影片部落格	

volume 容積,體積	
Youtuber 直播主,實況主	
zigzag 之字形,Z 字形	

Ayat IV-8. 2. 外來語 (規則變化)

印尼文使用外來語的範圍非常廣,有許多單字除了印尼文外,還同時通用外來語,例如「火山」,除了印尼文本身的「gunung berapi」外,還可用外來語「vulkan」。而印尼文採用外來語的變化規則很容易懂,例如:

外來語原字字尾	印尼文變化
sion/tion/cy/sy	si
ties/ty	tas
gion/gy	gi
c/s	k
dy	di
ty	ti

範例外來語(拼字有規則變化) -節錄(A-Z)

aborsi 墮胎(abortion)
adaptasi 適應(adaptation)
advokasi 擁護,崇尚(advocation)
afiliasi 附屬,聯繫,有關(affiliation)
agen 經紀人,代理,代辦,仲介(agent)
agresi 激進的,攻擊性的,挑釁的(aggressive)
akademi 研究院(academy)
akomodasi 住宿設施(accommodation)
aksesoris 配件(accessories)
akses 使用權,通道,(進)入口,存取(access)
aksi 行動,行為(action)
aktif 積極的(active)
aktivitas 活動(activities)
akuatik 水生的,水上的,水中的(aquatic)
akun 帳號(account)
akut 急性的(acute)
alergi 過敏(allergy)
alfabet 字母(alphabet)
alfanumerik 字母數字(alphanumeric)
alkohol 酒精(alcohol)

alokasi 分配(allocation)
alternatif 替換物,代替方案(alternative)
amatir 業餘的,業餘愛好者(amateur)
ambisi 野心,抱負(ambition)
ambulans 救護車(ambulance)
amendemen(法條)修正(amendment)
amnesti 大赦,特赦(amnesty)
amplop 信封(envelope)
analisis 分析(analysis)
anomali 異常(abnormality)
anonim 匿名(anonymity)
antik 古董(antique)
antisipasi 預料(anticipation)
antonim 反義字(antonyms)
antropomorfis 擬人的(anthropomorphic)
antusias 熱情,熱心,渴望(enthusiasm)
apartemen 公寓(apartment)
apatis 無感情,冷淡的,漠不關心(apathy)
aplikasi 應用,申請(application)
artistik 人造,人工(artificial)
aset 資產(asset)
asimetris 不對稱(asymmetrical)
asisten 助理,助手(assistant)
asma 氣喘(asthma)
asosiasi 協會(association)
aspek 方面(aspect)
asumsi 假設(assumption)
ateis 無神論者(atheist)
audiensi publik 公眾(audience public)
audiensi 聽眾,觀眾(audience)
balkon 陽台(balcony)
balon 氣球(balloon)
bangkrut 倒閉,破產(bankrupt)
baterai 電池(battery)
bazar 市集,市場(bazaar)
beranda 陽台,走廊,(網站)首頁(verandah)
bioteknologi 生物科技(生技)(biotechnology)
birokrasi 官僚主義(bureaucracy)
biroktatisasi 官僚化(bureaucratization)
biro 社,局,處(bureau)

bir 啤酒(beer)
bisnis 商業(business)
blokade 封鎖(blockade)
blokir 封鎖,凍結(blockade)
boikot 抵制(boycott)
bolpoin 原子筆(ballpoint)
bom 炸彈(bomb)
bos 老闆(boss)
botol 瓶(bottle)
bot 長統靴(boot)
brosur 手冊(brochure)
buku 書(book)
bumerang 迴力鏢(boomerang)
bungker 掩體(bunker)
cek 檢查(check)
definisi 定義(definition)
deklarasi 宣言,聲明,文告,(海關)報關單,具結書(declaration)
dekor 裝潢(décor)
dekriminalisasi 除罪化(decriminalization)
dek 甲板(deck)
demensia 癡呆(dementia)
demonstran 示威者(demonstrant)
demonstrasi 示威,示威遊行(demonstration)
departemen 部門(department)
deportasi 驅逐出境(deportation)
depresiasi 貶值(depreciation)
desain 設計(design)
destinasi 目的,方向,目的地(destination)
deteksi 偵測(detection)
detergen 洗潔劑(detergent)
digitalisasi 數位化(digitization)
diktator 獨裁者(dictador)
dinamis 有生氣的,有活力的(dynamic)
disinfektan 消毒劑(disinfectant)
disiplin 紀律(discipline)
diskon 打折(discount)
diskriminasi 歧視,不平等待遇(discrimination)
diskriminatif 歧視的(discriminative)
diskualifikasi 失格(disqualification)
diskusi 討論(discussion)

distribusi 分配,分布(distribution)
diversifikasi 多角化(diversification)
divisi 部門(division)
dokter 醫生,博士(doctor)[15]
dokumen 文件(document)
dominasi 支配(domination)
domisili 住所,戶籍(domicile)
dosis 劑(dose)
drastis 大幅的,激烈的(drastic)
durasi 持續,持久(duration)
edisi 版本(edition)
edukasi 教育(education)
efektif 有效的,生效的(effective)
efek 作用,效果(effect)
efisien 有效率(efficient)
ekologi 生態(ecology)
ekonomi 經濟(economy)
eksesif 過多的(excessive)
ekses 超過,過量(excess)
eksis 存在(exist)
eksit 出口(exit)
ekskavasi 挖掘(excavation)
ekskavator 挖土機(excavator)
eksotis 異國風情(exotic)
eksperimen 實驗(experiment)
eksplisit 明確的,清楚的(explicit)
eksploitasi 剝削,開發(exploitation)
eksplorasi 探險(exploration)
ekspor 出口(export)
ekspos 暴露,揭發(expose)
ekspresi 表達,表示(expression)
ekspres 快速(express)
ekspropriasi 徵用(expropriation)
ekstrakurikuler(extracurricular)課外的
ekstra 額外的,外加的,特加的(extra)
ekstrim 極端(extreme)
eks 前任的(ex)
elastis 彈性的,靈活的(elastic)

---

15 「醫生」和「博士」的英文都是「doctor」，但印尼文是用「dokter(醫生)」和「doktor(博士)」做區別。

elektronik 電子(electronic)
eliminasi 消除,消失,清除,消滅(elimination)
embargo 禁運(embargo)
emosi 情緒,情感(emotion)
empati 同理心,神入,移情(empathy)
ensiklopedi 百科全書(encyclopedia)
episentrum 震央(epicenter)
erosi 侵蝕(erosion)
eskalator 電扶梯(escalator)
estetika 美學(aesthetics)
etalase 櫥窗(法文 étalage)
etika 倫理,道德(ethics)
evakuasi 撤離,撤退,疏散(evacuation)
evaluasi 評估(evaluation)
fakultas 學院,學系(faculty)
farmasi 藥房(pharmacy)
fase 階段,狀態(phase)
fasilitas 設施(facility)
favorit 最喜歡的(favorite)
fenomena 現象(phenomenon)
fermentasi 發酵(fermentation)
fesyen 流行(fashion)
fisika 物理(physics)
fisik 肉體的,身體的(physical)
fluktuasi 波動(fluctuation)
fokus 焦點,中心(focus)
fondasi 地基,基礎(foundation)
forensik 鑑識(forensic)
fotografer 攝影師(photographer)
fotografi 照相/攝影術(photography)
fotokopi 影印(fotocopy)
foto 照片(photo)
frekuensi 頻率(frequency)
frustasi 挫折(frustration)
fucek 幹(fuck)
galaksi 銀河(galaxy)
garasi 車庫(garage)
gelas 玻璃(glass)
generasi 一代(generation)
generator 發電機(generator)

geng 幫派(gang)
genosida 種族滅絕,大屠殺(genocide)
geografi 地理(geography)
geopolitik 地緣政治(geopolitics)
gitar 吉他(guitar)
gol 射門得分(goal)
grafiti 塗鴉(graffiti)
granat 手榴彈(grenade)
grosir 批發(grocery)
grup 團體(group)
halusinasi 幻覺(hallucination)
harmonika 口琴(harmonica)
harmonis 和諧的,融洽的(harmonious)
harmoni 和諧(harmony)
hedonis 享樂主義的,享樂主義者(hedonism)
hektar 公頃(hectare)
helikopter 直升機(helicopter)
helm 頭盔(helmet)
hidran 消防栓(hydrant)
higienis 衛生(hygienic)
hipertensi 高血壓(hypertension)
hipnotis 催眠(hypnotize)
hiposentrum 震源(hypocenter)
homofon 同音(異)字(homophone)
horisontal 水平(horizontal)
hormon 賀爾蒙(hormone)
humaniora 人文(humanity)
humoris 幽默的(humorous)
identifikasi 身分,識別(identification)
identifikasi 識別,鑑定,辨認(identification)
ide 點子(idea)
ilegal 非法的(illegal)
imajinasi 想像(力),空想,幻想(imagination)
imigran 移民,移入人口(immigrant)
imigrasi 移民(immigration)
impor 進口(import)
indeks 指數(index)
industri 工業,產業(industry)
informan 線民(informant)
informasi 資訊,消息(information)

inkonsistensi 不一致(inconsistency)

inkonstitusional 違憲的(inconstitutional)

instruksi 指示,說明,教導(instruction)

instrumen 儀器(instrument)

intens 密集的(intensive)

interaksi 互動(interactive)

internasional 國際的(international)

interpretasi 翻譯,解釋,說明(interpretation)

intervensi 干涉,干預(intervention)

interviu 面談(interview)

intimidasi 威脅,恐嚇(intimidation)

introspeksi 反省,自我檢討(introspection)

invasi 入侵(invasion)

investasi 投資(investment)

investigasi 調查(investigation)

ironi 諷刺(irony)

isu 討論議題(issue)

jaket 夾克(jacket)

jip 吉普車(jeep)

jumbo 巨大的(jambo)

kabin 機艙(cabin)

kaktus 仙人掌(cactus)

kalender 日曆(calendar)

kalkulasi 計算(calculation)

kalori 熱量(calorie)

kamera 照相機(camera)

kampus 校園(campus)

kamp 營隊(camp)

kandidat 候選人,考生,應考者,候補者,求職者(candidate)

kanker 癌症(cancer)

kantin 食堂,飲食部,小賣部(cantin/canteen)

kapabilitas 能力(capability)

kapasitas 容量(capacity)

kapten 船長,隊長,上尉(captain)

karakteristik 特質,特性(characteristic)

karakter 特點(character)

karantina 隔離(quarantine)

karat 克拉(鑽石),K 金(黃金) (carat)

karbohidrat 碳水化合物(carbohydrate)

kardiovaskular 心血管(cardiovascular)

karier 事業,工作,生涯(career)
Karnaval 嘉年華(carnival)
karosel 旋轉木馬(carousel)
karsinogen 致癌物(carcinogen)
kartu pos 明信片(post card)
kartu 卡片(card)
kasir 收銀台(cashier)
kastil 城堡,宮殿(castle)
katapel 彈弓(catapult)
katedral(天主教)大教堂(cathedral)[16]
katun 棉紗(cotton)
kelas 教室(class)
kelas 等級,班級,教室(class)
kemoterapi 化學治療(化療)(Chemotherapy)
Keramik 陶瓷(ceramic)
klaim 認領,聲稱,索賠,所有權,請求權(claim)
klasifikasi 分類,歸類,澄清(classification)
klaster 群聚,群體(cluster)
klik ikon 點圖示/圖標(click icon)
klinis 臨床的(clinical)
klip 迴紋針,夾子(clip)
klisé 陳腔濫調,八股,俗套,底片,複製品(cliché)
klon 克隆,無性生殖,複製,複製品(clone)
klub/kelab 俱樂部(club)
koalisi 聯合,結合(coalition)
kode 符號,代碼,密碼(code)
kognitif 認知(cognitive)
kokain 古柯鹼(cocaine)
koleksi 收藏品(collection)
kolektor 收藏者(collector)
kolesterol 膽固醇(cholesterol)
kolom 專欄(報刊),欄(column)
Komando 指揮(Command)
koma 逗點,逗號(comma)
komedi 喜劇(comedy)
komentar 評論(commentary)
komitmen 承諾(commitment)
kompartemen 置物箱(compartment)

---

[16] 「katedral」是指「(天主教)大教堂」，如果一般教堂通稱「gereja」。

kompas 羅盤(compass)

kompetisi 競賽,比賽(competition)

komprehensif 全面的(comprehensive)

komputer 電腦(computer)

komunikasi 通信,通訊(communication)

komunis 共產主義(communism)

komunitas 社區(community)

kondisi 情況(condition)

kondom 保險套(condom)

konferensi 會議(conference)

konfirmasi 確定(confirmation)

konfirmasi 確認(confirmation)

konflik 衝突(conflict)

konglomerasi 企業集團,控股集團(conglomerate)

konsekuensi 結果(consequence)

konsensus 共識(consensus)

konsentrasi 集中(concentration)

konser 音樂會(concert)

konsolidasi 鞏固,加強,合併(consolidation)

konspirasi 陰謀(conspiracy)

konstan 不變(constant)

konstitusi 憲法(constitution)

konstruksi 建築物(construction)

konsuler 領事的(consular)

konsultasi 諮詢(consultation)

konsumen 消費者(consumer)

konsumsi 消費(consumption)

kontainer 貨櫃(container)

kontak 接觸(contact)

kontaminasi 交互感染(contamination)

konten 內容(content)

konter 櫃台(counter)

kontes 競賽,比賽(contest)

kontingen 代表隊,代表團(contingent)

kontradiksi 矛盾(contradiction)

kontrak 合約(contract)

kontrasepsi 避孕(contraception)

kontra 反(counter)

kontrol 控制,支配,監督(control)

kontroversi 爭議(controversy)

konveksi 對流(convection)
konvensi 協定,協議,公約,慣例(convention)
konverter 變壓器(converter)
koordinat 坐標(coordinate)
koperasi 合作社(cooperation)
kopi 複本,影本/咖啡(copy/coffee)
koridor 走廊(corridor)
korporasi 大型公司(corporation)
korupsi 貪汙(corruption)
kosmetik 化妝品,整容的(cosmetic)
kriminalitas 犯罪行為(criminality)
kriminil 犯罪(criminal)
kripto 加密貨幣(crypto)
krisis 危機(crisis)
kritik 批評(critique)
kronik 紀年,編年史(chronicle)
kronis 慢性的(chronic)
kronologi 年表,時間序(chronology)
kruk 拐杖(crutch)
kru 全體人員(crew)
kualitas 性質,品質(qualitation)
kualitatif 定性,質化(qualitative)
kuantitas 數量(quantity)
kuantitatif 定量,量化(quantitative)
kuartal 四分之一(quarter)
kubik 立方(cube)
kuesioner 問卷(questionnaire)
kuliner 美食(culinary)
kultur 文化(culture)
kupon 折價券,免費體驗券(coupon)
kurikulum 課程表(curriculum)
kurir 信使/差,(運輸)交通(courier)
lampu 電燈(lamp)
lanskap 風景,景觀,景色(landscape)
legalisasi 合法化(legalization)
legalisir 使合法化,法律上認可的(legalize)
legislatif 立法的(legislative)
liga 聯盟(league)
lobi 大廳(lobby)
lokasi 位置(location)

loker 置物櫃(locker)

lokomotif 火車頭,重型機車(locomotive)

lotre 彩券(lottery)

magis 神奇的(magic)

magnitudo 強度(magnitude)

maksimal 最大(maximum)

mal 購物中心(mall)

manajer 經理(manager)

manipulasi 操縱,操控(manipulation)

maraton 馬拉松(marathon)

masa inkubasi 潛伏期(incubation period)

masker 口罩(mask)

matematika 數學(mathematics)

materi 物質(material)

materi 物質,(理論,寫作)素材(material)

mediasi 調解(mediation)

medis 醫學,醫療(medical)

mekanisme 機制(mechanism)

memori 記憶(memory)

menit 分鐘(minute)

menstruasi 月經(menstruation)

metabolik 代謝的(metabolic)

metabolisme 新陳代謝/代謝(metabolism)

mikroskop 顯微鏡(microscope)

mikrowave 微波(microwave)

mikro 微型(micro)

militer 軍事(military)

minim 最小的(minimum)

miokarditis 心肌炎(myocarditis)

misterius 神秘的(mysterious)

mistis 神秘(mystic)

mitigasi 減輕(mitigation)

mitos 傳說,神話(mythos)

mobilitas 機動性(motility)

mobil 車輛(mobile)

moda 模式(mode)

molestasi 欺負,作弄,調戲,(性)騷擾(molestation)

momen 片刻,時刻,瞬間(moment)

moneter 金融的,財政的,貨幣的(monetary)

monoteisme 一神論(monotheism)

monsun 季風(monsoon)
moralitas 道德(morality)
mortalitas 死亡(率)(mortality)
mosaik 馬賽克(mosaic)
motif 動機(motive)
multi-fitur 多功能的,多才多藝的(multi-featured)
multikultural 多元文化(multicultural)
musik 音樂(music)
mutilasi 肢解,毀損(mutilation)
mutualisme 互惠主義,互利共生(mutualism)
nama 名字(name)
narkotik/narkotika 毒品(narcotic)
nasional 國立的(national)
natalitas 出生(率)(natality)
navigasi 導航(navigation)
nazifikasi 納粹化(nazification)
negatif 負面,陰性的(negative)
negosiasi 談判,協商(negotiation)
netralitas 中立化(neutrality)
netral 中立(neutral)
nuklir 核子(nuclear)
obesitas 肥胖(obesity)
objektif 客觀的(objective)
objek 對象,目標,物體(object)
oke 好的(okay)
oksigen 氧氣(oxygen)
Olimpiade 奧林匹克運動會(Olympics)
operasi 行動,手術,作業(operation)
oposisi 反對(opposition)
opsi 選擇(option)
optik 光學(optic)
optimistik 樂觀的(optimistic)
optimis 樂觀主義,樂觀的人(optimism/optimist)
oranye 橘色(orange)
orator 演說家(orator)
organik 有機的(organic)
organisasi 組織(organization)
orgasme 高潮(orgasm)
otentik 真正的(authentic)
otomatis 自動(automatic)

otopsi 解剖(autopsy)

otoritas 主管機關,當局(authorities)

ozon 臭氧(ozone)

paket 包裹(packet)

pandemi 大流行病(pandemic)

panik 恐慌(panic)

paralel 並行(parallel)

parkir 停車(parking)

parlemen 國會(parliament)

parsel 包(裹)(parcel)

parsial 部分的(partial)

partisipasi 出席,參加(participation)

partisi 隔板(partition)

Pasifik 太平洋(Pacific)

paspor 護照(passport)

patriotik 愛國的(patriotic)

paviliun 廂房,場館,亭(pavilion)

pensil 鉛筆(pencil)

pensiun 退休(pension)

periode 期間(period)

permanen 永久的,持久的(permanent)

persen(%)百分比(percent)

persentase 百分比(percentage)

persepsi 直覺,洞察力(perception)

perspektif 看法,眼力,展望,觀點(perspective)

persuasi 說服,勸說(persuasion)

pesimistik 悲觀(pessimistic)

pestisida 農藥,殺蟲劑(pesticide)

petisi 請願(petition)

petrokimia 石化(petrochemical)

pil 藥片(pill)

pipa 管道(pipe)

plastik 塑膠(plastic)

plat/pelat 鐵板,(車)牌(plate)

poin 點,分數(point)

poligami 一夫多妻制(polygamy)

poliklinik(綜合)門診(polyclinic)

polisemi 多義字(polysemous)

polisi 警察(police)

politik 政治(politics)

polusi 汙染(pollution)
populer 受歡迎(popular)
porno/pornografi 色情書刊(電影),色情著作(pornography)
posisi 位置(position)
positif 正面的,肯定的,陽性的(positive)
postur 姿勢(posture)
potensi 潛力(potention)
praktik 實務(practice)
praktis 實用的,實際的(practical)
prediksi 預估(prediction)
prematur 過早的,早產兒,早熟(premature)
premi 保費(premium)
presiden 總統(president)
prestasi 成就,益處,給付,履行,付款(prestation)
prevalensi 流行,普遍,普及(prevalence)
prinsip 原理,原則(principle)
prioritas 優先(priority)
proaktif 積極主動的,預應的(proactive)
produksi 生產,製造(production)
produsen 生產(producing)
profesionalisme 專業精神(professionalism)
profesi 職業(profession)
promosi 推廣(promotion)
prosedur 程序(procedure)
prosesi 遊行(procession)
proses 過程(precess)
prostitusi 賣淫,妓女(prostitution)
proteksi 防護,保護(protection)
protes 抗議(protest)
protokol 指引,協議,議定書,草約(protocol)
proyek 工程(project)
psikiater 精神科醫生(psychiatrist)
psikolog 心理學家(psychologist)
pubertas 青春期(puberty)
publikasi 公布,發表,出版,發行(publication)
publik 公眾,公開,公共,公用(public)
radiasi 輻射(radiation)
radikalisme 激進主義(radicalism)
rakit 槳,球拍(racket)
rak 架子(rack)

ratifikasi(條約,協定)批准,追認(ratification)	
realisasi 實行,實現(realization)	
referensi 參考(reference)	
reformasi 改革(reformation)	
registrasi 登記(registration)	
rehabilitasi 復原,復職,復健,勒戒(rehabilitation)	
rekomendasi 推薦,介紹(recommendation)	
rekor 紀錄(record)	
rekreasi 休閒(recreation)	
rekrut 招募,徵人(recruit)	
relaks/rileks 放鬆(relax)	
relatif 有關係的,相對的(relative)	
religi 宗教(religion)	
repot 報告(report)	
representasi 代表(representation)	
reproduksi 繁殖,複製(reproduction)	
republik 共和國(republic)	
resep 食譜,藥單(recipe)	
reservasi 預訂(reservation)	
residivis 累犯,慣犯(recidivist)	
resonan 共振(resonance)	
restitusi 賠償(restitution)	
restoran 餐廳(restaurant)	
retret 撤退(retreat)	
retrospektif 回顧(retrospective)	
revisi 修正,修訂,修改(revision)	
revitalisasi 振興(revitalization)	
revolusi 地球公轉,革命(revolution)	
riil 真實的,實際的(real)	
rilis 釋放(release)	
riset(科學)研究(research)	
risiko 危險,風險(risk)	
roket 火箭(rocket)	
rolet 輪盤(roulette)	
rotasi 地球自轉(rotation)	
rumor 謠言(rumour)	
rute 路線(route)	
rutin 例行的,習以為常的(routine)	
sains 科學(sciense)	
salut 行禮,敬禮(salute)	

sampel 樣品(sample)
sampo 洗髮精(shampoo)
sanitasi 衛生(sanitation)
sanksi 懲罰,制裁(sanction)
satelit 衛星(satellite)
seismologi 地震學(seismology)
sekop 鐵鏟(scoop)
sekresi 分泌(secretion)
sekretaris 秘書(secretary)
seksi 性感的(sexy)
seksual 性的(sexual)
sektor 部分(sector)
selebriti 名人,明星,藝人(celebrity)
semen 水泥(cement)
sensitivitas 靈敏性,敏感度(sensitivity)
sentral 中央的(central)
serebrovaskular 腦血管(cerebrovascular)
sertifikatakte 證書(certificate)
setan 魔鬼,撒旦(satan)
setop 停止,停下,停車(stop)
sianida 氰化物(cyanide)
sindikat 集團(cyndicate)
sinkronisasi 同步(synchronization)
sinonim 同義字(synonyms)
sinyal 訊號(signal)
sirene 警報器(siren)
sistem 系統(system)
situasi 情況(situation)
Skala Richter 芮氏規模(Richter scale)
skala 刻度,比例,範圍,規模(scale)
skandal 醜聞(scandal)
skor 分數(score)
sosialisasi 社會主義化(socialization)
sosial 社交(social)
sperma 精子,精液(sperm)
spesial 特別的(special)
spesifik(specific)具體的,明確的
spesimen 樣本(specimen)
spion 間諜活動,間諜組織(espionage)
sporadis 零星的,分散的,偶爾發生的(sporadic)

stabil 穩定的(stable)

standar 標準(standard)

standardisasi 標準化(standardization)

statistik 統計(statistics)

stempel 印章(stamp)

sterilisasi 結紮,絕育,滅菌(sterilization)

stimulasi/stimulir 刺激(stimulation/stimulate)

stoking 絲襪(stockings)

strategis 策略的(strategic)

strategi 策略(strategy)

struktur 結構(structure)

studi 學習(study)

subjektif 主觀的(subjective)

subjek 主題,主體(subject)

subsidi 補貼(subsidy)

substansial 重大的(substantial)

substitusi 代替,替換(substitution)

subtropis 亞熱帶(subtropical)

supranatural 超自然(supernatural)

suspek 疑似的,嫌疑的,嫌疑犯(suspect)

suvenir 紀念品(souvenir)

sweter 毛衣(sweater)

syok 震驚(shock)

syuting 拍攝(shooting)

tabu 禁忌,忌諱(taboo)

takometer 轉速表(tachometer)

taksi 計程車(taxi)

taktis 戰術(tactics)

tato 紋身(tattoo)

teater 電影院(theater)

teknologi 技術,科技(technology)

tekstil 紡織(textile)

tekstur 質地,質感,手感(texture)

teks 原文,本文,字幕,講稿,經文(text)

telemedis 遠距醫療(telemedicine)

telepon 電話(telephone)

teleskop 望遠鏡(telescope)

televisi(TV)電視(television)

tema 主題(theme)

tenis 網球(tennis)

teori 理論,原理(theory)
termal 熱的(thermo)
termobarik 熱壓式(thermobaric)
teroris 恐怖分子(terrorist)
tes 測試(test)
tiket 票(ticket)
tipe 類型(type)
tisu 面紙(tissue)
topik 議題,主題(topic)
tradisi 習俗,傳統(tradition)
transaksi 交易(transaction)
transformasi 變化,轉化(transformation)
transisi 過渡(期),轉變(transition)
transmisi 傳送,傳播(transmission)
transportasi 運輸,交通(transportation)
travel cek 旅行支票(travel check)
tren 趨勢(trend)
troli 行李推車(trolley)
tropis 熱帶(tropical)
truk 卡車(truck)
Tuberkulosis(TBC)肺結核(Tuberculosis)
turisme 旅遊,觀光(tourism)
turis 旅客(tourist)
tur 旅遊(tour)
unifikasi 統一(unification)
unik 獨特(unique)
universitas 大學(university)
urbanisasi 城市化,都市化(urbanization)
vaksinasi 注射疫苗(vaccination)
vaksin 疫苗(vaccine)
vakum 真空,吸塵器(vacuum)
vandalisme 故意破壞(vandalism)
varian 變異的(variance)
vas 花瓶(vase)
ventilasi 通風,流通(ventilation)
verifikasi 確認,驗證(verification)
versi 版本(version)
vila 別墅(villa)
visi 願景,眼光(vision)
vokalis 歌手(vocalist)

voltase 電壓(voltage)
vulkanik 火山的(volcanic)
vulkan 火山(volcano)
wanprestrasi 違約(荷蘭語 wanprestatie)
zona 區(zone)

Pasal IV-9. 縮寫/首字母縮寫 –節錄(A-Z)

印尼文的「縮寫(Singkatan)」和「首字母縮寫(Berinisial/Rumus)」常讓外國人一頭霧水，以下節錄一些給大家參考：

ABG：anak baru gede 青少年
ABK：anak buah kapal 船員,船工,討海人
AC：Air Conditioner 冷氣
alutsista：Alat Utama Sistem Senjata 國防裝備
AMDAL：analisis dampang lingkungan 環境影響評估(環評)
ananda：anak anda 您的小孩
APINDO：Asosiasi Pengusaha Indonesia 印尼企業家協會
ART：asisten rumah tangga 幫手,幫傭
BAB：buang air besar 大便
bandara：bandar udara 機場
BBM：bahan bakar minyak 油料
BH：(荷蘭語)buste hpunder 胸罩
BIN：Badan Intelijen Nasional(印尼)國家情報局
BNN：Badan Narkotika Nasional(印尼)國家緝毒局
BNP2TKI：Badan Nasional Penempatan dan Perlindungan Tenaga Kerja Indonesia 印尼勞工安置保護局
BPOM：Badan Pengawas Obat dan Makanan(印尼)食品藥物監督局
bumil：ibu hamil 懷孕的女人
BUMN：Badan Usaha Milik Negara 國營企業
cekal：cegah tangkal 管制(申請案,入出境...)
CPI：Indeks Persepsi Korupsi 清廉印象指數
DC：debt collector 討債者
Dinsos：Dinas Sosial 社會福利機構
Dirjen：Direktur Jenderal 總局長 [17]
Ditjen：Direktorat Jenderal 總局,總處[17]
Dr.：doktor 博士
Drs.：(荷蘭語)Doktorandus 碩士

---

[17] 「Ditjen」是「Direktorat Jenderal(總局)」的縮寫，是指「機關」；而「Dirjen」是「Direktur Jenderal(總局長)」的縮寫，是指「人」，兩者不要弄混。

Dukcapil：direktorat jenderal kependudukan dan pencatatan sipil(印尼內政部)人口與民事登記局
HP：Handphone 手機
humas：hubungan masyarakat 公共關係
INTERPOL：Organisasi Polisi Kriminal Internasional 國際刑警組織
IOM：Organisasi Internasional untuk Migrasi 國際移民組織
Ir.：insinyur 工程師
isoman：isolasi mandiri 自主隔離
isoter：isolasi terpusat 集中隔離
jablay：jarang dibelai 花癡,騷貨,婊子
Jabodetabek：Jakarta 雅加達+Bogor 茂物+Depok 德波+Tangerang 丹格朗+Bekasi 勿加泗=雅加達大都會區[18]
japri：jalur pribadi,jaringan pribadi 私訊,私聊
JI：Jemaah Islamiyah 回教祈禱團
jukir：juru parkir 停車管理員
KA：kereta api 火車
kakanwil：kepala wilayah propinsi 省區負責人
kapolda：kepala kepolisian daerah 地區警察局長
KDEI：Kantor Dagang dan Ekonomi Indonesia 印尼貿易經濟辦事處
KDRT：kekerasan dalam rumah tangga 家庭暴力,家暴
kedubes：kedutaan besar 大使館→kedutaan besar Republik Indonesia(KBRI)印尼大使館
kemendagri：kementerian dalam negeri 內政部
kemenhub：Kementerian Perhubungan(印尼)交通部
kemenkes：kementerian *Kesehatan*(印尼)衛生部
kemenlu(台)/kemlu(印尼)：kementerian luar negeri 外交部
KK：kartu keluarga(印尼)戶籍謄本
KPK：Komisi pemberantasan Korupsi(印尼)肅貪委員會
KSP：koperasi simpan pinjam 龐氏騙局,老鼠會
KTP：kartu tanda penduduk(印尼)身分證
KUHAP：Kitab Undang-Undang Hukum Acara Pidana 刑事訴訟法
KUHP：Kitab Undang-Undang Hukum Pidana 刑法,刑事法
lalin：lalu lintas 交通
lansia：lanjut usia 老人
LSM：lembaga swadaya masyarakat 民間組織
M：Masehi 基督誕生之年,西元
M：miliar 十億印尼幣
Mabes polri：Markas Besar Kepolisian RI 印尼警察總部
Mabes：markas besar 總部
mamin：makanan dan minuman 餐飲

---

[18] 請參考 VI-2.2.4.延伸閱讀的詳細說明。

mantul：mantap betul 非常正確,非常棒
manula：manusia usia lanjut 老人
medsos：media sosial 社交媒體
mejikuhibiniu：紅、橙、黃、綠、藍、靛、紫(warna pelangi 七彩顏色)
MK：mahkamah konstitusi 憲法法庭
MUI：Majelis Ulama Indonesia 印尼回教學者理事會
nasgor：nasi goreng 炒飯
NGO：organisasi non pemerintah 非政府組織
NIK：Nomor Induk Kependudukan(印尼)身分證號
NU：Nahdlatul Ulama 回教教士聯合會,伊聯
ojol：ojek online 網約載客機車
orang dalam(ordal)內線,裡面的人
ORGANDA：Organisasi Angkutan Darat 陸路運輸組織
ormas：organisasi kemasyarakatan 社會組織,民間組織
OSIS：organisasi siswa intra sekolah 學生會
P3K：Pertolongan Pertama Pada Kecelakaan 災難現場救治
pakde：bapak gede 大哥,大叔
parekraf：Pariwisata dan Ekonomi Kreatif 旅遊暨創意經濟
parpol：partai politik 政黨
pasutri：pasangan suami istri 夫妻
Pemda：pemerintah daerah 地方政府
pemilu：pemilihan umum 選舉
Pemkab：pemerintah kabupaten 縣政府
Pemkot：pemerintah kota 市政府
permenkumham：Peraturan Menteri Hukum Dan Ham 司法人權部長法規
PKC：Partai Komunis Cina 中國共產黨,中共
PKL：pedagang kaki lima 小販攤主
PLRT：penata laksana rumah tangga 家事幫傭
PLTN：Pembangkit Listrik Tenaga Nuklir 核能發電廠
PMA：pekerja migran asing 外籍移工
polda：kepolisian daerah 地區警察局
ponsel：telepon seluler 手機
PPKM：Pelaksanaan/Pemberlakuan Pembatasan Kegiatan Masyarakat 民眾活動限制措施
PPLN：pelaku perjalanan luar negeri 國外旅行者
PPN：Pajak Pertambahan Nilai 加值稅,(台)加值型營業稅,(印尼)增值稅,(星)消費稅
PRT：pekerja rumah tangga 幫手,幫傭
PSK：pekerja seks komersial 性工作者
PT：pengadilan tinggi 高等法院
PT：perseroan terbatas 股份有限公司
PTTA：pesawat terbang tanpa awak 無人機(drone)

Pujasera：pusat jajanan serba ada 美食廣場(街)	
puskesmas：pusat kesehatan masyarakat 衛生所	
PWP2：Direktorat Penanggulangan Wabah dan Pemulihan Prasarana(印尼)流行病管制局,流行疾病搶救及基礎設施恢復局	
RM：rumah makan 餐室	
RS：rumah sakit 醫院	
RT：rukun tetangga 鄰	
rudal：peluru kendali 導彈,飛彈	
Rudenim：rumah detensi imigrasi(印尼)大型移民收容所	
ruko：rumah toko 店屋	
RW：rukun warga 里	
sajam：senjata tajam 尖銳武器	
satgas：satuan tugas 專案(小組)	
SD：sekolah dasar 小學	
sdm：sendok makan 湯匙	
sdt：sendok teh 茶匙	
sekjen：sekretaris jenderal 秘書長,總書記	
sidak：inspeksi mendadak 臨檢,突擊檢查	
SM：sebelum Masehi 西元前	
SMA/SMU：sekolah menengah atas/umum 高中	
SMK：sekolah menengah kejuruan 高職	
SMP：sekolah menengah pertama 國中	
T：triliun 一兆印尼幣	
tagar：tanda pagar 標籤	
tilang：bukti pelanggaran 違反交通法規,(違反交通法規的)罰款	
TK：taman kanak-kanak 幼稚園	
TKI：tenaga kerja Indonesia 印尼勞工	
TNKB：Tanda Nomor Kendaraan Bermotor(機動車輛)車牌	
toserba：toko serba ada 便利商店	
TPPO：tindak pidana perdagangan orang 人口販運犯罪行為	
ttl：tempat, tanggal lahir 出生地和生日	
TTM：teman tapi mesra 曖昧對象	
TV：televisi 電視	
W.C.：water closet 廁所	
wakapolda：wakil kepala kepolisian daerah 地區警察局副局長	
wamil：wajib militer 服兵役,徵兵	
warkop：warung kopi 咖啡店	
warnet：warung internet 網咖	
wartel：warung telepon 電話房	
webinar：web seminar 網路會議	

WIB：waktu Indonesia barat 印尼西部時間(雅加達,越,泰…)
WIT：waktu Indonesia timur 印尼東部時間(巴布亞,新幾內亞,日,韓…)
WITA：waktu Indonesia tengah 印尼中部時間(巴里島,台,星,馬,中,港…)

例句

➢ Menurut informasi, tim satuan tugas (Satgas) menemukan ada suatu kelompok kriminal bersenjata (KKB) di Taiwan serta sindikat penipuan khusus untuk mengunci rekan sesama kampung halaman dan PMA kaburan Indonesia.
根據情報，專案小組發現某個台灣的持械犯罪集團夥同詐騙集團專門鎖定印尼同鄉和逃逸外籍移工。

Pasal IV-10. 印尼文標準化(Standardisasi Bahasa Indonesia)

大家一定看過同一個印尼文單字會有不同寫法，比如：「sop, sup(湯)」，但近年印尼政府正在進行印尼文書寫標準化的修正，例如，筆者以前初學印尼文時是「Silahkan(請)」，但依據「印尼文大字典(Kakus Besar Bahasa Indonesia：KBBI」，現已改為「Silakan」，所以正式使用要注意，如果讀者遇到拼法有異的字，不妨利用右側線上版「印尼文 KBBI 字典」查詢是否為最新標準寫法。

印尼 KBBI 字典

下面是筆者自行摘錄一些常見的標準化字，前方標有「X」的字詞為過去的寫法，箭號「→」後方標註「O」的拼法則為現在 KBBI 標準用法，讀者如果有興趣深入研究，可以上網搜尋「500 DAFTAR KATA BAKU DAN TIDAK BAKU」這網頁，有人很認真地整理出超過 500 個標準/非標準字的對照表，例如「nyariin=cari(尋找)」，摘要整理一些供大家參考：

範例標準化字對照表 - 節錄(A-Z)

曾使用字(不標準)		現在標準化字
X aktifitas	→	O aktivitas 活動,努力
X akte	→	O akta 證書,證件,契約
X anda	→	O Anda 你
X antri	→	O antre 排隊
X bawain	→	O bawakan 為…帶,使…適應
X bilyar	→	O biliar 撞球
X bis	→	O bus 公車,巴士
X bolam	→	O bohlam 電燈泡
X boot	→	O bot 靴子
X cabe	→	O cabai 辣椒
X capek	→	O cape 累,疲倦
X nyariin 尋找	→	O mencari 尋找,圖謀,追求
X cemilan	→	O camilan 點心,零嘴

185

X	cendikiawan	→	O	cendekiawan 學者,知識分子
X	deterjen	→	O	detergen 洗潔劑
X	ekstra kurikuler	→	O	ekstrakurikuler 課外的
X	faham	→	O	paham 了解,理解
X	fasal	→	O	pasal 法規條次
X	goncang	→	O	guncang 猛烈震動,動盪
X	graduil	→	O	gradual 漸進的,逐漸的,逐步的
X	gurame	→	O	gurami 鯉魚
X	Hajj	→	O	Haji 朝功
X	hembus	→	O	embus 吹氣,氣流
X	hikmat	→	O	hikmah 智慧,法術
X	idea	→	O	ide 點子
X	ijin	→	O	izin 允許,許可
X	iklas	→	O	ikhlas 真誠的,真心的
X	imaginasi	→	O	imajinasi 想像(力),空想,幻想
X	infra merah	→	O	inframerah 紅外線
X	jaman	→	O	zaman 時代
X	kadaluarsa	→	O	kedaluwarsa 已過期,退流行,逾期
X	kantung	→	O	kantong 袋,口袋
X	kare	→	O	kari 咖哩
X	ketapel	→	O	katapel 彈弓
X	kaunter	→	O	konter 櫃台
X	kedaluarsa	→	O	kedaluwarsa 已過期,退流行,逾期
X	kedar	→	O	kadar 能力,本性,身分
X	kempes	→	O	kempis(因漏氣)縮小
X	klab	→	O	klub 俱樂部
X	kongkow	→	O	kongko 閒聊,客套話
X	konperensi	→	O	konferensi 會議
X	krupuk	→	O	kerupuk 蝦餅
X	kuatir	→	O	khawatir 擔心,著急
X	kuwalitas	→	O	kualitas 性質
X	lansekap	→	O	lanskap 風景,景觀,景色
X	lazat	→	O	lezat 好吃,美味的
X	ledeng	→	O	leding 自來水
X	lobang	→	O	lubang 洞,坑,孔
X	makota	→	O	mahkota 王冠
X	mancur	→	O	pancur 噴射
X	marmut	→	O	marmot 土撥鼠
X	mempengaruhi	→	O	memengaruhi 對...產生影響
X	merubah	→	O	mengubah 改變

X	mie	→	O	mi 麵
X	milyar	→	O	miliar 十億(M)
X	mupakat	→	O	mufakat 贊成,同意,協議,磋商
X	muson	→	O	monsun 季風
X	musyawarat	→	O	musyawarah 協商共識
X	nafas	→	O	napas 呼吸
X	nasehat	→	O	nasihat 勸告
X	ngopi	→	O	kopi 咖啡
X	Nofember	→	O	November 十一月
X	obyek	→	O	objek 對象,目標
X	pavilyun	→	O	paviliun 廂房,場館,亭
X	plat	→	O	pelat 鐵板,(車)牌
X	pondasi	→	O	fondasi 地基,基礎
X	puteri	→	O	putri 公主,女兒
X	Ramadhan	→	O	Ramadan 齋戒月
X	resiko	→	O	risiko 危險,風險
X	pengrusak	→	O	perusak 破壞者,破壞工具
X	sahaja	→	O	saja 只,只有
X	saklar	→	O	sakelar(電器)開關
X	Sansekerta	→	O	Sanskerta 梵文
X	Sawm/siyam	→	O	saum 齋功
X	sebel	→	O	sebal 倒楣,運氣不好,煩呀
X	seterika	→	O	setrika 熨斗
X	Shahadah/Shahadat	→	O	Syahadat 念功
X	Sholat	→	O	salat 禮功
X	silahkan	→	O	silakan 請
X	silahturahmi	→	O	silaturahmi 友誼
X	sorghum	→	O	sorgum 高粱
X	subyek	→	O	subjek 主題,主體
X	suwit	→	O	suit/suten 猜拳,划拳
X	taiphoon	→	O	taifun 颱風
X	telor	→	O	telur 蛋
X	tentram	→	O	tenteram 和平的,平靜的,安心的
X	trampil	→	O	terampil 熟練的,敏捷的
X	trilyun	→	O	triliun 兆(T)
X	meubah	→	O	mengubah 轉變過來,改變,修改,違約
X	wudhu	→	O	wudu 小淨,禱告前洗淨身體
X	zait	→	O	zaitun 橄欖

Pasal IV-11. 諺語 (Peribahasa)

印尼文的諺語非常多，筆者整理一些與司法通譯可能有關的給大家參考。

一分錢一分貨 Ada rupa ada harga.
一言既出駟馬難追 Terlongsong perahu boleh balik, terlongsong cakap tidak boleh balik.
一命還一命/血債血還 Hutang nyawa, balik nyawa.
一舉數得/一舉兩得 Sekali mendayung dua tiga pulau terlampaui/Sambil menyelam minum air.
人生如戲 Hidup ini bagaikan sandiwara.
人言可畏 Pisau senjata tiada bisa, bisa lagi mulut manusia.
人非聖賢孰能無過/智者千慮必有一疏 Sepandai-pandainya tupai melompat, sekali akan gawal juga/Sepandai-pandainya tupai melompat, sekali waktu jatuh juga.
人活著必須互相幫助 Hidup di dunia harus tolong-menolong.
人為財死，鳥為食亡 mati semut karena gula.
入境隨俗 Masuk kandang kambing mengembik, masuk kandang kerbau menguak.
十拿九穩/易如反掌/不費吹灰之力 Seperti gula di dalam mulut.
上不上，下不下/半吊子 Ke langit tidak sampai, ke bumi tidak nyata.
千鈞一髮/生死一瞬間 Selompat hidup, selompat mati.
口惠實不至 Murah di mulut, mahal di timbangan.
口蜜腹劍 Di luar bagai madu, di dalam bagai empedu.
不知好歹/不知對錯 Tidak tahu di salah benar.
不管黑貓白貓，能抓老鼠的就是好貓 Entah kucing hitam entah kucing putih, yang dapat tangkap tikus ini kucing baik.
日久見人心 Tidak kenal maka tidak sayang.
可以意會，不能言傳 Terasa ada, terkatakan tidak.
未雨綢繆 Sedia payung sebelum hujan.
生米已經煮成熟飯 Nasi sudah menjadi bubur.
先苦後樂 Berakit-rakit ke hulu, berenang-renang ke tepian.
先踩過我的屍體，你的目的才能達到 Langkahi dulu mayatku, barulah maksudmu itu tercapai.
同生共死/同島一命 Satu nyawa dua badan
因人而異 Memberi makan anjing di tembikar, memberi makan gajah dengan alatnya.
因小失大 Habis waktu karena bang.
如坐針氈 Bagai tidur di atas miang.
有苦有樂 Ada senang sakitnya.
有福同享，有難同當 Sakit senang sama-sama dirasa.
池魚之殃 Seorang makan cempedak, semua kena getahnya.
言行不一 Perbuatannya tidak selaras dengan ucapannya.
披著羊皮的狼 Serigala berbulu domba.
明知故問 Tanya tahu.
知易行難 Gampang-gampang sulit/susah.
表面裝闊 Cakap berlauk-lauk, makan dengan sambal lada.

厚此薄彼 Melebihkan yang satu daripada yang lain.	
背後另有企圖 Ada udang di balik batu.	
胡蘿蔔與棍棒 Lunak disudu, keras ditakik.	
家醜不外揚 Soal dalam rumah jangan dibawa ke luar	
徒勞無功 Seperti tulis di atas air/徒勞無益/白做工 Membuat garam ke laut.	
除了倒楣還是倒楣 Dari semak ke belukar.	
馬後炮 Rumah sudah, tukul berbunyi.	
殺人必須償命 Pembunuh harus membayar dengan nyawa.	
異中求同/殊途同歸 Bhinneka Tunggal Ika.	
善有善報，惡有惡報 Baik dibalas dengan baik, jahat dibalas dengan jahat.	
開門見山/直接了當 Buka kulit, ambil isi.	
黑暗過後便是光明 Habis Gelap, Terbitlah Terang	
過河拆橋 Habis manis, sepah dibuang.	
隔牆有耳 Berkata siang melihat-lihat, berkata malam mendengar-dengar.	
寧可遲到也要安全 Biar lambat asal selamat.	
寧慢勿快/緩慢但確實 Alon-alon asal kelakon.	
歷經風霜/生活經驗豐富 Banyak makan garam.	
騙吃騙喝/招搖撞騙 Cari makan dengan menipu.	
聽天由命 Layang-layang putus talinya.	

例句

- Biar lambat asal selamat.
  寧可遲到也要安全。

- Makna yang tersirat dalam peribahasa "nasi sudah menjadi bubur" yang benar adalah "sesuatu yang telah terlanjur terjadi tidak bisa diubah kembali".
  諺語"飯已經成為粥"裡蘊含的意義正確是指"某事已經完成，無法改變了"(生米已經煮成熟飯)。

- Makna yang tersirat dalam peribahasa "ada udang di balik batu" yang benar adalah "seseorang yang menyembunyikan maksud tertentu di balik ucapan atau perbuatannya".
  諺語"石頭的背後有蝦子"裡蘊含的意義正確是指"某人在說話或行為背後隱藏著特定的意圖"(圖謀不軌/背後另有企圖)。

Pemadam

hidran(消防栓)
mobil pemadam kebakaran(消防車)
pasukan pemadam kebakaran(消防隊)
pemadam api(滅火器)
pemadam(消防人員)

第 V 章 Bab V
結語 Kesimpulan

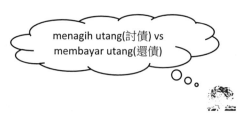

menagih utang(討債) vs
membayar utang(還債)

善有善報，惡有惡報 Baik dibalas dengan baik, jahat dibalas dengan jahat

Bab V_結語(Kesimpulan)

期許(Harapan)

外界一定很好奇，司法院特約通譯名冊上雖有滿滿的譯者名單，但每位通譯接到的案件數量卻落差很大，究竟法院愛用什麼樣的司法通譯呢？了解刑事和民事案件的流程是通譯必備的常識，熟悉流程及法律用語、口語表達能力佳，加上過去有多次良好配合經驗的通譯自然會是法院的首選，以上提供有意願或已經是司法通譯者參考。

本書也適用有意願參加其他國家考試印尼文組的台灣讀者參考，例如有興趣報考外交特考(外交領事人員類科印尼文組)與移民行政人員特考(選試印尼文)的讀者，鑑於這兩種考試都有「中文翻譯印尼文」、「印尼文翻譯中文」和「寫短文」等3部分，而且常出政治、經濟、社會、國際、外交等相關時事題目，如果能用正式且正確的官方及法律訴訟用語回答，相信會對獲取高分是有幫助的！

刑事交互詰問時，可能會用不同方式詢問同樣問題，以確認當事人或證人回答是否一致、有無說詞反覆的情形，此時若司法通譯無法精準傳遞資訊，就可能影響審判進行的步調和結果，不得不慎。所以除了參考本書外，建議平日可利用閱讀和學習在報紙、雜誌、網站上的印尼文新聞、故事和文章，例如台灣的「公共電視、新住民全球新聞網」和印尼「點滴新聞網(DetikNews)」新聞網，以提升印尼文程度，大家可以多加參考利用，筆者未來的夢想，希望台灣也能發行一本繁體中文版的印尼文辭典(紙本或線上)工具書，以嘉惠對印尼文有高度興趣的台灣人。

公視印尼文新聞
Warta Berita

新住民全球新聞網
(印尼文)

印尼 DetikNews

LINE 社群網址

本書書名「**讚啦！我成為印尼語司法通譯了！MANTAPLAH! SAYA SUDAH MENJADI PETERJEMAH HUKUM BAHASA INDONESIA!!**」，是作者人生第2次寫書，而且還是專業的印尼語法律書籍，頁數超過200頁、字數7萬多字，自覺已學習了不少，可是每次閱讀上面所提到的網路印尼文新聞、故事和文章後，還是會發現一些新的內容需要補充，造成本書必須一直配合修正，生怕有所疏漏，而且仍有許多寫作技巧及版面編排方面需要學習，畢竟紙本書籍只要定稿出版，就再也不能增刪內容了，這才是內心挑戰及掙扎的部分。

延伸閱讀(歧義句/雙關語)

中文(華語)博大精深，其中的「歧義句(Ampfiboli)」或「雙關語(permainan kata-kata)」更讓外國學生難以掌握，司法通譯要如何「正確地」翻譯出，就考驗著語言能力，例如中文「老師教的都是沒有用的東西」這句話就有兩種不同的意義，關鍵在於被省略的受詞是「事物」還是「人」，請參考下面例句：

例句

➢ A : Semua ajaran dari guru adalah hal yang tidak berguna. 老師教的**(課程)**都是沒有用的東西。
B : Semua pelajar diajar guru adalah orang yang tidak berguna. 老師教的**(學生)**都是沒有用的東西。

➢ A : Susunya saya yang menjatuhkan, tumpah bercecaran di lantai. 牛奶被我打翻，灑了一地。
B : Susu yang saya menjatuhkan, tumpah bercecaran di lantai. 被我打翻的牛奶，灑了一地。

➢ A : Saya saja mempunyai satu anak. <u>只有我</u>有 1 個小孩。
B : Saya mempunyai satu anak saja. <u>我只有</u> 1 個小孩。

➢ A : buruh/pekerja tua 老工人
B : teman sekolah lama 老同學
C : rakyat biasa 老百姓
Sepatah bahasa Mandarin "老", tetapi mempunyai 3 patah dalam bahasa Indonesia yang artinya berbeda, yaitu "tua, lama. biasa".
一個中文字"老"，在印尼文裡有 3 個意義不同的字詞，即"tua, lama, biasa"。

Bahasa

Bahasa Austronesia(南島語言)
bahasa daerah(方言)
bahasa Indonesia baku(標準印尼文法)
bahasa resmi(官方用語)
bahasa serapan(外來語)
bahasa(語言)
berbahasa asing(說外語)
dwibahasa,bilingual(雙語的)
juru bahasa(翻譯者)
kelebihan bahasa(語言優勢)
multibahasa(多語的)
perbahasaan(禮貌,禮節)
peribahasa(諺語)
tata bahasa(文法)

附錄 Lampiran

歷經風霜 Banyak makan garam

附錄〈Lampiran〉

附錄 L-1：人類活動〈Aktivitas Insan〉

L-1.1.建築(Konstruksi Bangunan)/工具(Peralatan)

air pancur 噴水池	ajang 場地	alang 橫樑,隔板
alat damkar 消防器材	aliran listrik 電流	alun 廣場
alur air,selokan 排水溝	alur 溝,槽	ambang 門檻
anti basah 防潮	arus bolak-balik 交流電	arus searah 直流電
atap ubin 屋瓦	atap 頂部,屋頂	aula,balai 大廳
bak air 水槽	bak mandi 浴缸	batang aluminium 鋁塊,鋁錠
bandar 水溝,(海)港	bandar air 水溝	baskom 洗臉盆
batang aluminium 鋁塊,鋁錠	baterai,batu baterai 電池	baut 螺栓(螺絲+螺帽)
bawah tanah 地下	bendung/bendungan 水壩	bikin rumah 蓋房屋
bohlam 電燈泡	bor 鑽頭	bor listrik 電鑽
bukaan pintu 門扇	bukaan kiri-kanan 左右兩側門扇	buntu 堵住,不通
buruh/pekerja lepas 臨時工,零工	buruh 工人	cahaya tembus 透光
cangkul 鋤頭	cerobong 煙囪	darat,lahan 陸地,土地
dekor ruangan 房屋裝潢	denah 構想,草圖	derek 起重機,吊車
dermaga 碼頭,防波堤	dinding,tembok 牆	drum minyak 大油桶,大鐵桶
ebor 鑽孔	engsel 絞鍊	fondasi 地基,基礎
gagang cangkul 鋤頭柄	gagang payung 傘柄	gagang pintu 門把
gardu telepon 電話亭	gardu 崗亭,崗哨	gas alam 天然氣,天然瓦斯
gelembung 氣泡	gergaji 鋸子	gorden,tirai 窗簾,門簾
grafiti 塗鴉	gudang 倉庫	halaman belakang 後院
hidran 消防栓	ikat 帶子,框,箍,鑲邊	impul hidup 活結
impul mati 死結	istana 城堡	jaringan listrik 電網
jembatan gantung 吊橋	jendela kasa 紗窗	jentera gerigi 齒輪
jendela 窗戶	kakus 馬桶	kapak 斧頭
karat 鏽	karat besi 鐵鏽	karung pasir 沙包,沙袋
kayu 木材	kedap/tahan air 防水	kedap udara 密封的,不透氣的
keram 下沉	keran 閥	keran air 水龍頭
kereta/gerobak dorong 手推車	kisi/kisi-kisi 窗上鐵條	kisi jendela 鐵窗
kokoh 堅固,穩固	kolong 下面,底下,坑道,地道	kompleks rumah 住宅區,社區
konstruksi 建築物	koridor,serambi,setapak 走廊	kotak kayu 木箱
kunci pas 板手	landa emas 淘金	leding,air leding 自來水
listrik 電力	martil,palu 鎚子,榔頭	medan 場,草場,廣場,場所,圈子
medan magnet 磁場	menara air 水塔	menderek 吊,搬,卸
mesin bor 電鑽,車床	mesin pemotong rumput 除草機	meteran air 水表

meteran listrik 電錶	miris 到處滴漏	mistar 尺
mosaik 馬賽克	mur 螺帽,螺母	nestum 蜂巢狀
obeng 螺絲起子	pabrik 工廠	pagar bambu 竹籬笆
pagar tembok 圍牆	paku 釘子	paku baut,sekrup 螺釘,螺絲釘
panti 住所,場所	palet 棧板	pasir 沙
pekarangan 院子	pelosok 角落	pemadam api 滅火器
pembalak,penebang 伐木工	pembiasan cahaya 光的折射	pembor 鑽頭,鑽探機器
pemecah ombak 消波塊	pengeboran 鑽探	penggali 挖掘者
penghalang air hujan 雨遮	perancah 鷹架	pier 碼頭
pintu darurat 緊急出口,逃生門	pipa air,saluran air 水管	pipa gas alam 天然氣管線
pipa leding 自來水管	pita meteran 捲尺	pompa air 抽水機
pompa angin 打氣筒	pondok(臨時搭建)小屋,茅屋	prasarana 基礎建設,基礎設施
puing 廢墟	rampung 完成,完畢,竣工	rantai besi 鐵鍊
ratu badminton 羽球球后	reruntuhan 廢墟,殘骸	rumah deret/susun 連棟公寓
sabit 鐮刀	sabuk pengaman 安全帶	sekop 鐵鏟
selokan pembuangan air 下水道	semen 水泥	senter,senter lampu 手電筒
serpih kayu 木屑	setrum 電流	sumber,sumur 井
tabir 帳幕,遮蔽物	tahan api 防火	tali tis 束帶
tambang 礦	tanah kosong 空地	tang 大鉗子,老虎鉗
tanggul 堤防	tanggul tanah 土堤	tangkal petir 避雷針
tangki 大槽,大桶	tangki air 儲水槽	tegangan listrik,voltase 電壓
terali 欄杆	terowongan 隧道,坑道	tiang pintu 門柱
tiang rumah 屋樑	turbin angin 風力發電機	ubin 磁磚
urbanisasi 城市化,都市化		

gardu induk transformator daya 變電所	gedung pencakar langit/awan 摩天大樓
generator,pembangkit listrik 發電機	lampang 棚子(在屋旁臨時為宴席而搭建)
lokasi konstruksi bangunan 建築工地	melapisi kayu & bambu 鋪上一層木材和竹子
menara pengebor minyak 鑽油平台	mesin penggali tanah,ekskavator 挖土機
pemeliharaan prasarana 養護工程,基建工程維護	petunjuk keselamatan 安全指示/指南
derek pengeboran,menara pengebor minyak 鑽油平台	
pipe saluran pembuangan air limbah 汙水下水道管線	

L-1.2.交通/通訊(Lalu Lintas/Komunikasi)

aki mobil 汽車電瓶	aki 電瓶	akses 通道,(進)入口
argo 跳表	bahan bakar 燃料	bahan bakar minyak(BBM)油料
bak truk 車斗,貨車車廂	ban 輪胎,袖章,傳動帶	ban 場地,軌道
ban berjalan 走道	batu sauh 錨	bensin 汽油
beranda stasiun 月台	berjalan menyamping 靠路邊走	bundaran 圓環

buritan 船尾,尾部	bus kota 市公車	busi 火星塞
carter 包機	depan gang,ujung jalan 巷口	dongkrak 千斤頂
duduk berdampingan 並排坐	duduk menyamping 側坐	fondasi jalan 路基
gang 小巷,巷	gandung,pelampung 浮標,浮筒	gerbong 車廂
gerobak 貨車	halte bus 公車亭	haluan 船首
induk kereta api 火車頭	jalan buntu 此路不通	jalan keluar 出路
jalan lurus 筆直的道路	jalan raya 高速公路,大馬路,大街	jalan tikus,potong jalan 捷徑,小路
jalan satu arah 單行道	jalur mobil 車道	jalur trekking 步道
jembatan jungkatan 吊橋	jangkar 錨	jok belakang 後座
jok kemudi 駕駛座	jok kiri 左邊座位	jok 座位
kabin 機艙	kaca spion belakang 照後鏡	kaca spion 反射鏡
kapal laut 洋輪	kapal muatan 貨船	kapal udara 飛船
kap 引擎蓋	kecepatan,laju 速度	kemas peti,kontainer 貨櫃
kembali 回來,返回	kendaraan bermotor 機動車輛	kepala masinis 列車長
kereta gantung,Gondola 纜車	kereta kuda,dokar 馬車	kereta listrik 電車
kereta ringan 輕軌	klakson(汽車)喇叭	knalpot 排氣管,消音器
kursi welas asih 博愛座	lalu lalang 川流不息	lampu belakang(車)尾燈
lampu depan(車)大燈	lampu jalan 路燈	lampu merah/lalu lintas 紅綠燈
lampu tembak 閃光燈	langgai 漁網	layang derek 拖車服務
lewat (jalan) tol 過高速公路	lokomotif uap 蒸氣火車頭	lokomotif 重型機車
lorong 弄	lurus 直走	mampir,tempuh 繞,順道經過
masinis(火車)司機	membenahi jalanan 整修道路	membongkar jangkar 起錨
membunyikan klakson 按喇叭	mengisi aki 給電瓶充電	menutup nomor telepon 停話
menyetir mobil 開車	mesin penyelarasan 補票機	minyak mentah 原油
minyak sawit 棕櫚油	mobil 汽車	mobil sewaan 出租車
MRT,subway 捷運	mobil listrik 電動車	navigasi 導航
nomor pesawat 分機號碼	onderdil 零件	parkiran,tempat parkir 停車場
parkir berbayar 付費停車	pejalan kaki 行人,走路者,路人	pelek 輪圈
pelumas 潤滑油	pembayaran seluler 手機支付	pengembalian tiket 退票
pemobil 開車者	pengemudi,supir 駕駛員,司機	penghentian pembayaran 止付
pengguna jalan 用路人	penyeberangan 鐵路平交道	perahu layar 帆船
perahu 船	perlintasan(鐵路)平交道	perumtel 電信公司
pesawat khusus 專機	peta 地圖	pom/pompa bensin 加油站
pulang pergi 來回	puncak macet 堵塞尖峰	putaran balik(u-turn)迴轉道
rambu 路標	rel 鐵軌,軌道	rem tangan 手煞車
roda 車輪	rute,jalur 路線	sepeda umum 共享單車
sepeda motor 機車	sepeda motor umum 共享機車	setir 方向盤
simpul 交岔路口,結	solar 柴油	takometer 轉速表

tambahan kereta 加班(火)車　　tempat bernaung 避風港　　terminal bus 公車總站

terusan 運河　　tiang listrik 電線杆　　tiket berdiri 站票

tram(單軌)電車　　truk 卡車　　truk sampah 垃圾車

truk kontainer 貨櫃(卡)車　　turbin 渦輪機　　ujung 盡頭

wahana 車輛,交通工具　　wahana wisata 遊覽車　　waktu puncak 尖峰時間

zebra cross 斑馬線

alat transpor,kendara/kendaraan 交通工具,車輛　　bawah tanah MRT,kereta bawah tanah 地下鐵

berboncengan motor 搭便車,免費搭車　　berlarian ke sana sini,berlari-lari 到處跑來跑去

jam-jam berangkat dan pulang kantor 上下班時段　　jurusan,trayek(兩地之間交通工具)線,行駛路線

kemudi/mengemudi,menyetir 駕/開(車)　　melalui sambungan telepon 透過電話聯繫

pembatas,separator 路口柵門,分隔物,分隔島,護欄　　pemotor,pengendara motor 機車騎士

pesawat terbang/udara 飛機　　pesawat baling-baling 螺旋槳飛機

pom/pompa bensin,pompa gas 加油站　　ruas jalan 支線道,聯絡道(進入高速公路、主幹道)

rute perjalanan bus umum 公車行駛路線　　sepeda motor listrik umum 共享電動機車

telepon salah sambung 打錯的電話　　tiket bernomor duduk 對號(座位)票

bus Jakarta trayek Bandung,bus jurusan Jakarta-Bandung 雅萬線公車

jalan trotoar,penyeberangan pejalan kaki,trotoar 人行(穿越)道

pelat nomor,Tanda Nomor Kendaraan Bermotor(TNKB)(機動車輛)車牌

L-1.3.寢具(Peralatan Tidur)/家具(Mebel)

alas kasur/tilam,seperai 床單　　AC 冷氣　　alas bantal 枕巾

alas kaki 腳墊　　alas/taplak meja 桌布　　bangku,kursi,tempat duduk 椅子

bantal 枕頭　　bantal guling 抱枕　　beralaskan tikar 鋪有草蓆/墊子

brankas,safe deposit 保險櫃　　kasur,kasur tidur 床,床墊　　kelambu gantung(懸吊)蚊帳

kelambu 蚊帳　　kipas angin 電風扇　　kursi rotan 藤椅

laci 抽屜　　lemari 櫃子　　lemari kayu 木櫃

meja makan 飯桌　　meja 桌子　　ranjang,tempat tidur 床

sampul bantal 枕頭套　　tikar 席子　　tirai kelambu 蚊帳門簾

L-1.4.服飾(Pakaian & Pemanis)

anak rambut 瀏海　　anting 耳環　　badik 單刃匕首

baju besi 盔甲　　baju dalam 內(上)衣　　baju hujan 雨衣

baju 上衣　　baju ganti 替換的上衣　　bot,sepatu bot 長統靴

Batik(爪哇島)蠟染(布)　　benang 線　　benang emas 金線

busana 時裝　　celana dalam 內褲　　celana jeans 牛仔褲

celana 褲子　　celemek 圍兜,圍裙　　cheongsam 旗袍

dasi 領帶　　daster 家居服　　gagang kacamata 眼鏡架

gantungan baju 衣架　　gaun 連身裙　　gaun pesta 連身長裙

gaya rambut 髮型

gelang bersalut emas 鍍金鐲子

hias,hiasan 打扮,裝飾

jahit 縫,縫紉,縫製

jaket 夾克

jarum 針

jas hujan 雨衣

jas 西裝

jepitan rambut 髮夾

kain 布,布料

kancing 鈕扣

kantong celana 褲袋

kaos/kaus 鞋,襪,棉毛針織品,T 恤

kaos/kaus kaki 襪子

kaos/kaus oblong 背心,圓領衫

kaos/kaus tangan 手套

kasa 紗,白紗布

katun 棉紗

kebaya 爪哇女性傳統服裝

kemeja 襯衫

kepang,rambut jalinan 辮子

Keris 印尼短劍(格里斯)

kepang 辮子

kerah 衣領

korek kuping 耳挖子

kerudung,selubung 頭巾,面紗

lengan,lengan tangan 袖子

linen 亞麻布

mantel 外套,大衣,斗篷,塗層

meja setrika 熨馬

memerahi bibir 塗口紅

mesin cuci 洗衣機

mesin jahit 裁縫機

non-anyaman 不織布

pakaian dalam 內衣

pakaian jadi 成衣

pakaian kebesaran 大禮服

pemotong kuku 指夾剪

penjepit pakaian 曬衣夾

perhiasan 裝飾品

perhiasan emas 金飾

pola 圖案,圖樣,藍圖

popok 尿布

rajut 針織

rambut genjur 翹起的頭髮

rambut keriting 捲髮,大波浪髮型

rambut lurus 直髮

rambut terurai 披頭散髮

ransel 背包

rantai emas 金鍊子

rok 裙子

rok span 窄裙

rompi wol 羊毛背心

rompi(西裝)背心

sabuk 腰帶

sandal biru-putih 藍白拖(鞋)

sandal capit/jepit 人字(夾腳)拖鞋

sapu tangan 手帕

selendang,syal 圍巾,披肩

semir 擦鞋油

sepatu 鞋子

sepatu (berhak) tinggi 高跟鞋

sepatu berpaku/berduri 釘鞋

seragam 制服

setelan 套裝

setrika 熨斗

sutera 絲,蠶絲

sweter 毛衣

tali pinggang 腰帶

Tapis(蘇門答臘)傳統服裝

topi bow 蝴蝶結

topi jerami 草帽

topi rajut 毛帽

topi,tutup kepala(有帽簷)帽子

kaos kutang,singlet 吊嘎,無袖背心

membuang jangkar,mencampak sauh 下錨

rambut berkepang 編成辮子的頭髮

kopiah,peci,songkok(無帽簷)帽子,(黑色圓筒形)宋谷帽

L-1.5.文具(Alat Tulis)

bolpoin 原子筆

cairan penghapus 修正液,立可白

crayon 蠟筆

gelang karet 橡皮筋

gunting 剪刀

kapur tulis 粉筆

karet 橡皮

kertas 紙

klip 迴紋針,夾子

mistar 尺

paku payung/jamur 圖釘

palet 調色盤

penghapus karet 橡皮擦

penghapus papan tulis 板擦

peniti 迴紋針,別針

perekat 漿糊,膠水

pita perekat 膠帶

potlot 鉛筆

pulpen 鋼筆

sampul 包裝紙,封套

spidol 簽字筆

stapler 釘書機

staples 釘書針

tiang bolpoin 原子筆桿

L-1.6.行為(Tindak)/盥洗(Cuci)

angkat 扛,抬,收拾(衣物,餐具)

baling 旋轉,拋擲

benah,susun 整理

bercerai 離婚

bubuk detergen,rinso 洗衣粉

cuci muka 洗臉

detergen 洗潔劑

gelembung sabun 肥皂泡泡

gigit/menggigit 叮,咬

gosok gigi 刷牙

handuk 毛巾

ikis/mengikis 刮除

injak/menginjak 踩

jungkat 翹,翹起

ketuk/mengetuk 敲

kocok/mengocok 攪拌

krim 乳液,精華

kuas,sikat 刷子

kucil/mengucil 擠出,壓出

kumur-kumur 漱口

kunyah/mengunyah 嚼

kupas/mengupas 剝

lap,pelap/pengelap 抹布

lipat 折疊,倍,摺(衣物)

melamar 求婚

melap/mengelap 擦,抹,擦拭

membereskan 收拾好(餐具)

memulangi 復婚

mencampak jala 撒網

menikah 結婚

odol,pasta gigi 牙膏

pangkas,potong rambut 理髮

pengering rambut 吹風機

percik/memercik 滴,濺,灑,潑

petik/memetik 摘,摘下來

sabun 肥皂

sampo 洗髮精

senyum pahit 苦笑

senyum raja 假笑

sikat gigi 牙刷

sikat,sisir 梳子

tabir surga 防曬乳

tawa/tertawa 笑

tebang/menebang 砍,砍伐

tertawa kecil 微笑

tisu 面紙

tisu roll/gulung 捲筒式衛生紙

tisu wajah 抽取式衛生紙

tuang/tuangkan 倒

belakang,kamar kecil,toilet,W.C.廁所

tertawa besar,terbahak-bahak 大笑,哈哈大笑

L-1.7.教育(Ajar)

anak usia prasekolah 學齡前小孩

antar sekolah 校際

aplikasi 應用

asas,prinsip 原則,基礎,原理

autodidak 自學

bahan ujian 考試資料

bahas,penelitian 研究,調查

bahasa 語言

Bahasa Austronesian 南島語言

bahasa ibu 母語

bahasa tangan 手語

beasiswa 獎學金,助學金

belajar 學習,念書

berpidato 發表演說

biaya sekolah 學費

bilingual,dwibahasa 雙語的

budi 理智,智慧,品德,道德,善行

buku pelajaran 課本

calon guru 見習教師

catur 西洋棋

daya tahan 耐力

dekan 系主任

doktor(Dr.)博士

Doktorandus(Drs.),master 碩士

dosen 教授

dosen madya 副教授

dosen muda 助理教授

dosen utama(正)教授

dunia pendidikan 教育界

edukasi,pendidikan,ajar 教育

eksperimen 實驗

etika 倫理,道德

fisika 物理

fakultas 學院,學系

fakultas ekonomi 經濟系

fakultas kedokteran 醫學院

gaya 風格

geografi 地理

geosentrisme 地球中心/天動說

guru pengganti 代課老師

halma 跳棋

hari masuk sekolah 開學日

hari wisuda 畢業日

heliosentris 太陽中心說,地動說

ijazah 畢業證書

jurusan 系　　　　　　　kampus 校園　　　　　　kamus 字典

keluaran,lulusan 畢業生　　kendala bahasa 語言障礙　　kerja magang 實習工作

kerja studi 工讀　　　　　ketua kelas 班長　　　　　kimia 化學

kuliah 功課,課程,高等學府　kunjungan kesarjanaan 學術訪問　kursus 補習班

laboratorium 實驗室　　　lapangan sekolah 學校操場　latihan ulangan 複習

lidah cadel 大舌頭,咬字不清　lulus ujian,wisuda 畢業,通過考試　mahasiswa S2 碩士學生

mahasiswi(女)大學生,女大生　mahyong 麻將　　　　　masuk/pulang sekolah 上/放學

matematika 數學　　　　melanjutkan sekolah 深造,進修　melek huruf 識字

mengajar 教學　　　　　moral 士氣,風紀,道德　　murid SD 小學生

nada dering 鈴聲　　　　neraca 天平,秤　　　　　papan catur 棋盤

paviliun 場館　　　　　pelajar 學生　　　　　　pekerjaan rumah(PR)(學校)作業

pelajar SMP/SMA(K)國/高中生　pelajaran 課程　　　　　pembelajaran 學習

pemimpin 主持人,領導者,負責人　penasihat 顧問,謀士,規勸者　penatar 講師,教練

pengajar 教育者,老師　　penilik sekolah 督學　　　calon guru 見習教師

pengetahuan 知識,學問　perangai 性格,脾氣,品德　perbukuan 簿記,帳務

perguruan tinggi 高等院校　persatuan guru 教師協會　pidato,uliah 演講,演說

pidato pembukaan 開幕致詞　pidato penutup 閉幕致詞　pidato sambutan 歡迎致詞

pramuka 童子軍　　　　putus sekolah 休學　　　rektor 大學校長

riset(科學)研究　　　　ruang sidang 會議廳　　　sarjana 學士

sejarah 歷史　　　　　sekolah dasar(SD)小學　sekolah tinggi 大專校院

siswa/mahasiswa(男)大學生　skripsi 論文　　　　　suku 音節

tahun ajaran/akademik 學年　taman kanak-kanak(TK)幼稚園　tekad 決心,意志,毅力

teori 理論,原理　　　　tes,uji/ujian 測驗　　　tim penasihat 專家諮詢小組

tunaaksara 文盲,不識字　upacara bendera 升旗典禮　ujian kelulusan 畢業考

ujian tengah semester 期中考　universitas swasta 私立大學　universitas terbuka 空中大學

universitas 大學　　　　usia sekolah 學齡　　　　watak 性質,個性

yayasan 基金會

bahasa Indonesia baku 標準印尼文法　　　bulatkan/pembulatan,genapkan 四捨五入

cadel 大舌頭(無法正確發"r"音)　　　　guru kelas empat di sekolah 學校 4 年級的老師

kurikulum pendidikan 教育課程表　　　　lidah cadel 大舌頭,咬字不清,無法卷舌

organisasi siswa intra sekolah(OSIS)學生會　pembukuan 寫書,出書,記帳,初級會計

pelajaran menjadi terlantar 課業荒廢　　　Sekolah Luar Biasa(SLB)特殊教育學校

sekolah menengah atas/umum(SMA/SMU)高中　sekolah menengah kejuruan(SMK)高職

sekolah menengah pertama(SMP)國中　　　sekolah tinggi negeri dan swasta 公、私立大專院校

STRATA 學歷(S1 學士,S2 碩士,S3 博士)　　　tempat penitipan anak/balita 托兒所

ujian masuk sekolah menengah atas (SMA)會考　ujian masuk universitas 學測,統測,指考

adu,balap,kompetisi,kontes,lomba,tanding 競賽,比賽

jurusan Bahasa Indonesia Fakultas Bahasa-Bahasa Timur 東方語言學系印尼語組

L-1.8.經濟/商業(Ekonomi/Bisnis)

aliran uang 金流	anggaran, perkiraan 預算	badan hukum 法人
bangkrut 倒閉,破產	barang 物品	barter 以物易物
bea meterai 印花稅	bendahara 財政大臣,管財務的人	bendaharawan 財務人員
berbelanja online 網路購物	bill,bon,nota 帳單	bursa 交易所
deviden 股利	devisa 外匯	dijual eceran 零賣
dipasarkan lokal 在本地銷售	ekonomi kerakyatan 庶民經濟	ekonomi klaster 群聚經濟
gaji pokok 基本工資	harga saham 股價	harta karun 埋藏在地下的財富
Indeks saham 股價指數	inflasi 通貨膨脹	inventarisasi 盤點(庫存)
investasi 投資	jaringan internet 網際網路	kantor pajak 稅捐稽徵處
karun 大富翁	keuntungan/laba kotor 毛利	kredit mobil 汽車貸款
kripto 加密貨幣	kurator 破產監管者	kurs,nilai tukar 匯率
mata uang asing,valuta asing 外幣	membayar pajak 繳稅	menarik bea/pajak 徵稅
menunggak pajak 欠稅	meterai 印花	modalwan,pemodal 資本家
moneter 金融的,財政的,貨幣的	nasabah(銀行)存戶,主要顧客	neraca 收支平衡
netizen 網民	pajak 稅	pelaporan pajak 報稅
pembayaran pajak 繳稅	pembebasan pajak 免稅	pemegang saham 股東
pemotongan pajak 稅扣除額	peron 平台	persatuan pedagang 商人聯合會
pertumbuhan negatif 負成長	posting/postingan 貼文,po 文	rantai pasokan 供應鏈
ringgit 令吉(馬來幣)	rupiah 盾(印尼幣)	saham,sero 股票
sampel 樣品	selebriti 名人,明星,藝人	selebriti internet 網紅,網美
selebgram IG 網紅/網美	sembako 週邊	sisa uang 剩下的錢
suku bunga 利率	sumber daya alam 天然資源	surat elektronik 電子郵件
tebus 兌現,贖回	upah perjam 時薪	valuta 貨幣

Youtuber 直播主,實況主

bisnis berskala kecil menengah 中小規模的商業	bonus akhir tahun, bonus tahunan 年終獎金
Indeks Harga Konsumen(IHK/CPI)消費者物價指數	Indeks Kualitas Udara(AQI)空氣品質指數
lapor setoran pajak perorangan 申報個人稅繳納	pajak penghasilan komprehensif 綜合所得稅
pengembalian uang penuh 全額退錢	setoran pajak perorangan 繳納個人稅

Analisis Dampang Lingkungan(AMDAL)環境影響評估(環評)

Pajak Pertambahan Nilai (PPN)加值稅,加值型營業稅,增值稅,消費稅

perusahaan induk konglomerasi keuangan 金融控股(金控)集團母公司

Produk Domestik Bruto(PDB)國民所得,國民生產毛額

附錄 L-2：自然 (Peralaman)

L-2.1.氣候(Cuaca)/天氣(Udara)

angin buritan/paksa 順風	angin haluan/sakal 逆風	angin lepas 大風
angkasa 天空	angkasa malam 夜空	basah kuyup 溼答答,溼透的
beku 凝固的,凝結的	berselimut awan 有厚雲層	bintang kutub/utara 北極星
bintang sapu 彗星	bintang 星星	bulan sabit/muda 新月
bulan 月亮	bunga angin 暴風來臨前的徵兆	cahaya utara 北極光
cahaya bulan 月光	cahaya kutub 極光	cahaya selatan 南極光
cerah 晴朗的,明亮的	cuaca,iklim 氣候	cuaca esok hari 明日天氣
cuaca hari ini 今日天氣	galaksi 銀河	gelombang laut 海浪
gemuruh 雷聲	gerah,pengap 悶熱	gerhana bulan 月蝕
gerhana matahari 日蝕	halimun 薄霧	hari mendung 陰天
hari terik 天氣炎熱	hawa 空氣,天氣,氣候	hujan buatan 人造雨
hujan es/hujan batu es 下冰雹	hujan petir 雷雨	hujan singkat 短暫降雨
hujan sporadis 零星降雨	kabut 濃霧	kilas,kilat,mata petir 閃電
langit 天空	lubang hitam 黑洞	matahari 太陽
mendung 烏雲,昏暗的	mengguyur 下傾盆大雨,淋濕透了	meteor 流星
ombak 波浪	pancaroba 季節變換,變化無常的	perubahan suhu 溫差
petir 雷	prakiraan cuaca 氣象預報	rintik hujan 雨滴
rintik embun 露水,露珠	sejuk 涼快	semesta 宇宙
suasana 氣氛,環境	subtropis 亞熱帶	serpihan salju 雪花
tahun cahaya 光年	teduh(天氣,地方)陰涼的	tekanan udara 氣壓
tropis 熱帶	turun salju 下雪	uap,uap air (水)蒸氣
berpotensi hujan merata 有雨勢擴大的機會		cuaca bersih, langit bersih 天氣晴朗，萬里無雲
hujan ringan-sedang-lebat 小/中/豪雨		(hujan) gerimis/rintik,rintik-rintik 毛毛雨

L-2.2.災禍(Bencana)

amblas 陷入,掉進去	ambruk 倒塌,塌陷	angin Taiphoon 颱風
angin topan,badai 風暴,暴風雨	arus balik 逆流	arus berputar,kisaran air 漩渦
badai pasir 沙塵暴	bahaya banjir 淹水威脅	ban kempis 爆胎
batu apung 浮石,火山石	batu jatuh 落石	becek 泥濘的
bala 災難,危險,不幸	bencana alam 天災	bencana banjir 水災
bencana kelaparan 飢荒	cuaca buruk 惡劣氣候	cuaca ekstrim 極端氣候
dilalap api 被大火吞沒	gempa bumi 地震	genangan air 積水,淹水
gunung berapi meletus 火山爆發	hangus 烤焦	hujan lebat 豪雨
kandas 擱淺	kapal tenggelam 沉船	kebakaran 火災
kecelakaan beruntun 連續事故	kecelakaan mobil 車禍	kemasukan air 進水
kena aliran listrik 觸電	korban banjir 水災災民	kotak hitam 黑盒子

larva panas 熱岩漿　　　　lumpur 汙泥　　　　　　mara 災難

mara bahaya 天災人禍　　　patahan 斷層　　　　　　pencemaran udara 空氣汙染

polusi,kotor,cemar 髒的,汙染　reyot 快要倒塌的　　　　roboh 倒塌,倒下,垮台,倒台

runtuh 崩潰,倒塌,坍方,垮台　tanah longsor 坍方　　　　tsunami 海嘯

turun hujan keras 下暴雨　　udara kotor 髒空氣

angin puting beliung,tornado 龍捲風　　　　bencana,kecelakaan 災難,災禍,事故

habis dimakan rayap 被白蟻蛀的千瘡百孔　　lempengan dasar laut Filipina 菲律賓海板塊

mesin mengeluarkan asap 引擎冒煙

L-2.3.顏色(Warna)

biru 藍色　　　　　　　　emas 金色　　　　　　　hijau 綠色

hitam 黑色　　　　　　　jingga,oranye 橘色　　　kecokelat-cokelatan 褐色,棕色

kekuning-kuningan 淡綠　　kelabu 灰色　　　　　　ketuaan 太深

kumbang 烏黑的　　　　　kuning 黃色　　　　　　merah 紅色

perak 銀色　　　　　　　pirang 棕色的　　　　　putih 白色

sawo matang 深褐色　　　ungu 紫色

kemerah-merahan,merah muda 粉紅色

L-2.4.金屬(Logam)/寶藏(Harta)

antik 古董　　　　　　　baja 鋼　　　　　　　　baja tidak berkarat 不鏽鋼

batangan emas 金條　　　batu Belanda 人造寶石　　batu giok,giok 玉

berlian,intan 鑽石　　　　bersalut emas 鍍金　　　besi 鐵

cincin 戒指　　　　　　　emas/perak murni 純金/銀　emas 金

gelang tangan 手鐲　　　　harta 寶藏　　　　　　　kalung 項鍊

karun 大富翁　　　　　　kelereng 彈珠　　　　　logam campur 合金

logam mulia 貴金屬　　　logam 金屬　　　　　　nikel 鎳

patri 焊錫　　　　　　　perak 銀　　　　　　　permata 寶石

perunggu 銅　　　　　　tembaga 銅　　　　　　tembaga kuning 黃銅

tembaga perunggu 青銅　　zamrud 翡翠

harta karun 埋藏在地下的財富,無主財富,不義之財

Untung

beruntung(走運,獲利)
keuntungan(利潤,命運)
untung baik(好運)
untung buruk(壞運)
untung dan ruginya(利弊,盈虧,損益)
untung(利潤,命運)

勘誤表〈Ralat〉

喜怒哀樂
benci(恨,憎恨,討厭)
dendam(仇恨)
duka(悲哀)
favorit(最喜歡的)
gembira,senang(喜悅,高興,快樂)
jengkel(懊惱,煩惱)
marah(生氣)
sungkawa(哀傷,悲傷)

日久見人心 Tidak kenal maka tidak sayang

國家圖書館出版品預行編目資料

讚啦！我成為印尼語司法通譯了！／小K著.
　--初版.--臺中市：樹人出版，2022.07
面；　公分
ISBN 978-626-95964-5-4（平裝）

CST：印尼語　2.CST：讀本

803.9118　　　　　　　　110022807

讚啦！我成為印尼語司法通譯了！

作　　者　小K
發 行 人　張輝潭
出　　版　樹人出版
　　　　　412台中市大里區科技路1號8樓之2（台中軟體園區）
　　　　　出版專線：（04）2496-5995　　傳真：（04）2496-9901
專案主編　陳媁婷
出版編印　林榮威、陳逸儒、黃麗穎、水邊、陳媁婷、李婕
設計創意　張禮南、何佳誼
經銷推廣　李莉吟、莊博亞、劉育姍、李佩諭
經紀企劃　張輝潭、徐錦淳、廖書湘、黃姿虹
營運管理　林金郎、曾千熏
經銷代理　白象文化事業有限公司
　　　　　401台中市東區和平街228巷44號（經銷部）
　　　　　購書專線：（04）2220-8589　　傳真：（04）2220-8505
印　　刷　普羅文化股份有限公司
初版一刷　2022 年 07 月
定　　價　400 元